易行创新诗论诗作自选集

新新相印集

易行 著

人民出版社

责任编辑：刘　畅

封面设计：冀　宁

图书在版编目（CIP）数据

新新相印集：易行创新诗论诗作自选集 / 易行 著.
— 北京 ：人民出版社，2019.3
ISBN 978－7－01－020572－4

Ⅰ.①新… Ⅱ.①易… Ⅲ.①诗集－中国－当代 Ⅳ.①I227

中国版本图书馆 CIP 数据核字（2019）第 053037 号

新新相印集——易行创新诗论诗作自选集
XINXINXIANGYINJI——YIXINGCHUANGXINSHILUNSHIZUOZIXUANJI

易行　著

人 民 出 版 社 出版发行

（100706　北京市东城区隆福寺街 99 号金隆基大厦）

北京凯德印刷有限责任公司印刷　新华书店经销

2019 年 3 月第 1 版　2019 年 3 月北京第 1 次印刷
开本：710 毫米×1000 毫米 1/16　印张：21.75
字数：300 千字

ISBN 978－7－01－020572－4　定价：70.00 元

邮购地址 100706　北京市东城区隆福寺街 99 号金隆基大厦
人民东方图书销售中心　电话（010）65250042　65289539

卷首语：创新，让格律诗词活起来

引言

　　早在十年前，在线装书局举办的《心声集》出版座谈会上，时任国务委员兼国务院秘书长马凯，以及中国版协主席于友先、中央文史研究馆馆长袁行霈、中华诗词学会名誉会长刘征、中华诗词学会常务副会长郑伯农和著名音乐家王立平等都对中华诗词的改革创新发表了极具前瞻性的指导意见。其中王立平、刘征、郑伯农等先生还特别强调要给诗词插上音乐的翅膀，要让诗词与书画艺术珠联璧合，特别是要加强诗评诗论的导向作用，创新，包括内容、语言、形式创新，让格律诗词活起来。

　　十多年过去了，诗词在与音乐书画的结合方面已取得不小进展。例如已编辑出版了《中华诗词歌曲集》，举办了多场诗词新作演唱会和诗书合璧展览，还兴建了郑州黄河、迁西将军山等多座诗词与书画合璧的诗墙、诗林。笔者的一些诗词作品也为音乐家谱曲和书画家书写绘画，发表或刻石。至于诗词本身的改革创新，十年来也取得不少成果：一是诗词的新声韵（普通话声韵）逐步推广；二是格律从宽，特别是格律诗"求正容变"原则已成诗界共识；三是自律词（自作词）、自度曲以及"新古体诗"的创作日趋活跃。为了加快这一改革创新进程，本书选收了笔者整理的《毛泽东诗论浅析》《贺敬之、霍松林、刘征与诗词创新》和《马凯关于中华诗词的观点综述》以及笔者本人在这方面的学习体会，同时精选了35位当代诗家的70首既饱含创新意味又极具"歌唱祖国，礼赞英雄"热诚的例诗。这些既是诗词改革创新的成果，也是在新中国七十华诞之际为我巍巍中华献上的一曲颂歌。

本书卷首语的引言后还附录了相当于序跋的八篇文章，包括原新闻出版署署长于友先、已故中华诗词学会名誉会长霍松林为笔者的《神怡集》所作之《序》和中华诗词学会名誉会长刘征为笔者《远望集》所作之序，以及刘章、星汉、杨逸明、沈华维、刘庆霖等著名诗人为笔者《神怡集》《远望集》《探寻集》《路石集·易行卷》所作书评。这些《序》和书评既是对笔者的鼓励鞭策，更是对诗词改革创新的赞同与期许。

另外，中国职工文体协会副会长、著名作曲家赵小也先生为笔者的《巍巍中华》组诗谱曲，并在《中国乐坛》上发表了其中的七首；郑州书画研究院院长潘进武和长城书画院特聘画师、唐山美术家协会顾问关真全（乐山）等为笔者《巍巍中华》组诗配画；北京书法家陈国振和本溪书法家杨喜山则将笔者的五十多首诗词写成书法作品，其中的《变格鹧鸪天·公仆周恩来》还在"纪念周恩来诞辰120周年书画作品展"展出并刻入黄河曲廊。总之，上述文章、诗词歌曲与书画作品都可以为"创新，让格律诗词活起来"代言，都为本书增了光添了彩，故一并附录于后。

所以将这么多诗词书画、诗词歌曲和诗词评论收入本书卷首语引言后，一是为了印证十年前诗家和学者在线装书局的出版座谈会上对诗词改革创新的意见，尽管还不够充分，但意思到了；二是为了感谢前辈专家学者和诗友以及书画家、音乐家给予笔者的鼓励鞭策。所以对每一篇诗评笔者都抱以十分敬畏的心情去读、去想、去找差距思改进。其实，这些诗评本身就是有真知灼见的诗论，它们对诗词改革创新的论述比笔者的诗更能说明诗词改革创新的必要。还有丁芒、尹贤、韩梅村、傅小松等先生以及笔者的老同学张永芳教授（已故）等为笔者写的书评，因已收入笔者的《论诗人与诗的崛起》一书中，篇幅限制未收入本书。

笔者只是一个"资深编辑"，几乎干了一辈子编辑工作，退休后写几句诗，聊以自慰。至于以诗励人利国，虽然努力追求，但自知"壮志未酬"。这也是笔者愧对师长、诗友给予笔者鼓励与期望的地方。这本集子，就算是笔者十多年"从诗"不很理想的一个小结吧！

时值己亥春节，朋友转来一"神联"：

鸟在笼中，恨关羽不能张飞；

人活世上，要八戒更需悟空。

这使我想到诗，想到诗也不能关在"笼"中，要给她足够的空间和自由，让它活起来、飞起来，以便无愧于我们这个时代、我们这个诗国。有感于此，笔者仿制一联，以表达我对诗词创新的信心与希望：

迎新春，悟空仍需八戒；

辞旧岁，谢晋更要三强！

谢晋是已故著名导演，钱三强是已故著名核物理专家、"两弹一星"元勋。从本届中央台和各地台的"春晚"看，在群众文艺方面之强我国已无可比拟；在经济、军事方面也已稳居前三。在这一大好形势下，在新中国七十华诞即将到来之际，我们更加怀念已故的毛泽东、周恩来等开国元勋，怀念钱三强、钱学森、邓稼先等"两弹一星"功臣，怀念雷锋，焦裕禄等英模人物，更要继承他们的遗志，做好我们的工作。在这方面，我们个人诗词的作用是微乎其微的，但是如果我们搞好诗词的改革创新，使上百万甚至上千万诗词作者的新声新韵汇成"歌唱祖国、礼赞英雄"的主旋律和最强音，其作用就是不可估量的。

所以，我们期望主旋律创新诗词能与书画艺术珠联璧合，协手共进。

所以，我们期望主旋律创新诗词能与音乐艺术激荡共振，展翅高飞。

所以，我们期望主旋律创新诗词能在确评中成长升华，成为激励自己与国人的暖风热雨、电闪雷鸣。

易行记于己亥"春晚"观后

你倚天抽剑，裁昆仑，换日月，平天堑。挽狂澜于既倒，领乾坤以自转。将九万里山川秀色，全化作、词锋诗眼。

沁园春，渔家傲，念奴娇，菩萨蛮。令同好拍案叫绝，让来者望洋兴叹。胸罗雄兵百万，怎能不、气冲霄汉！

《自律词·诗人毛泽东》易行词　陈国振书

无论东西南北中，举国上下仰高风。鞠躬尽瘁说诸葛，至死不渝赞魏徵。

房玄龄，神州名相各称雄。谁也难同周总理，一生无愧公仆名。

张居正，

《变格鹧鸪天·公仆周恩来》易行词　陈国振书

习近平同志参观复兴之路展览时说，空谈误国，实干兴邦。

启谈承前，能不联想，汉唐鼎盛时光。物阜民安。友来四面八方。使通西域连欧亚。到明朝。船下西洋。举世皆惊。唯家炎黄。如今国富山也壮长

城倚天立。气宇轩昂。雾海翻波，明围暗堵何妨。神舟航母八十亿。大中华。赤旗高扬。振人心。空

谈误国。实干兴邦。

启后承前，能不联想，汉唐鼎盛时光？物阜民安，友来四面八方。使通西域连欧亚，到明朝，船下西洋。举世皆惊，唯我炎黄！如今国富山也壮，长城倚天立，气宇轩昂。雾海翻波，明围暗堵何妨？神舟航母人十亿，大中华，赤旗高扬。振人心；空谈误国，实干兴邦！

《自律词·实干兴邦》易行词　杨喜山书

凌霄傲雪不跟风，百代千秋一色青。最是齐心如劲旅，并肩奋力抗严冬。

青松凌霄　乙未年写青松挺立凌霄专为永逸的焦裕禄精神诗书画展而作爱新觉罗鸿钧记于北京求实楼

《青松凌霄》　易行诗　爱新觉罗·鸿钧画

枝似钢筋叶似针，只将一绿订终身。雪压霜冻何曾怕，雨打风吹不变心。

《松》　易行诗　潘进武画

出土径直朝碧空，虚心未让一节弓。断头宁可成绝唱，也不折腰向逆风。

《竹》　易行诗　潘进武画

别说没利不争先，梅绽从无奖可颁。映雪傲霜红胜火，只缘胸有一心丹。

《梅》　易行诗　潘进武画

一生拘束是悲哀，应似国花尽兴开。只要真红真紫过，任人毁誉任人摘。

一生拘束是悲哀，应似国花尽兴开。只要真红真紫过，任人毁誉任人摘。易行诗

《国花牡丹》　易行诗　田舒娜画

万里长江万古流，开天一笔画神州。横分五岭千城筑，纵贯三川百库修。
坝上平湖生日月，峡间激浪送春秋。乘风破雾奔腾去，不到天边势不收。

《长江》　易行诗　潘进武画

千回百转向东方，壶口龙门锁愈狂。大浪拍山抒壮志，激流吻地诉衷肠。

铺开一路花千里，挥就两京赋万行。百代悲天黄泛史，一齐化作稻菽香。

《黄河》　易行诗　潘进武画

顶天立地起红尘，势带千山万木春。极顶凌霄拥日月，危崖坠瀑震人神。风来似有惊天叹，雷走能无动地吟？五岳独尊非浪语，神州赖以壮国魂。

《泰山》 易行诗 潘进武画

一山青翠半山松，都是秦皇去后生。昔日残楼如断戟，今朝完壁似雕龙。太平不在边关闭，昌盛全由内政通。国大无方空万里，民心才是铁长城。

《长城》　易行诗　潘进武画

望长城内外·塞上海

易行诗　乐山画

拦河一库水，万座镜中山。城立波光里，鱼翔关隘间。

河北迁西的潘家口水库横跨万里长城，别名塞上海或松亭湖。

望长城内外·塞上游

易行诗　乐山画

昔时塞上遊，热汗满山头。今日乘船逛，真如万户侯。

潘家口古称"卢龙塞"。唐·王昌龄"但使龙城飞将在"之"龙城"即指此。

望长城内外·塞内农家乐

易行诗　乐山画

环山如四壁，一路上通天。日卧炊烟上，车停美味边。

　　河北迁西的太阳峪因四面环山日照短，故名"太阳峪"。其漫山遍野都是板栗树，蔚为壮观。

望长城内外·塞内将军山诗林

易行诗　乐山画

山建传承园，诗林似圣坛。亭收千树绿，碑举一天蓝。

　　将军山位于迁西大黑汀水库边，因唐太宗东征回师驻此得名。除唐兵部尚书李勣将军曾驻此外，明蓟镇总兵戚继光将军、国民二十九军军长宋哲元将军和八路军冀东军分区司令李运昌将军等都曾驻此或在此活动过。故此山新建"四将军纪念亭"、纪念碑和诗墙诗林等以示纪念并期望传承爱国精神以强国富民。

《巍巍中华》诗词组歌

（歌曲附后）

自律词·诗人毛泽东

你倚天抽剑，裁昆仑，换日月，平天堑。挽狂澜于既倒，领乾坤以自转。将九万里山川秀色，全化作、词锋诗眼。

沁园春，渔家傲，念奴娇，菩萨蛮。令同好拍案叫绝，让来者望洋兴叹。胸罗雄兵百万，怎能不、气冲霄汉！

该词另见本书第 5 页，曾在《诗刊》首发，且已刻入黄河诗墙、将军山诗墙，收入《中华诗词学会三十年诗词选》。

变格鹧鸪天·公仆周恩来

无论东西南北中，举国上下仰高风。鞠躬尽瘁说诸葛，至死不渝赞魏徵。

张居正，房玄龄，神州名相各称雄。谁也难同周总理，一生无愧公仆名。

该词另见本书第 6 页，为《纪念周恩来诞辰 120 周年书画作品展》作，并刻入黄河曲廊。

自律词·中国梦里人

人生可以惊天地，也可竭诚泣鬼神。大美雷锋凭大爱，感天动地春复春。

动地感天春复春，山山水水共清芬。雷锋亿万凌云起，都是中国梦里人。

此词由两首纪念雷锋的七绝组合改写而成。原诗已由北京诗词学会副会长韩倚云手书刻入《黄河诗墙》。

自律词·神驰开封府

开封府里想强华，干部贪廉减与加。书记都学焦裕禄，正风不用虎头铡。

开封府里想强华，"包拯"贪赃也要铡。领导都如焦裕禄，小康社会早到达。

此词由《神驰开封府》七绝扩写而成。原诗已由吉林书法家路宝慧手书刻入《黄河诗墙》。

自律词·永远的邓稼先

立志难得字字真，报国全赖一颗心。邓公虽逝应笑慰，老美挠头直到今。

老美挠头直到今，邓公当年不顾身。为保国安造利器，中华定海有神针。

此词由《永远的邓稼先》七绝扩写而成。原诗已刻在《黄河诗墙》时代楷模专辑的前言中。

自律词·难忘钱学森

楼有基石树有根，永生难忘钱学森。不恋他乡荣与贵，报国无悔献终身。

报国无悔献终身，火箭飞船梦已真。根基稳固如山立，不向强风让寸分。

此词由《难忘钱学森》七绝扩写而成。

变格鹧鸪天·杂交水稻之父袁隆平

无论汉唐与宋元，明清也以食为天。为解国忧您忘我，经年累月泡田间。

杂交稻，盐碱田，"海水"浇出米粮川。举世皆知袁院士，为民不怕补天难。

此词在欣闻袁隆平工程院士荣授党中央、国务院改革先锋奖章后作。

变格鹧鸪天·文坛巨擎金庸

2018 年 10 月 30 日惊悉金庸先生谢世，夜不能寐，作《变格鹧鸪天》词以祭这位被香港作家倪匡誉为："金庸小说，天下第一，古今中外，无出其右"的新武侠小说翘楚。

惊悉金庸驾鹤西，黄蓉郭靖共唏嘘。我心沉痛如山倒，万里星空乌夜啼！

萧峰泣，杨过悲，亿万"粉丝"问手机：古今中外谁堪比，雪芹、雨果、海明威！

七绝·松

枝似钢筋叶似针，只将一绿订终身。

雪压霜冻何曾怕，雨打风吹不变心。

此诗另见本书第 9 页。

七绝·竹

出土径直朝碧空，虚心未让一节弓。

断头宁可成绝唱，也不折腰向逆风。

此诗另见本书第 10 页。

七绝·梅

别说没利不争先，梅绽从无奖可颁。

映雪傲霜红胜火，只缘胸有一心丹。

此诗另见本书第 11 页。

七绝·国花牡丹

一生拘束是悲哀，应似国花尽兴开。

只要真红真紫过，任人毁誉任人摘。
此诗另见本书第 12 页。

七绝·长江

万里长江万古流，开天一笔画神州。
横分五岭千城筑，纵贯三川百库修。
坝上平湖生日月，峡间激浪送春秋。
乘风破雾奔腾去，不到天边势不收。
此诗另见本书第 13 页。

七绝·黄河

千回百转向东方，壶口龙门锁愈狂。
大浪拍山抒壮志，激流吻地诉衷肠。
铺开一路花千里，挥就两京赋万行。
百代悲天黄泛史，一齐化作稻菽香。
此诗另见本书第 14 页。

七绝·泰山

顶天立地起红尘，势带千山万木春。
极顶凌霄拥日月，危崖坠瀑震人神。
风来似有惊天叹，雷走能无动地吟？
五岳独尊非浪语，神州赖以壮国魂。
此诗另见本书第 15 页。

七绝·长城

一山青翠半山松，都是秦皇去后生。
昔日残楼如断戟，今朝完璧似雕龙。
太平不在边关闭，昌盛全由内政通。
国大无方空万里，民心才是铁长城。
此诗另见本书第 16 页。

一剪梅·北国春

雪化冰消万木春。天也销魂，地也销魂。东风摇曳满山金。云也纷纷，雨也纷纷。

车水马龙万象新。红也纯真，绿也纯真，情歌荡漾送晨昏。男也亲亲，女也亲亲。

自律词·夏至刘公岛

海风尽情吹，海岛万花飞。刘公和刘母，一去永不归，却留遍地爱，一步一芳菲。

致敬忠魂碑，水师热泪飞。今日刘公岛，处处放光辉，迎风挺身立，甲午永无回！

渔家傲·洞庭秋

极目洞庭真浩渺，君山隐隐十分小，帝子泣别竹已老。风莫吵，岳阳楼上秋来早。

且唱渔歌招鹭鸟，保护水质防蓝藻，游客如织天似扫。鱼也晓，当然绿水青山好。

自律词·冬在海南

还是亲临眼见真，海南没有雪纷纷。风带温情水带暖，衬衫从秋穿到今。

还是亲临眼见真，海南只有夏秋春。几丝细细椰林雨，带绿牵红到我心。

此词由《与郑邦利、周济夫冬游文昌椰林湾口占》扩写而成。

菩萨蛮·一带一路

风驰电掣看班列，直通不舍昼和夜。亚非与欧盟，联华求共赢。

千山拦不住，一带和一路。一齐向未来，共筑黄金台。

御街行·长安街上

新潮浩荡开新宇。风阵阵，楼熠熠，大旗飘飘上虹霓，辉映神州天地。国歌高奏，长安街上，豪气干云霭。

天安门立金辉里。将热泪，全付与。礼花升起鸟惊飞，化作满城红雨。屈原狂喜，李白狂醉，杜甫归无计！

自律词·天安门广场看升旗

人山人海看升旗，心共云霞伴日飞。一片豪情才涌起，满城风采已朝晖。

满城风采已朝晖，多少华人热泪飞？国似泰山旗似海，翻天覆地万云归。

该词由《天安门广场看升旗》七绝扩写而成。

自律词·实干兴邦

启后承前，能不联想，汉唐鼎盛时光？物阜民安，友来四面八方。使通西域连欧亚，丝绸路万里长。到明朝，船下西洋。举世皆惊，唯我炎黄！

如今国富山也壮，长城倚天立，气宇轩昂。雾海翻波，明围暗堵何妨？神舟航母人十亿，大中华，赤旗高扬。振人心；空谈误国，实干兴邦！

该词是在聆听习近平总书记"空谈误国，实干兴邦"的讲话后兴奋不已而作。

自律词·诗人毛泽东

易　行 词
赵小也 曲

1=♭E 4/4

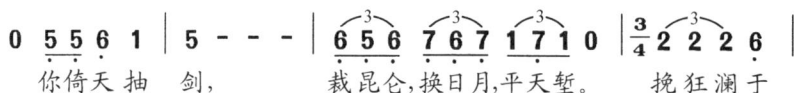

你倚天抽　剑，　　　裁昆仑，换日月，平天堑。　挽狂澜于

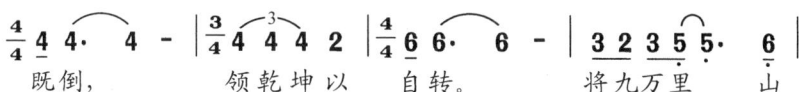

既倒，　　领乾坤以　自转。　　将九万里　　山

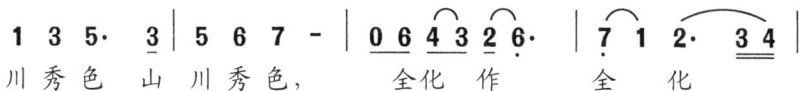

川秀色 山川秀色，　全化作　　全　化

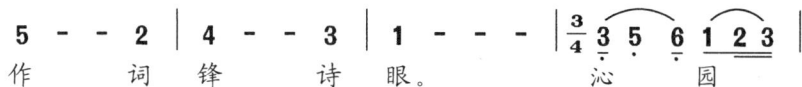

作　词锋　诗眼。　　　沁　园

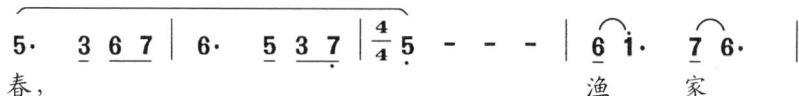

春，　　　　渔　家

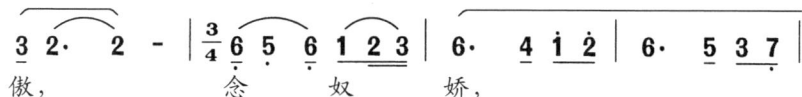

傲，　　念　奴　娇，

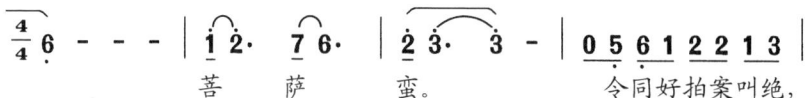

菩　萨　蛮。　　令同好拍案叫绝，

让来者望洋兴　叹　　兴　叹。

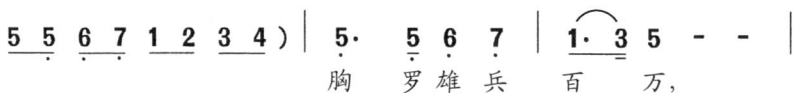

胸　罗雄兵　百　万，

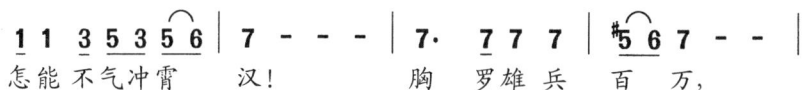

怎能 不气冲霄　汉！　胸　罗雄兵　百　万，

$\underline{7}\ 7\ \underline{7}\ \underline{7}\ \underline{6}\ \underline{7}\ \underline{i}\ |\ 2\ -\ -\ -\ |\ \underline{6}\ \underline{7}\ \underline{i}\ \underline{7}\ \underline{i}\ \underline{2}\ \underline{3}\ |\ 3\ -\ -\ -\ \|$

怎能 不气冲霄　汉，　　　怎能 不气冲霄　汉！

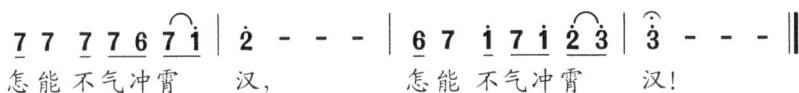

变格鹧鸪天·公仆周恩来

易　行　词
赵小也　曲

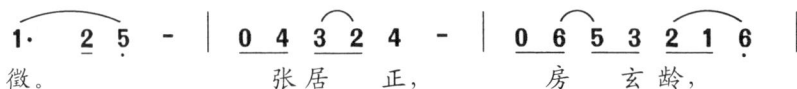

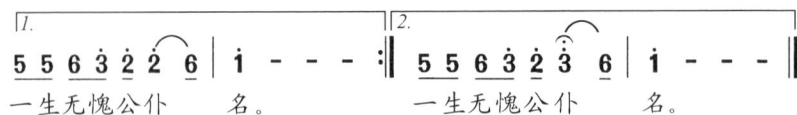

$1 = {}^\flat E\ \frac{4}{4}$

$2\ \underline{5}\ \underline{6}\ \underline{5}\ \underline{5}\ \underline{3}\ \underline{2}\ |\ \underline{i}\ \underline{6}\ \underline{i}\ 2\ -\ |\ 2\ \underline{2}\ \underline{2}\ \underline{6}\ \underline{i}\ \underline{7}\ \underline{6}\ |$

无论　东西　　南　北中，　举国上下仰高

$\underline{6}\ \underline{5}\cdot\ 5\ -\ |\ \underline{5}\ \underline{5}\ \underline{5}\ \underline{6}\ \underline{i}\ -\ |\ \underline{i}\ \underline{6}\ \underline{i}\ 2\ -\ |\ \underline{5}\ \underline{5}\ \underline{5}\ \underline{6}\ \underline{1}\ \underline{2}\ \underline{6}\ |$

风。　　　鞠躬尽瘁　说　诸葛，　至死不　渝赞魏

$\underline{1}\cdot\ \underline{2}\ 5\ -\ |\ 0\ \underline{4}\ \underline{3}\ \underline{2}\ 4\ -\ |\ 0\ \underline{6}\ \underline{5}\ \underline{3}\ \underline{2}\ \underline{1}\ \underline{6}\ |$

徵。　　　张居　正，　　房　玄龄，

$\underline{6}\ \underline{6}\ \underline{6}\ \underline{1}\ \underline{2}\ \underline{6}\ |\ 6\ -\ -\ -\ \|:\ \underline{5}\ \underline{5}\ \underline{5}\ \underline{6}\ \underline{i}\ -\ |\ \underline{\dot{2}}\ \underline{2}\ \underline{6}\ \underline{1}\ \underline{1}\cdot\ |$

神州名相各　称　雄。　谁也难　同　　周总　理哟，

$\underline{5}\ \underline{5}\ \underline{5}\ \underline{6}\ \underline{1}\ \underline{6}\ \underline{1}\ |\ 2\ -\ -\ -\ |\ \underline{5}\ \underline{5}\ \underline{5}\ \underline{6}\ \underline{i}\ -\ |\ \underline{i}\ \underline{7}\ \underline{6}\ \underline{2}\ \underline{2}\cdot\ |$

一生无　愧公仆　名。　　　谁也难　同　　周总　理哟，

$\overset{1.}{\underline{5}\ \underline{5}\ \underline{6}\ \underline{3}\ \underline{2}\ \underline{2}\ \underline{6}\ |\ \underline{1}\ -\ -\ -\ :\|}\ \overset{2.}{\underline{5}\ \underline{5}\ \underline{6}\ \underline{3}\ \underline{2}\ \underline{3}\ \underline{6}\ |\ \underline{1}\ -\ -\ -\ \|}$

一生无愧公仆　　名。　　一生无愧公仆　　名。

自律词·中国梦里人

易　行　词
赵小也　曲

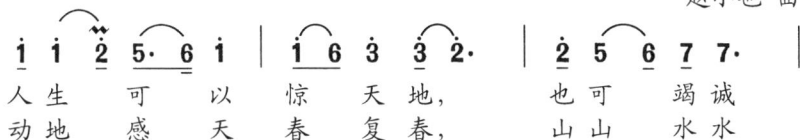

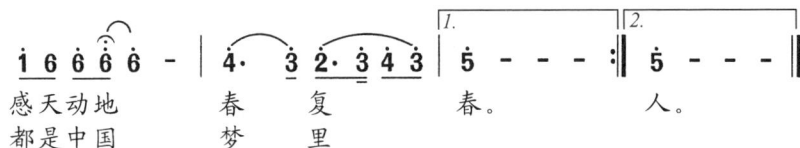

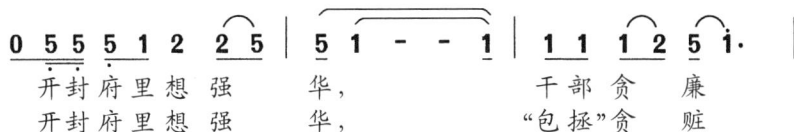

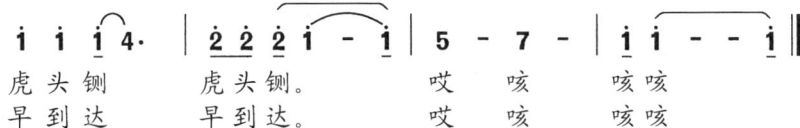

1=♭B 4/4

$\dot{1}$ $\dot{1}$ $\dot{2}$ $5\cdot$ $\dot{6}$ $\dot{1}$ | $\dot{1}$ $\dot{6}$ 3 3 $\dot{2}\cdot$ | $\dot{2}$ $\dot{5}$ $\dot{6}$ $\dot{7}$ $\dot{7}\cdot$ |

人生　可以　惊天地，　　　也可　竭诚

动地　感天　春复春，　　　山山　水水

$\dot{5}$ $\dot{5}$ 3 2 3 $5\cdot$ | $\dot{1}$ $\dot{6}$ 3 3 $\dot{2}\cdot$ | $\dot{5}$ 3 $\dot{7}$ $\dot{7}$ $6\cdot$ |

泣鬼　神。　　大美雷锋　凭大爱，

共清　芬。　　雷锋亿万　凌云起，

$\dot{1}$ $\dot{6}$ 6 6 6 - | $4\cdot$ 3 $2\cdot$ 3 4 3 | 1. 5 - - - : ‖ 2. 5 - - - ‖

感天动地　春　复　春。　　　人。

都是中国　梦　里

自律词·神驰开封府

易　行　词
赵小也　曲

1=♭E 4/4

0 5 5 5 1 2 2 5 | 5 1 - - 1 | 1 1 1 2 5 $1\cdot$ |

开封府里想强　华，　　　干部贪廉

开封府里想强　华，　　　"包拯"贪赃

$\dot{1}$ 6 1 2 2 $5\cdot$ | $\dot{1}$ $\dot{1}$ $\dot{1}$ $\dot{2}$ 4 4 5 | 5 $\dot{1}$ $\dot{1}$ - - | 5 $\dot{1}\cdot$ $\dot{1}\cdot$ |

减与加。　书记都　学焦裕禄，　　正风不用

也要铡。　领导都　如焦裕禄，　　小康社会

$\dot{1}$ $\dot{1}$ $\dot{1}$ $\dot{1}$ $4\cdot$ | $\dot{2}$ $\dot{2}$ $\dot{2}$ $\dot{1}$ - $\dot{1}$ | 5 - 7 - | $\dot{1}$ $\dot{1}$ - - $\dot{1}$ ‖

虎头铡　虎头铡。　　哎咳　咳咳

早到达　早到达。　　哎咳　咳咳

自律词·永远的邓稼先

易　行　词
赵小也　曲

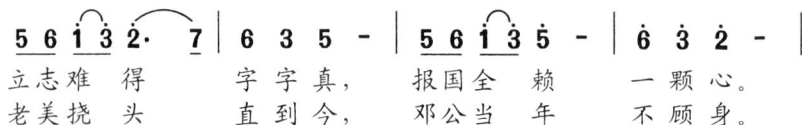

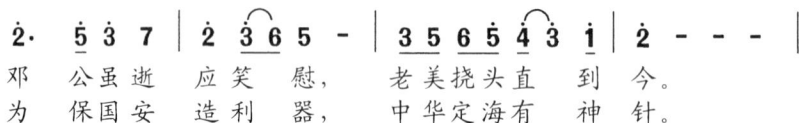

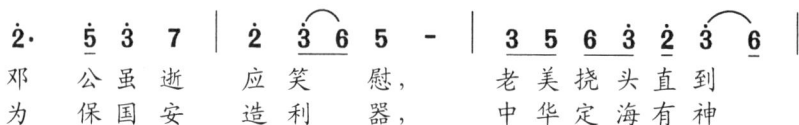

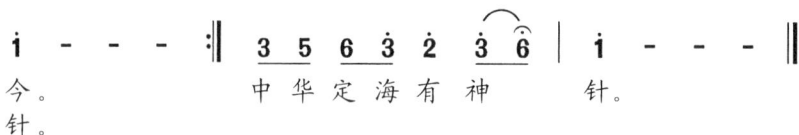

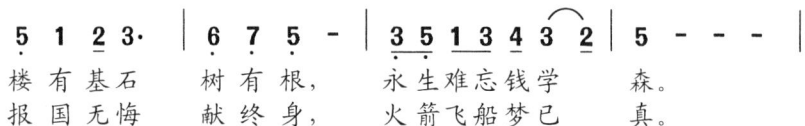

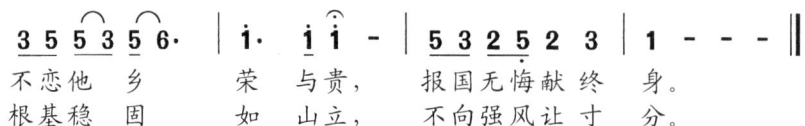

$1={}^{\flat}A$　$\frac{4}{4}$

```
5 6 1 3 2· 7 | 6 3 5 - | 5 6 1 3 5 - | 6 3 2 - |
立志难得   字字真， 报国全赖   一颗心。
老美挠头   直到今， 邓公当年   不顾身。

2· 5 3 7 | 2 3 6 5 - | 3 5 6 5 4 3 1 | 2 - - - |
邓 公虽逝 应笑慰， 老美挠头直 到 今。
为 保国安 造利器， 中华定海有 神 针。

2· 5 3 7 | 2 3 6 5 - | 3 5 6 3 2 3 6 |
邓 公虽逝 应笑 慰， 老美挠头直到
为 保国安 造利 器， 中华定海有神

1 - - - ‖: 3 5 6 3 2 3 6 | 1 - - - ‖
今。     中华定海有神   针。
针。
```

自律词·难忘钱学森

易　行　词
赵小也　曲

$1=G$　$\frac{4}{4}$

```
5 1 2 3· | 6 7 5 - | 3 5 1 3 4 3 2 | 5 - - - |
楼有基石   树有根， 永生难忘钱学   森。
报国无悔   献终身， 火箭飞船梦已   真。

3 5 5 3 5 6· | 1· 1 1 - | 5 3 2 5 2 3 | 1 - - - ‖
不恋他乡   荣与贵， 报国无悔献   身。
根基稳固   如山立， 不向强风让寸   分。
```

变格鹧鸪天·杂交水稻之父袁隆平

易　行 词
赵小也 曲

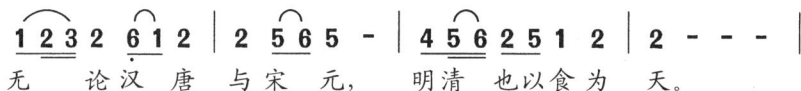

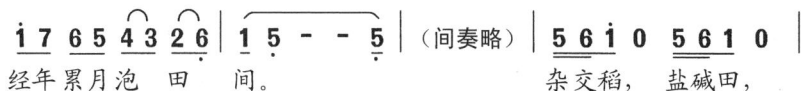

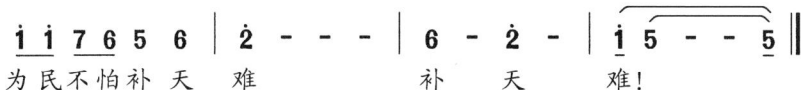

1=♭E 4/4

1 2 3 2 6 1 2 | 2 5 6 5 - | 4 5 6 2 5 1 2 | 2 - - - |
无　论 汉 唐 与 宋 元，　明 清 也 以 食 为 天。

1 7 1 2 6 0 | 1 2 5 0 | 1 1 7 6 5 4 3 2 | 5 - - - |
为 解 国 忧　您 忘 我，　经 年 累 月 泡 田　间，

1 7 6 5 4 3 2 6 | 1 5 - - 5 | (间奏略) | 5 6 1 0 5 6 1 0 |
经 年 累 月 泡 田　间。　　杂 交 稻，盐 碱 田，

0 2 2 1 2 4 5 6 1 | 5 - - - | 2 2 1 2 5 - | 4 5 6 0 |
海 水 浇 出 米 粮　川。　举 世 皆 知　袁 院 士，

1 1 7 6 5 6 | 2 - - - | 6 - 2 - | 1 5 - - 5 |
为 民 不 怕 补 天 难　　补 天　难！

变格鹧鸪天·文坛巨擘金庸

易　行 词
赵小也 曲

1=♭B 4/4

1 1 1 2 3 3· | 5 6 5 3 2 - | 2 2 2· 3 2· |
惊 悉　金 庸 驾 鹤 西，　黄 蓉 郭 靖

2 1 6 3 5 - | 5 1 7 1 3 2· | 2 3 5 1 6· |
共 唏 嘘。　我 心 沉 痛　如　山 倒，

```
1 2· 5 5 5 3 3 | 2 1 6 3 5 - | 5 1 7 1 2 0 |
万里  星空    乌夜 啼！   我心 沉痛

2 3 5 6 - | 0 6 1 2 3 0 0 | 2 1 6516 5 - |
如  山倒，    万里星空       乌 夜 啼！

（间奏略） | 1 1 2 3 - | 5 6 5 3 2 - |
            萧峰 泣，   杨 过 悲，

2 2· 2 3· | 2 1 6 3 5 - | 5 1 0 2 3 - |
亿万 粉丝  问 手 机：   古今 中外

2 3 5 16· | 1 2· 3 5 3 0 | 2 1 6 3 5 - |
谁 堪比，  雪芹、雨果、  海明 威？

5 1 0 2 3 - | 2 3 5 6 - | 0 6 1 2 3 0 0 |
古今 中外  谁 堪比，      雪芹、雨果、

2 1 6516 5 - | 3 5 3 2 - | 2 1 6516 5 - ‖
海明 威？ M              M
```

七绝·松

易 行 词
赵小也 曲

1=♭E 4/4

```
5 5 6 1 5  6 3 | 5 - - - |  4 4 5 6 1 - | 7 7 7 - |
枝似钢筋叶似  针，        只将一 绿    订终身。
```

```
6 7 1· · 1 1 | 2 7 5 3· |  1 7 6 7 1 2 2 | 2 - - - |
雪压 霜冻 何曾怕，        雨 打风吹 不变 心。
```

```
6 7 1· · 7 1 | 7 2 5 3· |  1 7 6 7 1 2 3 | 6 - - - ‖
雪压 霜冻 何曾怕，        雨 打风吹 不变 心。
```

七绝·竹

易 行 词
赵小也 曲

1=G 4/4

```
6 7 1 2 3 - | #4 4 4 - | #4 4 4 3 1 2 | 2 - - - |
出土径 直   朝碧空，  虚心未让一节   弓。
```

```
6 3 #4 2· | 1 2 #4 3 - | 1 2 3 #4 5 3 | 7 - - - |
断头宁可  成绝 唱，  也不折腰向逆 风。
```

```
6 3 #4 2 | 1 2 4 3 2 1· | 1 2 3 #4 5 3 7 | 6 - - - ‖
断头宁可 成绝  唱，  也不折腰向 逆 风。
```

七绝·梅

易 行 词
赵小也 曲

1=C 4/4

```
5 6 1 6 1 5 | 5 - - - | 6 5 6 1 6 3 | 2 - - - | 5 6 1 6 |
别说没利不争 先，    梅绽从无奖可  颁。    映雪傲霜
```

```
2 3 6 - | 2 1 2 1 6 3 | 5 - - - | 5 6 1 6 | 2 3 6 - |
红胜火，只缘胸有一心 丹。    映雪傲霜 红胜火，
```

```
2 1 2 1 2 6 | 1 - - - | 2 1 2 1 2 6 | 1 - - - ‖
只缘胸有一 心 丹，    只缘胸有一 心 丹。
```

七绝·国花牡丹

易　行　词
赵小也　曲

1=F 4/4

3 5 3 5· | 6 3 3 2· | 3· 5 3 5 5 6· | 6 7 5 - |
一生拘束　是悲哀，　应似国花　　尽兴开。

3· 5 6 5 | 3 2 7 6 5· | 3 5 3 5 6 3 | 3 2 - - |
只　要真红真紫　过，　任人毁誉任人　摘。

3· 5 6 5 | 3 2 7 6 - | 3 5 3 5 6 3 | 2 1 - - ‖
只　要真红真紫　过，　任人毁誉任人　摘。

七律·长江

易　行　词
赵小也　曲

1=♭B 4/4

3 5 6 3 2 7 6 | 5 - - - | 3 5 6 5 4 3 1 | 2 - - - |
万里长江万　古　流，　开天一笔画　神　州。

3 5 3 2 1 2 7 | 6 2 3 5 5 6 | 3 2 6 1 - | (间奏略) |
横分五　岭千城　筑，纵贯三川　百库　修。

3 3 2 3 2 7 6 3 | 5 - - - | 1 1 1 7 6 3 | 2 - - - |
坝上平湖生　日　月，　峡间激浪送春　秋。

3 5 3 2 1 2 7 | 6 5 6 5 5· | 4 3 2 3 5 6 |
乘风破　雾奔腾　去，不到天涯　势　不收，不到

1.　　　　　　2.
5 6 6 - - | 4 - 3 2 | 1 - - - ‖ 1 - - 5 6 |
天涯　　势　不　收。　　　收。　乘风

5 5 6 4 3 2 | 5 - - 5 6 | 5 5 6 4 3 1 | 2 - - 5 6 |
破雾　奔腾　去，　不到天涯　势不　收。　乘风

5 5· 4 5 | 6 - - 0 5 6 | 1 2 3 2 6 | 5 - - - ‖
破雾　奔腾　去，　不到天　涯势不　收。

七律·黄河

1=♭E　4/4

易　行 词
赵小也 曲

1· 1 1 5 | 5 6 5 - | 6· 6 6 5 | 4 3 2 - |
千　回 百 转　向 东 方，　壶 口 龙 门　锁 愈 狂。

4· 4 4 1 | 4 5 6 - | 1 1 0 1 1 0 | 2 5· 1 - |
大　浪 拍 山　抒 壮 志，　激 流　吻 地　诉 衷 肠。

（间奏略）| 1 2 3 4 | 5 i 5 3 | 2 3 4 5 6 7 |
　　　　　铺 开 一 路　花 千 里，　挥 就 两 京 赋 万

5 - - - | 4· 4 4 1 | 4 5 6 - | 7· 7 7 7 6 7 i |
行。　　　百　代 悲 天　黄 泛 史，　一 齐 化 作 稻 菽

2 - - - | 7 7 7 7 | 2 3 - - | i - - - ‖
香，　　　一 齐 化 作　稻 菽　　香。

七律·泰山

1=♭E　4/4

易　行 词
赵小也 曲

6· 2 2·7 6 1 5 3 5· | 6 5 5 3 2 1 - | 0 2 3 5 2 2 7 6 |
顶 天 立　地　起 红 尘，　势 带 千　山

3 2 2 7 6 1 5 - | 3· 3 5 6 1 4 3 2 |
万　木　春。　　极 顶 凌 霄 拥 日 月，

i· 7 3 2 3 7 6 5 | 1· 6 1 2 5 i | 4· 4 4 2 4 5 2 |
危 崖 坠 瀑 震 人　神。 风 来 似 有 惊 天 叹，　雷 走 能 无 动 地 吟？

6· 2 2 7 6 1 5 3 5 i | 1 1 6 1 2 i 6 | i 6 2 3 2 2 i |
五 岳 独　尊 非 浪 语，神 州 赖 以 壮 国 魂　壮 国　魂

1 6 1 6 1 5 5 4· | 2 5· 2 3 2 | 2 i - - | i ‖
壮　国　魂　壮　国　　魂。

七律·长城

易　行　词
赵小也　曲

$1 = {}^{\flat}\text{B}\ \frac{4}{4}$

3 1 5 5. | (5·643 2343 5 5.) | 1 2 3 5 1 6. |
一 山 青 翠　　　　　　　　半 山

(1·235 2176) 1 - | (5· 4 3235 2 2123 | 5· 4 3·523 3 1.) |
松，

1 1 3 1 3 2. | (1·235 2317 6· 5 356) | 0 1 2 6· 6 5 |
都 是 秦 皇　　　　　　　　去 后

(5· 4 3235 2 -) 　　　　　　(2·351 6543 2·1 612)
4 - - - | 1 1 5 1 6 5 4 5 3 | 2 - - - |
生。　　　昔 日 残 楼 如　断　戟，

1 2 3 3 2 2 3 | 3 1. (0 3 2 3 1) | 1 3 5. (4 3235 2· 3) |
今 朝 完 壁 似　　　　　　雕

1 - - - | (间奏略) 3 1 3 3 2. 2. (4 | 3217 2· 4 3217 2) |
龙。　　　　太 平 不 在

1 1 3 5 7 6. | (1·235 2317 6· 5 356) | 2 3 1. (3·523 1) |
边 关 闭，　　　　　　　昌 盛

2·3 1 7 6. (5 356) | 2 3 1 3 2. | (3·561 5643 2313 2 1 2) |
全 由　　　内 政 通。

　　　　　　　　　　　　(0 3 5 |
3 3 1 5 5. | 0 3 2·317 6 - | 2·317 6 3 5 2317 6) |
国 大 无 方　空 万　里，

0 3 5 6 3 0 1 | 3 2. (5·672 6 7 2) | 4 2 6 - | 5 - - - ‖
民 心 才　是　　　铁 长　城。

一剪梅·北国春

易　行　词
赵小也　曲

1=♭B 4/4

2̇ 2̇ 2̇ 3 6 1 | 2 - - 5̇ 3 | 2̇ 5 5 5̇ 1̇ 7 6 | 2̇ 5 - - |
雪化冰销万木　春。　　　天也销魂,地也销　魂。

6· 1̇ 2̇ 5 | 3 1̇ 7 6 - | 1̇ 1̇ 1̇ 2̇ 6 5 4 3 | 5 2̇ - - |
东　风摇曳满山金。　云也纷纷,雨也　纷纷。

2̇ 2̇ 2̇ 2̇ 5 6 | 4 - - - | 5 5 6 4 5 6 | 5 3 2 1 - |
车水马龙万象　新。　　　红也　纯真，绿也纯真,

6· 1̇ 2̇ 3 | 1̇ 7 6 5 - | 1̇ 1̇ 1̇ 2̇ 6 5 4 3 | 5 2̇ - - |
情　歌荡漾送晨　昏。　男也亲亲,女也　亲亲。

6· 1̇ 2̇ 5 | 3 1̇ 7 6 - | 1̇ 1̇ 1̇ 2̇ | 6 5 4 3 | 5 2̇ - - ‖
情　歌荡漾送晨　昏。　男也亲亲，女也　亲亲。

自律词·夏至刘公岛

易　行　词
赵小也　曲

1=F 4/4

0 0 0 5̇ 6 1 | 5 - - 6 7 | 5 - - 5 6 3 | 2 - 2̇ 5 6 5 |
　　　　海　风　尽情　吹，　海　岛　万　花
　　　　致　敬　忠魂　碑，　水　师　热　泪

2 - - 5̇ 6 1 | 5 - - 5 3 7 | 6 - - 5 3 7 | 6 - 2̇ 3 6 |
飞。　刘　公　和　刘　母，　一　去　永　不
飞。　今　日　刘　公　岛，　处　处　放　光

5 - - 5̇ 6 1 | 5 - 5 3 7 · | 6 - 5 6 3 | 2 - - - |
归，　却　留　遍　地　爱，　一　步
辉，　迎　风　挺　身　立，　甲　午

2 3 6̇ 1 - | 5 6 6 - - | 1̇ 1̇ 1̇ - - ‖
一芳　菲。　甲　午　　　永　无　回。
永无　回。

渔家傲·洞庭秋

易　行　词
赵小也　曲

$1 = {}^{\flat}B\ \dfrac{4}{4}$

散板

3 2 5　3 5 3·｜6 3 1　2·｜3 3 6 2 1 3 3｜6 6 — — 6

极目洞庭（哎）　真浩渺（哎），君山隐　隐十分　小（喽），

2 3 1 2·｜3 2 1 1·｜2 3 1 2 3 5 3·｜3 3 2 2 1 —

帝子泣别　竹已老（哟）。风　莫　吵（哎），岳阳楼上（哟）

5 3 6 6·｜（间奏略）

慢板

3 2 5　3 5 3·｜6 3 1　2·｜

秋 来 早（哎）。　　　且唱渔歌（哎）　招鹭鸟（哎），

3 3 6 2 1 3 3｜6 6 — — 6｜2 3 1 2·｜3 2 1 1 — 1

保护水　质防蓝　藻（哟），　　游客如织　天似扫（呦）。

2 3 1 2 3 5 3·｜3 3 2 2 1 —｜5 3 6 6·｜X′ — X` 0 ‖

鱼　也　晓（哎），当然绿水（哟）　青山好（哎）。（哟）　（哟）

自律词·冬在海南

易　行　词
赵小也　曲

$1 = C\ \dfrac{6}{8}$

1 2 3 2 1｜7 6 7 5·｜5 6 1 3 1｜7 6 7 5·｜

还 是 亲 临 眼　见 真，　海　南没 有 雪　纷纷。

5 6 1 7 6｜5 2 3 6·｜2 3 6 5 4｜3 1 6 2·｜

风 带温情 水 带暖，　衬 衫从秋 穿　到今。

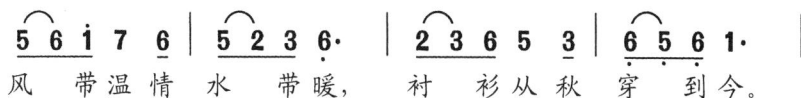

风 带温情水 带暖，　衬 衫从秋 穿 到今。

（间奏略）

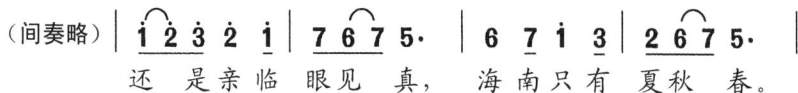

还 是亲临 眼见 真，海南只有 夏秋 春。

几丝细细 椰林 雨，带绿牵红 到 我心。

还 是亲临 眼见 真，海南只有 夏秋 春。

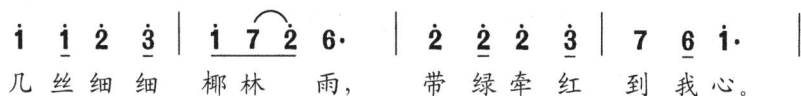

几丝细细 椰林 雨，带 绿牵红 到 我心。

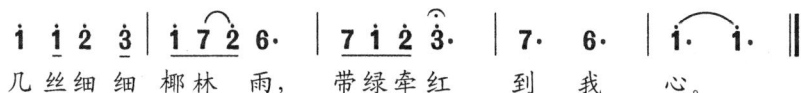

几丝细细椰林 雨，带绿牵红 到 我 心。

菩萨蛮·一带一路

易 行 词
赵小也 曲

1=F $\frac{4}{4}$

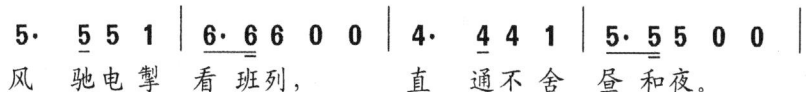

风 驰电掣 看班列，　直 通不舍 昼和夜。

亚 非 与欧盟，　联 华 求共赢。

（间奏略）

千山　拦不住，　一带和一

路。　　一齐　向未来，　共筑黄金

台。　　千山　拦不住，　一带和一

路。　　一齐　向未来，　共筑黄金

台，　　共筑　黄金　台。

御街行·长安街上行

易　行　词
赵小也　曲

宽广地

新潮浩　荡开新　宇。　风阵阵，　楼熠熠。
天安门　立金辉　里。　将热泪，　全付与。

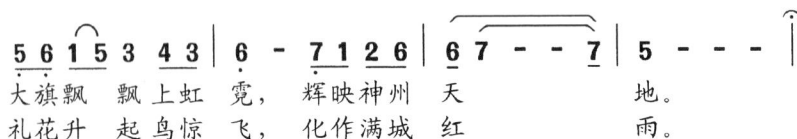

大旗飘　飘上虹霓，　辉映神州　天　　地。
礼花升　起鸟惊飞，　化作满城　红　　雨。

进行曲　　　　　　　　　　　　渐慢　拉宽

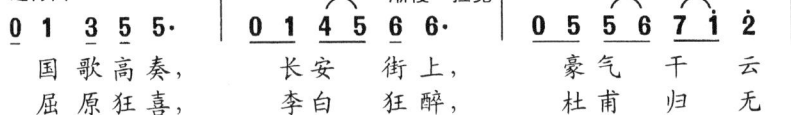

国　歌高奏，　长安　街上，　豪气干　云
屈原狂喜，　李白　狂醉，　杜甫　归无

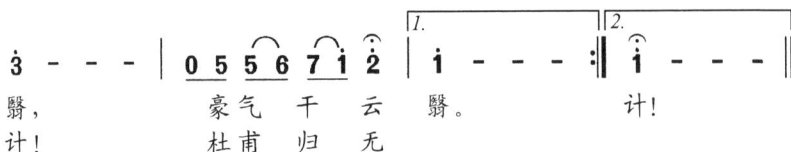

霭，　　豪气干云霭。　　计！
计！　　杜甫归无

自律词·天安门广场看升旗

1=C 4/4

易　行　词
赵小也　曲

人　山人海　看升　旗，　心　共云　霞

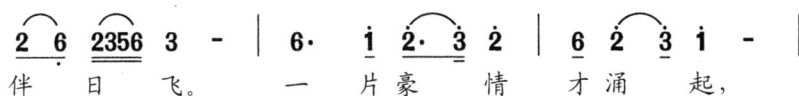

伴　日飞。　一　片豪　情才涌　起，

满　城风采　已朝　晖。满　城风　采

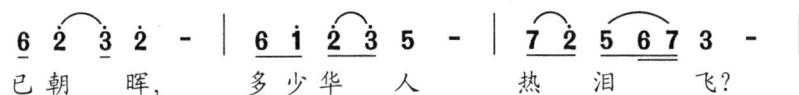

已朝　晖，　多少华　人　热泪　飞？

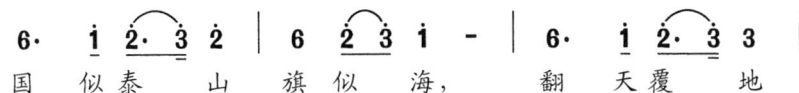

国　似泰　山旗似　海，翻　天覆　地

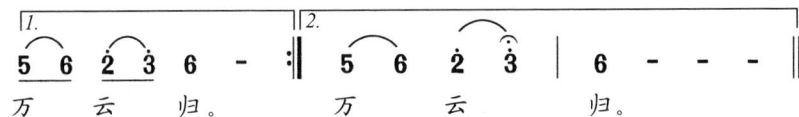

万　云　归。　万　云　归。

自律词·实干兴邦

1=♭B 4/4

易　行　词
赵小也　曲

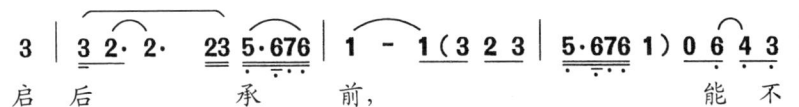

启　后　承　前，　能　不

2· 3 2·323 2343 | 5 - -(5612)| 3· 1 3 2· 2 |
联　　　　想，　　　　　汉　唐

(2·317 6561 2 22)| 5·656 2 7 6 1 1(3 | 2·317 6· 7 6725 3276 |
鼎　盛　　时光？

5 - - -)| 1· 7 6 7 2(2·323 #4356)| 7 2 7·2 7 2 3 3· |
物　阜民　安，　　　　　友来四　　面八方。

3(5· 6 3217 6· 5 356)| 1 1 76·767 2 3 5(7 | 6·725 3217 6· 5 356)|
使通　　西　域

7·3 #1 7 6 5̲6 6(7·317 | 6765 356)6 7·6 2· 3 | 5(3·6 #43 2343 5671)|
连　欧　亚，　　　丝绸　路

2 2 7 2 3 2̲3 - |(3· #432 7272 3 3 33)| 7·3 #1 7 2 2 - |
万里　长。　　　　　到　明　朝，

(73 #17 2 23 #4234 6467)| 2 27553 2 5 6 1(27 | 6·725 3276 5 -)|
船下　　西洋。

0 3 5 6 1 1 | 1 7 1 2 2· 2 5 | 3 2 4 3 5 3(4 |
举　世皆惊，　唯我炎黄唯　我　炎黄！

3·432 1612 3 3 3 3 | 2/4 3333 3333)| 4/4 1 1 3 6 5 5 6 7 7 6· |
如今国　富山　也壮

7 6 7 2 2 2 7 2 3 | 3 - 7·272 3 #43 | 2 - - 2(2· 5 |
山也　壮山也　壮，

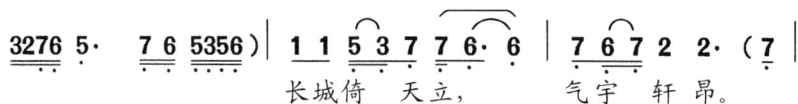

长城倚天立，　气宇轩昂。

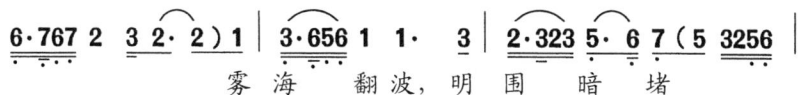

雾海　翻波，明围　暗堵

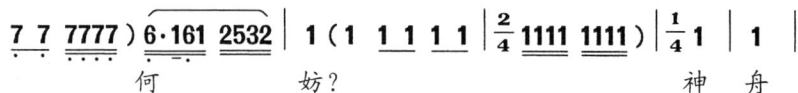

何　妨？　　神舟

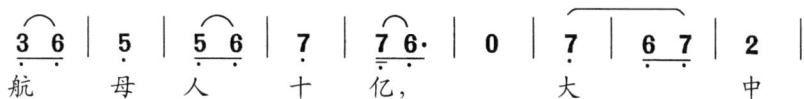

航　母　人　十　亿，　大　中

华，赤旗高扬。　振　人心：

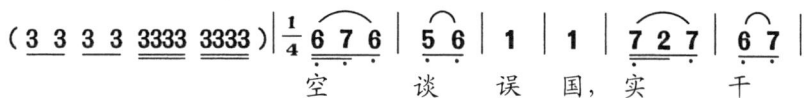

空　谈误国，实　干

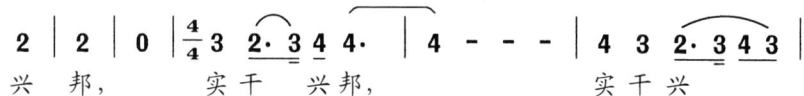

兴邦，实干兴邦，　实干兴

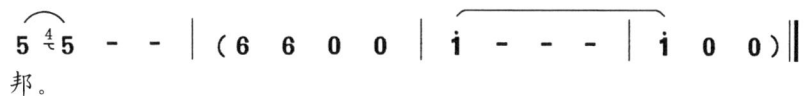

邦。

"但凭豪气写真心"

（此文原为易行《神怡集》序）

于友先

离开教学工作后，我很少读诗，特别是旧体诗。但兴俊（易行）的诗却不能不读，而且不能不细读。因为我认识他已有四十多年，了解他的经历、为人和秉性，也了解他的特长和"特短"。因此，他的诗读起来亲切，有同感，能引起共鸣。

他的经历，同许多从那个时期走过来的人一样，注定是不平常的。正像他的《走进天山》所说："匆匆跋涉岭和峰，回首征程画卷中。风雨人生无坦路，一山放过一山迎。"特别是在"文革"中，他年轻气盛、书生意气，为被"打倒"的老师们鸣不平，说什么"不能敌国破，谋臣亡"，因而被批斗、被关押，险些丧命。好容易"跳出"学校，又被"发配"农村，继续接受"再教育"。所以，四十年后他回母校赠书时，万分感慨地写道："挥泪一别四十年，不堪回首是从前。求学五载红楼梦，就业十耕鹧鸪天。壮岁已成青杏子，苍头却喜菩萨蛮。老来不怕时光短，逐日还能越万山！"

他的为人，同他的诗一样，率真、质朴、豪放。记得我从河南省委调任新闻出版署署长时，许多老同学老熟人都来看望，唯独跟我很熟的他一直没来。直到我快从署长位置上退下来时，他才抱着几大本由他主编的书来看我。我责备他："我都来北京好几年了，你怎么才露面？"他嘿嘿地笑，说："这不是编出几本书么，怎么也得给您看看。"他担任线装书局总经理、总编辑，几年来干得有声有色，书局的实力大大加强，书局的名气也与日俱增，他却不只一次地要求去职，好专事写作。我知道他一直想坐下来写已经准备多年的"大部头"，但书局还处于起步阶段，说什么也不能放他走，也就不只一次地"严辞拒绝"。他无奈，但还是不遗余力地工作。有一次他来电话，说："韬奋出版奖应该给年鉴界一个名额，他们准备推荐一个在年鉴岗位辛勤工作近二十年的同志参评。"我说："你也可以报名参评。"他说："我哪儿行啊！整个儿出版界才二十个名额。再说，您是评委会主任，报我，不让评委们为难吗?"他对名利看得确实很淡，所以，他才敢问心无愧地说："不恋荣华不恋权，宽松简朴度年年。自从心在天山上，静水一池总湛蓝。"（《心在天山》）

　　兴俊的主要爱好和特长也确实是编书、写书。他来中国版协之前，已主编了多部大书。来版协后又主编了好几卷《中国出版年鉴》，到线装书局则主编了《国学十三经》、《国学启蒙四书》、《中国诗词年鉴》、《年鉴编辑手册》、《汶川十日》，还编著了《中国诗学举要》，等等。其中《国学十三经》获古籍图书一等奖、《汶川十日》获中国优秀出版物抗震救灾特别奖，其他书籍也广受好评。除此以外，他还作了大量的诗词。他作的诗词大多是关注民生、讴歌时代的。有人笑他是"歌德派"，他"欣然接受"并乐此不疲。他在《冬日》的诗里表白："清晨睡起望东窗，朗朗乾坤淡淡霜。最喜身居阴影外，乐观世界总阳光。"所以，他坦言"天降我材应有用，但凭豪气写真心。"并且"老来伏案唯一事，留片真心给后人。"说到这里，我也真为不能给他更多的时间写作而抱歉。

　　至于他的"特短"，就是他的急躁，也是出了名的。有一次，他向中国版协申请出版一重大选题图书。由于出版这部书投资大，风险也大，版协的几位领导的意见是申请下来经费再出。他急了，说："如果赔了，我个人拿钱补!"闹得大家没办法，只好同意。当然，他发急，多数是为了工作，很少为个人。如果心里总是想着个人，想着名利，心不在"天山上"，就不可能有"总湛蓝"的"静水一池"，也就难以写出好的纯净的诗。这就像他的《诗人》写的那样："寡欲清心再舞文，残云褪净是真纯。苦思冥想无他事，难怪诗人尽傻人！"如果说整天处心积虑为自己谋利益的人是聪明人，整天搜肠刮肚、舞文弄墨的人自然是傻人。但只有这样的"傻人"才能写出震烁古今的优美诗篇，而真正优美的诗篇不仅是个人的宝贵财富，也是人类的共有财富。

我所以在这篇诗序里只谈兴俊之人，不谈兴俊之诗，是因为"文如其人"，只有知其人，才能知其诗，才能在诗中印证其人，如此而已。

二○○九年四月十二日于北京

（于友先，原新闻出版署署长、中国版协主席）

"赏心最是登绝顶"

（此文原为易行《神怡集》序）

霍松林

前年，易行先生以其大著《踏歌集》寄赠，我没翻看几页，便被其中浓郁的时代气息和生活气息所吸引，连读数过，很快回信，认为其中的"《山之歌》、《水之歌》、《城之歌》多有佳什，《神之歌》稍次。评价历史人物，准确已难，出新出彩更不易也。""就我的感受说：新诗佳什雄奇、豪迈、壮阔，兴会淋漓，激情喷涌；旧体诗词亦有佳作，时出新意，但与新体相较，震撼力实有逊色。"

我当时不知道这样说，易行先生能否接受。

去年，易行又寄来他的新著《壮怀集》，其中的《信至》，便是给我那封信的回应："长安信至看从头，拍案惊呼快哉周

（易行本名周兴俊）。锐笔直击阿是穴，微言顿解律中因。新诗业已撒缰去，旧体还须裹脚游？世上谁知镴铐舞，舞于妙处胜吴钩。"看来他是认同我对他的评价了。从《壮怀集》所收诗词也可以看出，他正有意加大旧体诗词的气势，以增强其"震撼力"。从刚寄来的这本即将出版的旧体诗选《神怡集》看，其力求"出新出彩"的努力已大见成效。他写道："为诗何必楚山孤？万里江天一览无！"这不是狂，这是在表达他"得鱼忘筌"以创新求变的宏图大愿。他确信"删繁就简千秋诵，领异标新万古风。不怕人嘲斥两少，拔山一句便成雄。"另一首诗里更表达出他力争上风的志向："身处平庸久，雄心总不甘。也知扛鼎苦，来饮第一泉。"是啊，人不可以有"自封天下第一"的愚蠢，却不可无"摘金夺冠"的精神。

易行先生有这样的精神，所以他的诗写得气势夺人。

《神怡集》以《长江》七律开篇："万里长江万古流，开天一笔画神州。横分五岭千城筑，纵贯三川百库修。峡上平湖生日月，渠间绿水映春秋。太白豪气今犹在，能不狂歌笑美欧？"后两句是从李白"我本楚狂人，凤歌笑孔丘"化出来的。这一化，便化出现代中国气超千古、势压五洋的盛世雄姿。（后两句已改为："乘风破雾奔腾去，不到天边势不收"。）在《故宫秋望》中他写道："车似流云树似洲，无穷金碧染中秋""远观心有雄风过，一洗清廷万世羞！"而面对西方少数人妄图抵制北京奥运会时，他怒斥："狂潮纵使来天半，无碍地球自转。几只螳臂，岂能拦阻，神州巨舰。"真可谓理直气壮，笔挟风雷。

当然，易行先生更热衷于山水风景诗的创作，他在《神农登顶》中写道："万里江天唤我来，远游不计发丝白。赏心最是登绝顶，无尽青山入壮怀。"因为他是满怀豪情地观赏，所以他看黄河，黄河"千回百转走苍茫，壶口龙门锁愈狂。大浪拍山抒壮志，激流吻地诉衷肠。"他看泰山，泰山"顶天立地起红尘，势带千山万木春。极顶凌霄拥日月，危崖坠瀑震人神。风来似有惊天叹，雷走能无动地吟？五岳独尊非浪语，神州赖以壮国魂。"他看长城，长城"昔日残楼如断戟，今朝完壁似雕龙。"他看钱塘潮，"前潮涌起如山立，后浪追来似海折。"而夜游珠江，则是"如逛天街夜市，似游梦里仙乡。满船北调对南腔，争说改革开放。"从上述诗词不难看出，他对祖国大好河山的热爱之深。他放言"人生快意踏歌行，把酒长江万里风。不赶流云青海上，来迎豪雨洞庭中。"这就不仅是写景，更是在抒发他的人生态度。因为爱之深，所以报之切，不赶时髦，迎难而上，为报效祖国，不惜贡献自己的一切。这便是诗人应该有的赤子之心。

从总体看，易行的诗以气势贯通，以真情感人，直抒胸臆，自由奔放，"天然去雕饰"。当然，其中也有不尽如人意处。在《神怡集》"卷一　江山"中，易行为许多历史名城写照，这是很难的，古今少有人尝试，易行却大胆写来，其中亦不乏佳作，但总不像写眼前具体的景物或亲身经历的事情那样真切感人。在"卷二　岁月"中，易行写了中国几乎所有主要的传统节日，其中，也是具体写"有我之境"的诗鲜活生动一些。也就是说，诗写亲临之境、亲历之事，写真性情、真感悟，能写得深刻感人，反之，便难免流于空泛。

总之，易行先生性情豪爽，又虚心好学，且边学边做，大胆尝试。在提升旧体诗词创作质量的同时，编出极简明易懂的《中国诗学举要》；在博采众家的同时，编出极古朴高雅的《中国诗词年鉴》。他实干，又擅长联想，相信一定能实现自己的雄怀伟抱，作出无愧于祖国、无愧于时代的贡献。

　　　　　　　二〇〇九年"五一"写于唐音阁
（霍松林，中华诗词学会名誉会长、陕西师大教授）

"求正容变"是诗词创新的指导原则

（此文原为易行《远望集》序）

刘　征

易行君说，《远望集》的出版是为诗词的改革与创新摇旗呐喊，我也是摇旗呐喊的志愿者，虽已老迈，愿与子同行。

"求正容变"是正确处理遵守格律与变化创新两者关系的指导原则。诗词创作，自然要严格遵守和熟练运用诗词格律，最好能达到"从心所欲不逾矩"的程度，却也不能把格律看成凝固的金科玉律。合理的变动是允许的，在发展中甚至是必然的。变，至少有三种情况。一是格律的灵活运用。古今大诗家灵活运用格律的例子不胜枚举。如同公孙大娘手中的剑器，套路有其程式，舞起来都是灵活的。二是格律的创新，即形成另一种新诗体。诗，从四言到五言，从五言到七言，从诗到词，从词到曲，如此等等。中国诗歌几千年的格律发展史就是这样走过来的。一种新诗体的诞生，是许多条件综合促成的，不可能一蹴而就。三是除旧布新，抛弃格律中的不合理成分，近些年许多朋友主张采用今韵即是一显例。

上世纪四十年代，我习诗十年，一直严守平水韵。虽然感到其中有些同韵的字却不在同一韵部，又有些不同韵的字却在同一韵部里，但谨遵师训，认为作诗即应如此，不曾多想。后来，弃旧从新，写新诗约二十年。我写新诗都押韵，自然不用韵书。改革开放以来，重理就业。对于用韵，悟出一点道理。押韵为什么？为着增加语言的音乐感与和谐美，读起来上口，听起来悦耳，记起来便捷，唱起来动听。押韵为此受欢迎，乃至在广告和某些小品节目中广泛应用。押韵的效果不是表现于书面，而是表现于口头。如果按韵书是押韵，念出来却不押韵，难道仍应胶柱鼓瑟，不应改弦更张吗？"平水韵"应该像古越王的宝剑那样，今天不宜用于实践。在这三十年中，我写诗词不再遵平水韵，随口押韵，韵书只供参考。虽然有些冒失，但是我相信，这样做是对的。时下出了几种今韵书，功德无量。我国在韵书出现以前，曾产生过大量辉煌的经典诗作，《诗经》《离骚》皆是。而今，能说普通话、运用汉语拼音的人越来越多。汉语拼音，使辨认怎样是押韵一目了然。今后，押韵不靠韵书，会越来越普遍了。

易行的诗论，鲜明晓畅，比我说得透彻。易行的诗作，清新有味，几位老朋友已经论述，我都同意，不再重复。我只就他的创作主张说这些话，借此投一张赞成票。农历已近腊月，眼看就到春节。"千门万户曈曈日，总把新桃换旧符"，诗词也是一样，在新的一年里一定会有一个新的气象。

二〇一一年元旦于蓟轩

（刘征，中华诗词学会名誉会长、教育出版社原副总编辑）

直面大场景　敢写大气诗

——简评易行《神怡集》

刘　章

近年来，总为年轻诗友的诗集作序，为学诗的老年朋友改诗，朋友赠书来，放在案头想看，却挤不出时间读，归入书架。只出不进，甚急。逢百年一遇大雪，雪融屋漏，不能坐到写字台前工作，唯有读书，下决心，读友人赠书。大千世界，生活万象，百家诗人，各有追求，造就了百花齐放的文坛风景。每位诗友，都有自己的特色、个性。读一部诗集，拜一个师，何其乐也。

多年来，我自己写诗，和年轻诗友谈诗，总是强调，以小见大，以微写著，写城是一楼一巷，写山是一谷一峰。读易行《神怡集》我才认识到我的想法，对自己是小家子气的胆怯，对年轻诗友则是误导。易行敢以长江、黄河、广州、苏州为题，居高临下，直面大场景，昂首挺胸，诗写得奔放、大气，真吾师也！我多次在短文里呼唤，我们享受当代新城新路新桥的生活，要写出这些大场景的当代诗，自己却乏力难为，易行勇敢地追求，写得大而不空，实为难得！请看《长江》："万里长江万古流，开天一笔画神州。横分五岭千城筑，纵贯三川百库修。"诗中不只落笔写出"长江"二字，还在于"横分五岭"、"纵贯三川"，只有长江。写《天津》："塘沽船阵连欧亚，劝业商城映古今"，这个联语，只能是天津。写《邯郸》："铜雀春深悬朗月，丛台雾退涌新潮"，只能是邯郸，绝无歧义。而继写"参禅可进回车巷，创业莫停学步桥"，用人人皆知的典故，写出了对历史的思考，对社会发展和人生进取的哲思。《千岛湖》写得甚佳，我没到过千岛湖，从"岿然一坝捧千桃"，可知千岛不是千峰壁立，而是千丘络绎。这是纵目观察，眼中景心中象相合之句，下面"水涨船高山变岛，人生际遇亦如潮"，从自然景象上升到人生的高度。

霍松林先生在《神怡集》序里说："易行的诗以气势贯通，以真情感人，直抒胸臆，自由奔放……"我完全同意这样的评语。易行居高临下，如黄河"大浪拍山抒壮志，激流吻地诉衷肠"，敢写大场景，且大而不空。从他的诗里可以知道，他敢写一市一城，是因为他熟悉那里的历史、地理和文化，有纳才有吐，如《广州》句："花开沿海三千镇，路带商圈五百强"，写的是花城周围及中国沿海地区的巨变。《过富春江严子陵钓台》句："朝廷也有钓台筑，只是严陵不上钩"，透露出对历史的深沉思考。

　　我说易行直面大场景，敢写大气诗，是说易行诗的鲜明特色，可贵的追求，并非说首首皆佳，无懈可击。他的这种努力是值得诗界思考的。像苏东坡，既写"大江东去，浪淘尽、千古风流人物"也写"花褪残红青杏小"一样，《江山卷》里，有些一景一情诗亦多佳句，如《游火山口地下森林有感》句："枯木一株顶天立，英雄树死也风光"，便是在看风景时瞬间移情于景的英雄气象之句。《咸亨酒店》中"不知赊账人何在，可否代还十九钱？"便是看景时从容的灵感火花一闪的有味之诗。

　　善写大场景，是易行的可贵追求，像霍松林老说的那样，"写真性情，真感悟"是易行的诗人天赋和本色。《早春喜雨》中"旱到焦心能点火，愁成郁垒可堆山"，写出了古今人们面对干旱的焦渴心态；《清明长城行》中"我请长城和峻岭，一齐默立祭群英"，则写出了清明节人们怀念先人的普遍感情；《冬日睡起》中"最喜身居阴影外，乐观世界总阳光"和《学诗四题》中"下海莫学陶令隐，登峰却要辋川闲"，都是当代口语化人生哲理的好句，是煮海成盐的体验提炼，让我心弦震动。

　　我与易行是老友，他写诗词的时间并不长，却突飞猛进。奥妙何在？我知道，他先写新诗，后写诗词，以意为帅。我从《神怡集》里还找到了两条：一是他写诗词，也写诗词理论文章，写诗悟理，悟理思诗，得双翼才飞得快；二是在《神怡集》里，不只引用了古人诗，也引用了许多今人诗，纵向继承，横向博采，注意诗词当代化，于诗爱得虔诚，爱得厚道，心虚则诚也。熟悉古人诗易，熟悉那么多今人诗，并非人人做得到，这是易行可爱可贵之处！

　　　　　　　　二〇〇九年十一月二十一日于石家庄

　　（刘章，中国乡土诗人协会原会长、河北省诗词学会原副会长）

诗是生活的审美超越

——易行《远望集》读后

刘庆霖

读易行《远望集》，感触最深的就是浓浓的诗意之美。这种美来自普通生活，通过诗人的审美加工，便具备了特殊的感染力。为此，读其诗便得出一个结论——诗是生活的审美超越。那么，易行先生是如何做到的呢？

一、坚持诗意栖居，完成生活的超越

"人，诗意地栖居"，这是德国古典诗人荷尔德林的诗句，后来，被哲学家海德格尔诠释加工，便同时具有了哲学维度和诗意维度。对一般人来说，"诗意地栖居"虽然是理想，但也许这个要求有些过高了；而对诗人来说，"诗意地栖居"是必要的，也是必须的，它是诗人完成对生活审美超越的第一关。所以，在诗界人们倡导"做诗先做人"、"做诗人首先要诗意地栖居"。从易行先生的作品中可以透视到，他便是诗意栖居的人。

首先，他能够洗净灵魂，腾出一间心室，让"诗神"住下。易行长期从事编辑工作，尤其是在线装书局任总经理总编辑多年，可谓是事无巨细，公务缠身。然而，他又偏偏是个爱书如命的人，几乎每天都挤时间读书。在《远望集》"评史"部分，他从老子开始，一直到秋瑾结束，一共点评了五十二位历史人物，这需要多少时间去读书才能够完成？更难得的是，他点评历史人物都有自己独到的见解，绝不是人云亦云。例如他写《秦始皇》：

> 始皇日夜思无疆，故遣徐福寻秘方。
>
> 纵使取回神效药，能医二世三年亡？

是啊，纵然取回仙药，能够延长人的生命，却不能医国之病，而秦二世胡亥的死，乃因国之病，而非人之疾。这样的道理，看起来简单，但不对历史深思熟虑是道不出来的。再如《过富春江严子陵钓台》：

> 隐者避官如避仇，藏身山野傍渔舟。
>
> 朝廷也有钓台筑，只是严陵不上钩。

这首诗虽然不是直接读书而得，但与读书又是分不开的。东汉严光（字子陵），少时曾与刘秀同游学，刘秀登基后，封他为"谏议大夫"之职，严子陵拒不入朝，来到富春江隐居垂钓。宋朝张浚的："古木笼烟半锁空，高台隐隐翠微中。身安不羡三公贵，宁与渔樵卒岁同"（《过严子陵钓台二首》之一），即说此事。然而，后人多以严子陵沽名钓誉论之，说什么"姜太公钓鱼是为了钓江山，严子陵钓鱼是为了钓名气"，今人金定强的《钓台》即复此论："一觉曾经动帝星，高台谢绝故人情。手中各有竿千尺，君钓江山我钓名"。而易行《过富春江严子陵钓台》却写出了新意，道前人所未道，认为，在封建集权的君主专制时代，一个人能够摒弃繁华，取"采菊东篱下，悠然见南山"之境，不受朝廷高官厚禄的诱惑，足见其识之深，悟之透。

其次，易行先生对生活充满了激情，对祖国山山水水无限地眷恋：

> 明镜西沉月在天，轻云淡雾散如烟。
>
> 激情撩起平湖水，既洗风尘又洗天。
>
> 　　　　　　　　　　　　（《镜泊湖》之二）

每次旅游采风都是诗人与山水的拥抱，就是平时他也常创造机会走进自然。易行先生的家离香山很近，在《远望集》

"居家"部分，他就写了《师山》、《登峰》、《登山远望》、《秋山笑我》、《我啸秋山》、《家山》、《登顶》、《山中独乐》、《秋山远望》、《冬日游山晚归》等十五首直接写山的诗，足见其忘情山水、诗意栖居的生活方式。由于经常攀登和时时关注，他几乎对香山了然在胸：

> 春夏花开各逞能，金秋结果意重重。
> 云山一过秋风手，青变鹅黄绿变红。
>
> （《秋风》）

此首小诗读后，有一种紧锣密鼓响过，天籁之音訇然现身的感觉。廖廖数语，把香山春夏秋的变化和他自己的感悟都写进去了，题目是《秋风》，实质上写的是山。他爱山水如同爱他的诗词，正如他写的："有山在心里/有海在心里/山呼海啸/就是我的诗句。"（《壮怀集》诗序节选）

再次，易行先生能够做到淡泊名利。淡泊名利是要正确看待名利，而不是不要名利，更不是不干事业。他经常说："我们就是要做点事（指诗词），对于名利不要想得太多"，"'以出世之心做入世之事'，才能做好诗词事业"。在易行的《远望集》中，随处可以找到两类情感的诗：一是担当，二是淡泊。如：

> 远观如鹜又如龙，跃跃欲飞天九重。
> 我欲随之灵隐去，人生作业未完成。
>
> （《望飞来峰》）

> 不恋荣华不恋权，宽松简朴度年年。
> 自从心在天山上，静水盈池总湛蓝。
>
> （《心在天山》）

这两首诗，是作者触景生情偶然而得，而非刻意表现。第一首借如龙似鹜的"飞来峰"想象生发，似乎感觉自己可以随之而飞上九重天，但忽又想到"人生作业未完成"。这虽然只是一种想象，一种心里活动，但在这种洒脱自然的想象中，也足以看出作者心中的责任与担当。第二首借天山天池抒怀，诗中不说"身在天山上"，而直接说"心在天山上"，这句看似随意道出的话，却恰恰体现了作者一颗澄澈透明的心灵和淡泊恬静的情怀——"静水盈池总湛蓝"。两首诗在不经意间透露出易行先生对待生活的态度和审美取向，同时也佐证了他诗意栖居、超越普通生活的精神境界。

二、深入观察生活，完成思维的超越

每个人认识问题的深度、广度、高度都是不同的，尤其是对于生活中所蕴含的诗意的认识，更是千差万别。这是因为，普通人的日常思维与写诗所要求的诗性思维并不相同。对一般诗人来说，要经常处于诗性思维状态，也并非易事。而易行先生却能够较好地把握住诗性思维的脉搏，常常把思索的目光伸向自己丰富的人生体验，从平凡的生活沙粒中筛选出真金，并营造出熠熠生辉的诗句。在他的诗中，我们可以看到思维上的三种超越：

一是超越俗思，进入雅思。古人就曾经讲过，诗要避俗，也就是说，诗要雅思。然而，要避开俗思并非易事，因为俗思是人人都有的，它是生活中的一种习惯性思维。而易行先生却能够很好地超越它。我们且看他的《乌篷船》：

老街水巷荡乌篷，恍若时光隧道行。

闰土阿Q孔乙己，一一叩问故乡情。

易行在这首诗的小序中说："在三味书屋前的老街水巷里，乘坐类似当年鲁迅乘坐过的乌篷船，感慨万千。"于是，写下了这首诗。恰巧，十年前我与另外一位诗友也去过绍兴，坐过乌篷船，到过三味书屋，也去过孔乙己穿着长衫站着喝酒的咸亨酒店。另一位诗友跟我说：咱们今天要体会一下孔乙己喝酒吃茴香豆的味道。所以，那天我们不但吃了茴香豆，还第一次喝了绍兴黄酒。结果是，他喝多了，到了半夜还喊难受，我再也不想吃那个难吃的茴香豆了。我们俩在绍兴都无诗而返，现在看来，当时我们只是俗思俗念，无诗亦属正常。易行则不然，他到绍兴去看鲁迅故居三味书屋，马上想到了他笔下各具特点的三位人物，而且，他好象通过时光隧道来到过去，并见到了这三位人物，与他们交谈正酣："闰土阿Q孔乙己，一一叩问故乡情"。这种思维是何等地超凡脱俗，又是何等地诗意盎然。这种超越俗思，进入雅思的思维习惯，在他的《远望集》中随处可见，如"禹王若问江河事，五谷香飘四季风"（《禹庙》），"横穿佛顶三千界，来证青山不老因"（《二上菩萨顶》），"提心欲上青城顶，又恐惊飞慰鹤亭"，等等。

二是超越常思，进入奇思。诗人只有生活并不够，还要能够在生活中完成审美超越。所以，诗词反映生活，要力求高于生活。这种"高于生活"往往要靠诗人奇妙的构思来完成。在这方面，易行也一样在行。例如他的《题赠咸亨酒店》：

老酒何须饮再三，一勺足以醉三天。
不知赊帐人何在，可否代还十九钱？

这首诗，借鲁迅笔下的小说人物孔乙己经常赊钱喝酒的咸亨酒店展开联想，真是令人拍案。诗的前两句，作者似乎与孔乙己说话：这样的老酒一勺便足以醉卧三天，何须再三来饮？诗的后两句，诗人忽然又回转头来问：赊帐还欠十九钱的孔乙己在哪里？我"可否代还十九钱"呀？在这里，时光好像倒流了，而这样的"问话"，不但孔乙己听了会感动，便是那酒店老板听了也要深深地鞠上一躬。这首诗的字句并非不寻常，只是构思极为奇巧。字句的巧是小巧，思维的巧乃是大巧。易行的诗经常是弃小巧而求大巧。例如，他曾经有一首写杭州的七绝，后来他感到"用旧体实在难以达意，改用了新体"。这首新诗也像绝句一样，前半段只有四句：

只一片西湖，
便招来多少名儒！
只一壶龙井，

便醉倒多少茶楼！

（《杭州》）

　　虽然只有 24 个字，但诗的构思之巧，却极为突出：诗题《杭州》，但诗只用"西湖"、"名儒"、"龙井"、"茶楼"四个与杭州有关的词，进行大写意式地勾勒，并没有直接说杭州如何如何，此为一巧；写西湖之魅力，不说招来游客而说招来名儒，写龙井之清香，不说醉倒茶客而说醉倒茶楼，诗思在更深一个层次潜行，此为二巧；写《杭州》这样的大题材，只用了了数笔，画龙点睛，不追求全面表现，在撩拨起读者兴趣之后便戛然而止，此为三巧。而且，此间之巧全在落笔之前的构思上下功夫，实在可称之为大巧也。由此可见，易行先生的诗思已经进入超常思维的佳境。

　　三是超越浅思，进入深思。诗有四种境界，一是深入浅出，二是浅入深出，三是深入深出，四是浅入浅出。这四种境界唯深入浅出最上，深入深出下之，浅入浅出和浅入深出更下之。因为，如不深入，则诗可能便像白开水一样，读之无味，也不能启发他人；如不浅出，则一般人读不懂，便在很大程度上失去了写诗的意义。深入，是思维要完成的事，浅出，是要语言完成的事。因此，在诗的构思过程中，超越浅思，进入深思最为重要。易行先生显然深谙此理。请看他的《二过骊山》：

　　骊山远望已无烟，女子祸国案可翻。
　　褒姒焉知烽火戏，玉环难正帝王偏。
　　马嵬坡下游人叹，绣岭台前宿鸟喧。
　　不晓秦川八百里，错埋多少美人棺！

　　这首诗，四联说了四层意思，且层层递进，环环相扣。第一联说，骊山远远望去，虽然早已不见昔日的烽烟，但"女子祸国"的说法却是不能不重新进行审视和翻案。第二联说，周幽王烽火戏诸侯，虽然是为了让褒姒一笑，但褒姒事先并不知晓，更非她指使幽王而为；同样，唐玄宗李隆基所做的一些错事，也不是杨玉环能够纠正的。第三联说，马嵬坡下的游人都在为杨玉环而感叹，绣岭烽火台前的鸟都在为褒姒而鸣不平。不难看出，诗的第一联是总说，第二联是分说，第三联借游人和鸟雀之口进一步强调。美丽不是错误，错就错在那亵玩美丽的人。在这样层层递进地书写之后，诗人发出了"不晓秦川八百里，错埋多少美人棺"的慨叹，完成了第四层意思的推理分析，并借此以警世。读此诗，感觉到诗人的思维没有停留在事物的表面层次，其深邃的思想和深入透彻的思维方式已显而易见。再如他的《登顶》一诗：

> 登顶即长啸，开怀对九霄。
> 豪情足可慰，不望那山高。

一次寻常的登山，到了山顶诗人却又进入了深思：登上这个山顶，我就可以长啸一声，很开怀地面对苍天，因为这毕竟是又一次登顶了。想想途中的艰难和曲折都被自己踩在了脚下，怎么能够不感到欣慰和自豪呢！我绝不学那种"这山望着那山高"的人，该知足时即知足，也是一种境界啊。看得出，这首诗不是单纯地写登山，他是在借登山感怀表达自己豁达的心态。

三、锤炼"诗家语"，完成语言的超越

诗词创作中的审美超越，即是诗意栖居和观察生活的过程，又是一个语言的选择锤炼过程。和其他文学形式相比，诗的语言特点最为突出。因此，王安石把诗词语言称为"诗家语"。"'诗家语'是诗人借用一般语言组成的诗的言说方式。一般语言一经进入这个方式就发生了质变，意义退后，意味走出；交际功能下降，抒情功能上升；成了具有音乐性、弹性、随意性的灵感语言，内视语言。"（吕进《"诗家语"的审美》）易行先生在"诗家语"的把握上也是游刃有余，在他的《远望集》中可以看出这样几个特点；

一是鲜活有味。格律诗词要做到语言的"鲜活"已是不

易，要在鲜活的基础上做到"有味"则更是难上加难。唐朝崔护的："去年今日此门中，人面桃花相映红。人面只今何处去，桃花依旧笑春风"（《题都城南庄》），算是鲜活有味的，但此类诗古来并不多见。元代杂剧《崔护谒浆》，明清传奇中的《题门记》、《人面桃花》等剧，皆是演义此诗。其中的原因，除了诗中故事感人之外，鲜活有味也是很重要的因素。在易行的诗中，也有这样鲜活有味的作品。如《观麦积山偷笑沙弥有感》：

> 讲堂何事笑出声？定是师尊念错经。
> 见此无人能忍俊，佛门也有调皮生。

我没有去过麦积山，更不知晓"沙弥经堂偷笑"的事，但一读此诗，仿佛我也亲眼所历了。首先，是因为这首诗的鲜活："讲堂何事笑出声"，问得生动；"定是师尊念错经"，答得有趣。其实，麦积山的石窟中也只是塑了一些小和尚听禅师讲经的泥像，其中有个小和尚不知因何在偷偷讪笑。易行先生到此，用诗人的目光审视，便又生发了许多情趣。一个"念错经"的大胆猜想，使此诗一下子鲜活起来。其次，是因为这首诗的有味，"定是师尊念错经"和"佛门也有调皮生"联系在一起，给人许多联想。第一个联想是：师尊一定是有较高资历的大师级和尚，怎么会"念错经"呢？第二个联想是：那个小沙弥竟如此大胆，敢笑尊师；他的笑声会引来尊师的棒喝吗？第三个联想是：佛门的青灯黄卷毕竟还没有泯灭小沙弥的童真和天性，这种童真和天性在佛门中是多么宝贵啊！面对这些联想的猜测，或许我们永远也找不到答案，但我们也不会忘掉佛门有个"调皮生"。这个"调皮生"用得多好啊，它用在普通学校的学生身上，可能就有几分贬意，而在这里，却是最大的褒意，他让青灯古佛泥塑之身鲜活起来。

二是精致简洁。诗词因为格律和字数的限制，其语言必须做到洗练干净、准确到位，同时又要有诗的质感。精致简洁，说起来容易，做起来却很难。诗人要做到内心倾诉的慷慨和语言表达的吝啬，还要在处理好这对矛盾的同时，尽可能多地酿造诗味，这不仅是技术问题，更是艺术问题。易行先生在此方面也能处理得得心应手。如：

> 夜宿茶乡伴雨眠，雄鸡唱醒梦犹酣。
>
> 一杯泡绿清江水，饮后飘飘不欲仙。
>
> （《伍家台贡茶饮后》）

这首诗虽然写的是一件生活小事，但却足显作者的语言工夫。诗的首句叙事，便是"大密度"的内容压缩，"夜宿/茶乡/伴雨/眠"，句子极其丰满。诗的第三句叙事带渲染，强调了泡茶之水是清江之水，同时暗含了一杯茶泡绿了一江水之意。这首诗最为精彩的是：一、三句和二、四句之间构成了因果关系。一、三句写饮茶，是因；二、四句写饮后的反应，是果。而且，二、四句写饮茶后的反应时，都用了"本句转折"，以增强诗的表现力。"雄鸡唱醒"，无论做什么梦也都该停止了，但紧接着却又说"梦犹酣"，这里的"梦"应该是似梦非梦的"梦"，是醒来后，犹似在梦中的感觉。"饮后飘飘欲仙"应该是作者最初的自然反应，但这里却说"饮后飘飘不欲仙"，显然，这个"不"字是作者的主观意志，他是担心果真会"飘飘成仙"了，所以赶紧说"（我）不欲仙"。在他看来，人间有这么好的茶喝，还要到仙界做甚！

说起语言的精致简洁，不能不提到他的另外一首诗《追溯三江源》：

> 浩浩来天半，滔滔总向前。
>
> 激流千万里，滴水是江源。

这首诗只有 20 个字，却包涵了丰富意象。这里说的三江源，是指长江、黄河、澜沧江的源头。其中，长江源在青海的格拉丹冬，海拔 5400 米，是由姜古迪如冰川落下的滴滴晶莹的水珠，汇集成涓涓细流而成，自西极而东海，不择细流，不惮曲折，翻山越岭，流经十一个省，行程 6300 公里。知道这些内容之后再读上面这首诗，便会更加佩服易行先生诗词语言的精致简洁了。

三是常语生新。刘熙载在《艺概》中说："常语易，奇语难，此诗之初关也。奇语易，常语难，此诗之重关也。"意思是说，（写出）平常的句子容易，（写出）奇特的句子却难，是作诗的入门关。（写出）奇特的句子容易，（写出）平实有内涵的句子却难，是作诗的第二道关了。诗人善于驾驭一般语言，才能见出他的功力。用浅近的语言构成奇妙的言说方式，这是大诗人之路。易行先生就是一位善于经营常语的诗人。请看他的《翠湖观鸟》：

> 风清云淡水淹天，诗意昆明览大千。
>
> 拥挤不光人看鸟，鸟观人挤也新鲜。

这首诗语句极其寻常，可以说每一句都平淡无奇，但是，组合在一起却有了浓浓的诗意。诗人在风清云淡，湖光潋滟的环境下观鸟，感觉诗意盎然这是自然的。然而，拥挤的人观赏拥挤的鸟时，反而也被拥挤的鸟观赏了拥挤的人。读此，不仅让人想起卞之琳的《断章》："你在桥上看风景/看风景的人在楼上看你/明月装饰了你的窗子/你装饰了别人的梦。"两首诗似有异曲同工之妙。常语生新，要求诗尽量使用平实的语言，但整首诗要有诗意。这也类似新诗界提倡的"每一句都不是诗，但每一首都是诗"！

诗不在生活之外，紧紧盯住生活，努力深入生活，用诗人的审美视角去发现生活中的诗意诗情，提炼出高于一般生活的佳章妙句。这就是读《远望集》给我们的深刻启示。

（刘庆霖，中华诗词学会副会长兼秘书长、《中华诗词》副主编）

"一人自有一人式"

——读易行《探寻集》中的论诗绝句有感

杨逸明

当代诗词创作的作者数量很多，作品更是铺天盖地。有了唐诗宋词的高峰，当代人还要不要写诗词，怎样才算得上是名副其实的当代诗词，这似乎也成了一个问题。有人说不要写了，于是举出鲁迅的话来，说是唐代已经把好诗写完，自然当代人大可不必动笔了。也有不以为然的，还是继续写，说是可以写到把诗词作品放进唐诗宋词里乱真。然而，毕竟还是有人在不断探索，以求创新，想写出真正的当代诗词来。读易行的《探寻集》，我就有这样的感觉。

所谓旧体诗词，形式和格律还是旧的。一千多年的实践，形成约定俗成的韵律和规则。今天可不可以越雷池一步，要不要突破这个藩篱，当代人正在思考和探索。

易行说："我原写新诗，自 2006 年末开始学写格律诗以来，感受颇多：一是新、旧体本是同根生，是一种文体的两种形式，前者是'自由行走的花'，后者是"着意修剪的树"，既不可萁豆相煎，也不必合兵一处，应互相促进、比翼齐飞；二是格律诗的格律应适度放宽，既不必死守，也不可丢弃，应'求正容变'；三是诗韵从新，即最好采用普通话声韵，既'知古倡今'，也不排斥旧韵。"格律放宽和倡导新韵，易行做了可贵的探索和尝试。

试举一例。《四洞峡口占》："最是奇绝四洞峡，上观瀑布下观花。飞泉奏响迎宾曲，乐手堪夸谷底蛙。"首句韵脚上的

"峡"，在平水韵里是入声作仄声用，今天的普通话完全读不出入声的感觉，与"花""蛙"通押，却觉得非常和谐。全诗夸奖"谷底蛙"，出人意表，翻出新意。韵律为立意服务，也绝无牵强不合之处。

再举一例。《与新疆生产建设兵团首长一席谈》："大漠孤烟过去时，长河落日自迟迟。新城高耸将军梦，沃野青翻战士诗。辟地屯田兼守备，摇鞭放牧带轮值。安宁赖有兵团在，万里边睡铁打之。"写与新疆兵团的的首长谈话，有传统的诗句作铺垫，如"大漠孤烟""长河落日"，又有很新颖意象和语言，如"新城高耸"着"将军梦""沃野青翻"起"战士诗"。边睡的安宁由兵团"铁打之"。其中"值"字，旧作入声，此处作普通话的平声用，与"时""迟""诗""之"通押，读来也朗朗上口，并无不妥。

易行的诗词创作，大多以现代新词语入诗，按普通话新声押韵。

他说："说心里话，我觉得现代人还是用现代语汇现代诗韵写旧体诗为好。这样，写者易学，读者易懂。"

数千年来，农耕社会积累了旧体诗词的丰富的词语库和意象库，我们现在进入工业社会和信息社会，语言习惯有了很大的变化，许多词语并不是拿来就可以使用的，如果我们按照平仄和押韵的要求信手拈来随意使用到诗词中去就会显得有陈旧感。当代的诗词创作爱好者应该有一种使命感，我们要进行实验，需要积累属于我们时代的诗词创作的新的词语库和意象库。使得我们当代创作的旧体诗词既富于时代感，又有诗意和美感。这个过程可能会要经过几代人的努力。

当代人创作诗词，如果只从故纸堆中寻找旧意象、旧词语，甚至立意也向古人借贷，总有点说不过去。对此，易行就有自己的看法。请看他的论诗绝句：

《诗》："文合时态著，诗为感觉吟。只在人间觅，不从蜗角寻。"当代诗词中有许多作品确实是在钻牛角尖，题材狭窄，甚至还在"寻寻觅觅冷冷清清凄凄惨惨戚戚"，困守在个人的小圈子里走不出来。易行说："诗是王冠顶上珠，千评万注可达乎？一人自有一人式，世上绝无索骥图。"他认为"一人自有一人式"，所以他的诗词创作不搬前人衣钵，不落今人窠臼，自行探索和尝试。

对于格律，他在《诗之格律》中说："诗是天风岭上云，词如涧水奏琴音。诗格词律无他用，迫水推云去入神。"当代还真有一个怪现象，就是有人一看到当代诗词作品，就先检查合不合平水韵，只要有一字出律，马上攻击嘲笑，弃之不顾，对于新声新韵总是嗤之以鼻，并以此津津乐道，以为自己得了旧体诗词之真传。

创作出好诗，不以押何种韵为正统。无论何种押韵规则，都有一个前提，即诗要有诗味，有好句。否则，严也好，宽也好，写不出好诗来，都是瞎忙。我对新韵旧韵之争不感兴趣，就像对"雌马是千里马"还是"雄马是千里马"争得不可开交一样不感兴趣。

白话入诗，包括口语入诗，当然都可以。我一是主张"雅不避俗，俗不伤雅。"二是主张"意深词浅，言近旨远。"诗词语言最好是用"口语化的书面语"，即使是口语化甚至大白话，却依然带着点书卷气，有"熟悉的陌生感"。易行的诗词主张，可谓与我不谋而合。请读他《探寻集》中的论诗绝句：

《诗宜精》："删繁就简千秋诵，领异标新万古风。不怕人嘲斥两少，拔山一句便成雄。"诗的一个主要特征就是凝练，诗词语言向来是以少少许胜多多许。

《诗须易》："平白晓畅给人听，字字珠玑句句精。唐宋诗词传百代，都由口语缩写成。"诗须意深词浅。流传至今的诗词名篇大多语言清新，就像是昨天刚"出炉"的，不像今天有些作者写的诗词倒像是几百年前写出来的。

《诗可狂》："诗人狂气与生来，敢与歌王唱对台。为把豪情一泻尽，摘星揽月追李白。"诗自然需要"狂"，也就是"豪气"，不能太拘束，太固步自封。

《诗应放》："词要婉约诗要工？大江依旧卷长空。远征更要开新路，地阔天高好纵龙。"诗需要放得开，所谓纵横裨阖，收放自如。

《诗应雄》："千山万水又长征，古韵翻新壮远行。谁让此身逢盛世，诗心一片鼓雄风。"诗词之雄，出自于诗人的自信，不委琐，不退缩，应该像是长征和远行，慷慨高歌。

《诗要入时》："韵要入时声要通，别跟平水绕迷宫。此身合是诗人未？盖世拔山唱大风。"好一句"韵要入时声要通"！古人写诗用韵，当时也应该是朗朗上口，不会是写诗时读来上口，回去一查韵书，发现出韵，连忙改到读起来别别扭扭不上口，还要以此来标榜自己"严守平水韵"。

易行是这样主张，也是遵循这些主张进行诗词创作实践的。试看他的词作：

《清平乐·春》："春无来路，处处招人妒。先是粉红羞杏树，后是桃华柳酷。女孩早已更新，背心短裤纱巾。春是少年世界，瞬间色彩缤纷。"

《生查子·秋山夜行》："月如一盏灯，照亮林间路。松是守山人，默立无亲故。想哼一首歌，恐惊丛中兔。想吟几行诗，欲写无平处。"

生动的比喻，新颖的意象，清新的语言，口语化，又带一点书卷气。他的作品，正是在"探索如何将诗词写得更自然、更舒畅、更灵动、更真挚，更直面人生反映现实。"

是的，当代诗词创作总有人在探索和尝试。"路漫漫其修远兮，吾将上下而求索。"这样的探索和尝试需要的时间长，路也很远，"一人自有一人式"，每个诗人个性化的探索和尝试，最后共性也就存在于个性之中。个性体现并丰富着共性。共性只能在个性中存在。古代贤人早就说过"和而不同"，只要大家爱中华诗词，不妨各自进行探索和试验，"一人自有一人式"，显得不相同，又有何妨？当代诗词创作大军，最后终究会探索和尝试出一些可贵的经验，形成当代诗词的新的面貌和特征，也终会产生出被当代和后代读者认可并且能流传于世的诗词力作。

2014 年 6 月 10 日于海上阅剑楼

（杨逸明，中华诗词学会原副会长，现为中华诗词学会顾问、《上海诗词》主编）

从心所欲铸诗魂

——易行《探寻集》的有益探寻

沈华维

诗界巨擘臧克家老 1995 年 2 月在给时任中华诗词学会孙轶青会长的信中指出：“我主张：诗要‘三新’，思想新，感情新，语言新；又倡‘三美’，看来顺眼，听来顺耳，赏来会心。”（《中华诗词》1995 年第二期）如今中华诗词琳琅满目，诗人、作品数量繁多，“三新”“三美”已成为诗词精品创作所追求的重要标准之一。但什么样的诗词作品符合“三新”“三美”的要求与标准？我以为，读过易行先生的作品尤其是新近出版的诗词及诗评《探寻集》后，定会获得一些参考和启发，或可找到答案。

一、笔随时代，贴近生活，是易行先生始终坚守的创作使命

所谓“诗言志”，绝不是抽象的、空洞的。“志”必须打上时代烙印，必须有生活气息。易行先生的《诗》说的最明白：“文合时态著，诗为感觉吟。只在人间觅，不从蜗角寻。”“时态”既是活泼泼的生活和时代的思想心声，“感觉”既是时代的感情，“诗吟”时代的语言。而生活、心声、情感和语

言等，只能到社会的大自然中去采集，决不是在蜗居的犄角旮旯里寻觅。易行先生的诗词很好地把握了内容与形式的统一，思想、感情、语言适应了时代的需要，诗脉始终与时代互动，作品接地气，生活气息浓郁，营造正能量，给人以有益的启迪和美的享受，因而其作品拥有广泛的读者。收入易行先生《探寻集》中的九百余首作品，从整体上看，题材广泛，风格多样，全方位展示了易行先生多姿多彩的人生经历，不论是写景、状物、抒情、叙事、咏史等内容，还是绝、律、词、诗译和自律词诸体裁，通过具体的形象来表达对生活的感悟和情感的抒发，都是源于生活的时代之音。如《题喜峰口大刀园》："一上雄峰气转豪，杀声犹在谷中飘。为防鬼子重来此，华夏千秋祭大刀。"喜峰口大刀园是为纪念当年的抗日大刀队而建。作者以极大的爱国情怀，提醒人们要牢记历史，勿忘国耻，决不让历史重演。再如《登景山》："旌旗万里涌神州，奥运神七唱不休。健步登高迎旭日，金阳化作一城秋。"许多人写景山，想到的是"老煤山""歪脖树""崇祯之死"，当然咏史怀旧，无可厚非，但未免太过沉重。而易行先生登景山却是迎接朝阳，看到的是今日之欣欣向荣的旌旗万里和金秋硕果；听到的是庆奥运成功和神舟飞天的喜庆歌声，鼓舞人心，激励斗志，充满幸福感。还如《咏酒泉戈壁光电》："酒泉借酒早出名，更有风车昼夜行。戈壁喜充无限电，太阳来做小时工。"首句是诠释历史典故，后三句则是歌颂酒泉如今成为新型光电能源基地，新景观，新词语：风车昼夜不停地运行发电，太阳出来就能"充电"，大自然被我们充分利用，高科技为人类造福，连"太阳"都自动来做我们的"小时工"。诗句清新活泼，新颖别致。尤其是那首气势磅礴的《南宁》："凤凰展翅落南宁，朱槿扁桃绿一城。罗秀山青生万象，邕江水暖育群英。东盟盛会年年火，大地飞歌曲曲红。共进康庄高速路，和风当醉送长征。"诗中有南宁的凤凰岭、五象岭、罗秀山等秀美风光，有市花朱槿、市树扁桃等城市名片，又有东盟盛会、大地飞歌、小康、高速路等时代元素，均是人们熟悉的环境，亲切的语言，作者、读者都如身临其境，触景生情，清新自然，感人至深。正如高尔基所说，诗人要"更接近生活，直接利用生活的提示、形象、画面，利用生活的颤动，它的血和肉"。

为生活而放歌，为时代发出好声音，已成为易行先生的一种责任和使命。熟悉易行先生的人都有一种感受，跟他出差或出去采风，每当走进火热的生活和大自然的怀抱，他就浸润在诗的氛围之中，显得非常亢奋，眼前的一人一事、一草一木他都很感兴趣，都会激发他的创作欲望，诗情洋溢，诗思泉涌，每次都会有丰厚的创作成果。

二、气象万千，胸襟博大，是易行先生诗如其人的突出特点

诗人自身的理想追求、人生信仰、生活积累、创作心态，既显示作者的心胸气度，也决定诗词作品的境界和质量。易行先生具有广博的学识修养和丰富的人生历练，因而他在反映生活，讴歌时代时，显得高屋建瓴，游刃有余。其诗词作品给人以大视野、大境界、大气魄。山水采风的作品很多，作者是"纵笔一诗一境界，一吟一唱一神州"。（《从兰考采风归来》）不是小我、小美，而是大我大美，读之让人赏心悦目，每每被作者的壮阔胸襟所感动。如《上思十万大山》："动人景色不须多，一点奇绝便可歌。况有青山十万座，一山一景一巍峨。"再如《珠溪放生桥远望》："长桥横卧枕漕河，五孔心连万里波。为善无须歌百遍，放生一念抵千佛！"面对长桥横卧、碧波万里的景色，作者想到的却是万物都有生命，"放生"既不杀生，"放生"既是"为善"。如若放生为善成为人们自我修养的自觉行动，就无须耳外喋喋不休的灌输喧嘈。这放生、为善之念，乃禅意佛心，足可见作者的大胸襟、大悲悯。

如果说以上作品都是从一景一物中体现作者的心胸，作品的气度，那么《探寻集》中精选的150余首七律，则全是大题材、大场面，作品涵盖了全国31个省区市和港澳及部分国家

的众多名城、名胜、名山、名水，气势雄浑，各具特色，好似一幅七言山河全舆图。诗中古今对接，时空互动，立体交错，把世间气象万物之大与小、险与夷、虚与实、繁与简、动与静、景与情，等等现象，或放大于地球，或浓缩于尘末，只凭他诗家一语，信手拈来，概括殆尽。读之令人心旷神怡，荡气回肠。以下全录作者的《华夏英雄行四首》：

从汶川"五·一二"地震忆及三十二前的唐山地震，感慨万端。步毛泽东《到韶山》韵，赋诗一首以记之。

> 霹雳一声震汶川，犹如三十二年前。
> 痛心空有移山志，扼腕恨无赶海鞭。
> 忍看层楼齐倒地，惊闻遍野尽塌天。
> 中央号令三军动，十万红旗卷暮烟。

从汶川抗震遥想五十九年前"百万雄师过大江"。其性质截然不同，其场景又何其相似！步毛泽东《人民解放军占领南京》韵，赋诗一首以颂之。

> 山呼海啸涌玄黄，万马千军过大江。
> 救死扶伤悲亦壮，除危解困慨而慷。
> 争分夺秒白衣使，奏凯传奇冇冤王。
> 最是安邦济世手，狂澜力挽入沧桑。

注：冇，没有的意思。新闻记者有"无冕之王"之称。

从二〇〇八年上半年举国抗雪灾震难告捷，可以预见北京奥运会也一定会大获全胜。步毛泽东《送瘟神》韵，赋"送灾魔、迎奥运"诗一首贺之。

> 戊子开篇战事多，雪灾震难又如何？
> 江南秀色传捷报，川北雄风奏凯歌。
> 大炮隆隆开堰塞，巨轮滚滚震山河。
> 京城再聚迎奥运，圣火祥云映碧波。

奥运圣火在中国传递，在十三亿人心头燃起。步鲁迅《自嘲》韵，取"传圣火，做孺子牛"意。

> 祥云圣火耀全球，直上珠峰最上头。
> 云涌千城掀热浪，火传万里却寒流。
> 迎宾处处福娃面，递棒人人孺子牛。
> 友谊长存天地阔，难得一炬照春秋。

这些诗作无须再作更多解读，阅读时作者内心波澜起伏的思绪，悲天悯人的胸襟，忧国忧民的情怀，跃然可见。

更为难得的是易行先生的作品始终充满乐观豁达，积极向上的心态，篇中找不到那种悲观厌世、怨天尤人、颓废忧伤的消极情绪。易行先生与古代的苏轼东坡先生、现代的聂绀弩先生相比，虽时代不同，人生经历各异，但其诗词中所展示的乐观豁达的人生追求却何其相似。2012 年 12 月 21 日疯传是世界"末日"，易行先生戏作二首《末日》以明志。其一曰："末日之说不用批，我思我在二十一。夕阳照旧滑山去，晓月依然带露归。诗句随心由我写，妄言顺口任他吹。老天终有长休日，只是难得遇一回。"可谓无私无畏，心地坦然。

三、容变求活，推陈出新，是易行先生矢志不渝的追求目标

元代书法家赵子昂说，要"善入善出，入以继承传统，出以自成面目。"此话不仅适用于书法，而且是作诗之旨。袁枚《随园诗话补遗》卷一中说，谚云："死蛟龙，不若活老鼠。"世间万物，皆以"活"字为贵，诗亦然。所谓容变求活，就是谙熟规矩而能出于规矩之外，学之活用，变化出新而亦不背于规矩，就是既能入乎法（格律）中，又能出乎法（格律）外，变而化之。易行先生曾系统论述过马凯同志"求正容变"的理论，并极力赞赏和提倡，且身体力行。他的作品既守格律，也敢突破，不受所谓"孤平""三仄尾"甚至"三平调"等戒律的束缚，率性而为，规矩皆服从、服务于主题和情感。他深得容变求活之道，因而其作品能不断出新语，出新意，常见人所

未见之境界，言人所未言之精言，自然不同凡响。《五台山禅机》："五台平顶树无多，庙里玄机不可说。准是文殊来点化，诸峰剃度进佛国。"这首诗立意新颖，意境深邃，表达巧妙，如按旧韵读则不符合平仄。但按新韵来读，不仅完全合平仄，且朗朗上口。政治抒情诗很难写出新意，但易行先生用刚笔抒豪情，刚柔相济，开合有度，给人留下深刻印象。《长城三首》之一曰："一山青翠半山松，都是秦皇去后生。昔日残楼如断戟，今朝完璧似雕龙。太平不在边关闭，昌盛全由内政通。国大无方空万里，民心才是铁长城。"上半部由景赋，登高望远，残楼、断戟都掩映在青松翠绿之中。下半部由议兴，国事民情涌上心头。国家如无治国方略，长城就空有万里，国家的兴旺发达全在于政通人和，民心所归。结论是：民心才是国泰民安、太平昌盛的钢铁长城。作品别开生面，直而不平，既抒发了作者的政治激情，又饶有韵味，独特的境界和胆识，使作品新意全出。《游火山口地下森林有感》："登峰鸟瞰绿如洋，深入才识地下王。枯木一株顶天立，英雄树死也风光。"游览山水，人们惯于歌颂雄峰、青松以及火热情怀，却对立于地下的枯木视而不见。易行先生却别出新意，为枯木而立言。枯木枯而不朽，朽而不倒，顶天立地，宁死不屈的品格，不就是那些幕后默默无闻，甘于奉献的无名英雄，虽死犹荣的情怀吗！作品将枯木人性化了，不仅有凌云之志，更有劲直之节，有极高的艺术感染力，也极具犀利而深刻的思想性。历来写秋风的诗不少，大多伤感、消沉。但易行先生却把秋风当作人生的一道风景来欣赏。《秋风》："春夏花开各逞能，金秋结果意重重。云山一过秋风手，青变鹅黄绿变红。"诗中"过"字用的极妙，道出了作者对秋风的沧桑、成熟、无奈、伤怀，但更多的是从容、轻松、淡然的情怀。人生如花，春花再盛也是一时之艳，人生切莫逞能，应经得起雨雪风霜的磋磨，耐得住青涩、蜕变的寂寞，以坦然的心态迎接硕果金秋。作品有场景、有情感，有时空转换，真实而生动，读来隽永寻味。袁枚引申白石诗说云："人所易言，我寡言之；人所难言，我易言之，诗便不俗。"易言寡言，难言易言，此中深味，易行先生得之。

更难能可贵的是，易行先生多年来在诗词界大力提倡和推行新韵，且表里如一，说到做到，自己始终用新韵写作，起了很好的示范带头作用。《探寻集》中的九百多首作品，均采用普通话音韵，见不到旧韵的痕迹，且多用宽韵，面目一新。证明新韵具有强大生命力和广阔前景。同时，他还多有"造次"（作者语），创作了许多类似新古体的三韵小律和自律词（或曰自制词、自由词）。其创新的勇气和精神值得学习。

四、平中显奇，语浅意深，是易行先生一以贯之的艺术风格

诗有多种风格，有人刻意求高古、求奇绝、求高雅、求隐涩，等等。这都无可厚非。萝卜白菜，各有所爱。关键是诗要写得好，让人看得懂，而不是孤芳自赏。易行先生是诗如其人，朴实、平易、内敛、不张扬。但平实中显奇绝，风格独特，表面看诗词似乎直说其事、其情，无曲折，不掩饰，细细品味却是用意真，意境美，语句皆从肺腑流出，给人一种清新自然之美，让人在轻松活泼的阅读中受到感染和教益。诗是写给大众看的，因此，写大众身边的事，用大众看得懂的语言，为大众写诗，应该成为当今诗人们的一种追求和责任。易行先生将平与奇巧妙融为一体，节奏铿锵，气势酣畅，可见作者深厚的诗学功底。先看一首《题古田会议旧址》："十里清风百里云，群山默立祭英魂。古田又种新竹木，再为后人添绿荫。"再看一首《宜州放歌》："昔日情歌并怒歌，草根爱恨唱成河。如今住在新楼上，唱罢翻身唱改革。"这两首七绝借景抒情，生活气息浓郁，新鲜生动。前人栽树后人乘凉，清风、新竹就是先烈们留给我们享受不尽的绿荫。我们应牢记先烈和改革开放的历史贡献。像这类言顺、气顺、情顺、理顺，不拗口，不晦涩，通俗易懂，自然流畅的作品，在《探寻集》中比比皆是。如《长相思·久别回乡》："山也迎，水也迎，家在山环水抱中。村头晚照红。门也红，窗也红，万绿丛中楼数重。问

家在哪层?"这首小令篇幅虽短,用语简练,给人的突出印象是一个"新"字:不仅歌颂了社会主义新农村如今的新变化,新面貌;而且写回乡的迫切、喜悦心情比古人此类作品变得更昂扬向上,新鲜有味,遣词用语准确,切题、切景、切情、切意。

语浅意深,说来容易做来难。因为诗词是语言艺术,语浅既要浅近直白,俗语口语时语皆可入诗,更要不失声、韵和格律,达到形式美与语言美的和谐一致,以增强诗词的动人魅力。意深则更难,它是诗词的思想内容和艺术境界,没有境界就不会感人。易行先生的诗词很好的实现了语浅与意深的统一,语浅不浅薄,意深不深奥,显示出他对客观世界细致入微的洞察力和纵览万物的概括力以及举重若轻的语言智慧。如《诗法自然》:"桃源遗梦已千年,问路还须法自然。下海莫学陶令隐,登峰却要辋川闲。清泉石上流新月,深树云间唱碧蝉。不用河图及韵谱,随心一泻便惊天。"易行先生主张诗法自然,这是继承了古人的诗法传统。诗中选择了古代自然山水诗的杰出人物陶渊明和王维及其代表作"明月松间照,清泉石上流。"(王维《山居秋暝》)"倚杖柴门外,临风听暮蝉。"(王维《辋川闲居赠裴秀才迪》)不仅借用这两首作品的诗情画意,寄托高洁的情怀和对理想境界的追求,而且还活用了"河图洛书"的典故。河图洛书是中国古代文明的著名传说。六七千年前,龙马跃出黄河,身负河图;神龟浮出洛水,背呈洛书。伏羲根据河图洛书绘制了八卦。易行先生此作是说作诗不必按图索骥,束缚思想,应该到大自然中去,寻求心灵的宣泄与撞击,写出惊天妙句。此诗用典不露痕迹,如水中着盐,实在是高妙。作诗如此,做人、做事更应有如此高尚的追求。

五、深迥善思,富含哲理,体现出易行先生敢于领异标新的高格调

诗含哲理,境界自高。易行先生学养深厚,博古通今,集中体现在他对历史、对社会、对人生深刻的思考而创作的大量

带有深邃哲理性感悟的诗词作品中，读来不仅轻松幽默，而且余韵绵长，耐人寻味。请看他的《也题西林壁二首》其一："宝刹名楼嵌玉林，灯红柳绿绕如琴。匡庐早已沧桑变，不入其中怎鉴真?"其二："姹紫嫣红复杏黄，四时变化转阴阳。谁人真解庐山意，敢与秋峰论短长。"苏轼《题西林壁》："横看成岭侧成峰，远近高低各不同。不识庐山真面目，只缘身在此山中。"东坡先生是山外看山，主张看事物要有超越性和超脱性，不要被具体现象所迷惑，此诗被视为有深刻认识论和方法论的哲理诗。而易行先生是山里看山，提出用全面的、深入的方法看世界，他认为山中云遮雾罩，灯红柳绿，五光十色，且沧桑巨变，不入其中，焉得真相? 要认识自然景物乃至世间万事万物，要身在其中，深入体察，才能洞悉幽微。山外看山与山里看山，是两种不同的认识事物的方法，可互补互鉴，不可偏废。如二者同时兼具，则更难能可贵。

更应提及的是，《探寻集》中收入作者"咏历史人物五十首"七绝，用现代人的眼光来思考和评价历史人物，睿思妙想，韵味清新，警辟之语颇多，品之余味无穷。比如《孙膑与庞涓》："孙庞斗智演春秋，你死我活拼掉头。自古恩仇求快意，谁知快意是无求。"什么是人世间的最大"快意"? 不是斗智斗勇的博弈，你死我活的拼杀，尔虞我诈的算计，而是终止怨恨，放弃恩仇相报，和谐相处，无所求既是人生的最高境界。在物欲横流，追逐欲望的今天，此诗有极大的警策作用。再比如《苏轼》："日吟苏子气磅礴，夜静陪公话挫折。不是沉浮如海浪，哪来万里大江歌?"苏轼一生仕途坎坷，屡遭贬谪，而他却以一种全新的人生态度来对待接踵而至的不幸，把儒家固穷的坚毅精神、老庄轻视有限时空和对物质环境的超越态度以及禅宗以平常心对待一切变故的观念有机地结合起来，从而做到了蔑视丑恶，消解痛苦。这种执着于人生而又超然物外的生命范式蕴含着坚定、沉着、乐观、旷达的精神，因而苏轼在逆境中照样能保持浓郁的生活情趣和旺盛的创作活力。易行先生认为正是人生的坎坷、挫折和不幸，才成就了苏轼的诗词事业，才留下了气势磅礴的不朽作品。这种处世哲学应供我们深思。

易行先生有两首袒露心志的七绝，一首是《秋山笑我》："一路欢歌到顶峰，秋山笑我老顽童。苍松翠柏虽长寿，难比春心万古青。"另一首是《我啸秋山》："登顶心舒血气冲，长吟短啸慰平生。标新不让八〇后，领异来争最上峰。"易行先生这种敢于领异标新、勇攀高峰、不甘人后的不老春心，值得我们学习。

（沈华维，解放军红叶诗社副社长、《红叶》诗刊原主编，中华诗词学会副秘书长兼学术部副主任）

《路石集》中家国情怀诗词浅说
（节选）

——易行诗词的创新探索

星　汉

2015 年 12 月，易行主编了一套《中华诗词改革创新丛书·路石集》，一共 6 卷，作者是：高立元、张桂兴、易行、赵京战、杨逸明。星汉也有幸附骥。这六位作者的共同特点，从身份分上讲，都是中华诗词学会的顾问；从诗词上讲，易行在《卷首语》中说得清楚，就是："一都是正声，二都是创新，三都是为中华诗词崛起献身而无怨无悔。"其中"正声"应当包括家国情怀。家国情怀，是个大题目；诗词中的家国情怀也是个大题目，笔者限于能力，只能将这个题目限制在《路石集》中。

家是个人的放大，国又是家的放大。所谓的家国情怀，就是以国为家，爱国爱家。"修身、齐家、治国、平天下"，中华民族的传统文化一直强调个人、家庭和国家的有机统一，从个人到国家、到天下，"家"是最重要的纽带。"使千千万万个家庭成为国家发展、民族进步、社会和谐的重要基点"（习近平《在2015年春节团拜会上的讲话》）。有国才有家，这就是家国情怀的生动体现。在和平年代，这样的情怀弥足珍贵。笔者试从《路石集》作每卷中各选出两首诗词，加以论说，以求教于方家。

易行从事出版、编辑的时间较长。在家国情怀上，其《路石集》中的诗作，感悟异于他人。《易行卷》中格律诗词占大部分篇幅，但是诗词格式有别于"正统"者也不在少数，其创新程度颇高。先看《长女思原》：

> 三十玩未够，烂漫心无主。
> 今日会同学，明天游齐鲁。
> 谁知生育后，转瞬成慈母。

古代人的诗词中，大都对自己的孩子要求甚高而评价不高。苏轼认为"孩儿"应当"愚且鲁"，陆游说自己的儿子"憨"，辛弃疾对儿子则是"骂之"。从这首诗看，作者同前贤有着同样的心态，对于三十岁的长女思原"很不满意"，历数其"烂漫"的"毛病"。但是读者却读出了一位垂垂向老的父亲对女儿的无尽的爱。读者透过表层还能看到这孩子待人真切诚恳，毕业后受到同学的眷顾。这孩子喜爱游历，由"游齐鲁"可窥豹斑，这不就是古人要求的"行万里路"吗！这首诗只有六句，与当今诗人的律、绝，大异其趣。唐代诗人祖咏在长安应试的《终南望馀雪》，按要求应当写成六韵十二句的五言排律，但他只写了这四句就交卷，道是："意尽"。即是无话即短，不必画蛇添足。易行效法祖咏这种诗风，很值得今天某些废话连篇的"诗人"认真思考。

词这东西，是"曲子词"，初起时只是音乐的附属品，要"按谱填词"。今天的词，除了有目的的为某首词谱上曲子外，都是不能唱的"徒诗"。如果自创一首词，易行谓之"自律词"。这在诗词界是个大胆的做法，笔者为之点赞。且看《自律词·实干兴邦》：

> 启后承前，能不联想，汉唐鼎盛时光？物阜民安，友来四面八方，丝绸路万里长。使通西域连欧亚，到明朝、船下西洋。举世皆惊，唯我炎黄！
>
> 如今国富山也壮，长城倚大立，气宇轩昂。雾海波翻，明围暗堵何妨？神州航母人十亿，大中华、赤旗高扬。振人心：空谈误国，实干兴邦。

此词前有小序："习近平同志参观《复兴之路》展览时说："空谈误国，实干兴邦。"

2012 年 11 月 29 日，中共中央总书记习近平和中央政治局其他常委来到国家博物馆，参观《复兴之路》展览。在参观过程中，习近平发表了重要讲话。"空谈误国，实干兴邦"八个字，是习总书记讲话中的内容。这个展览回顾了 1840 年鸦片战争以来中国人民在屈辱苦难中奋起抗争，为实现民族复兴进行的种种探索，特别是中国共产党领导全国各族人民争取民族独立、人民解放和国家富强、人民幸福的光辉历程。

此词上阕述古，下阕颂今，极有层次。上阕煞拍"唯我炎黄"四字，可以看出作者的自豪心杰。下阕煞拍重复强调"空谈误国，实干兴邦"八字，说明作者对习总书记的治国方略的高度认同。接下来就是在习总书记的带领下，作者和全国人民一道身体力行了。

（星汉，中华诗词学会原副会长，现为中华诗词学会顾问、新疆诗词学会执行会长、新疆师大教授）

目　录

上卷：创新诗论

毛泽东诗论浅析

　　毛泽东一生创作的诗词数量不多，公开发表的仅几十首，但这几十首就足以与历代大诗人、大词家比肩并立。可以说，他的诗词不让先贤，雄视百代。他关于诗词改革创新的论述也不多，公开发表并被经常引用的仅有几段话。一段是在 1957 年 1 月 12 日写给《诗刊》编者的信中说的："诗当然应以新诗为主体，旧诗可以写一些，但是不宜在青年中提倡，因为这种体裁束缚思想，又不易学。"（《致臧克家等》，1957 年《诗刊》创刊号）有几段是在 1957 年 1 月 14 日跟臧克家、袁水拍谈话时说的："新诗的发展，要顺应时代的要求，一方面要继承优良诗歌的传统，包括古典诗歌和五四以来革命诗歌的传统。另一方面要重视民歌。诗歌的形式，应该是比较精练，句子大体整齐，押大致相同的韵，也就是说具有民歌的风格。"（见余零《毛泽东论中国诗歌的出路》，2009 年《中华诗词》第一期）"新诗改革最难，至少需要五十年。找到一条大家认为可行的主要形式，确是难事。一种新形式经过试验、发展，直到定型，是长期的，有条件的。譬如律诗，从梁代沈约搞出四声，后又从四声化为平仄，经过初唐诗人的试验，到盛唐才定型。形式的定型不意味着内容受到束缚，诗人丧失个性。同样的形式，千百年真是名家代出，佳作如林。固定的形式并没有妨碍诗歌艺术的发展。"（见臧克家《毛泽东同志与诗》，1984 年《红旗》第二期）"鲁迅的新体散文诗集《野草》不流行，而其旧体诗却流行很广，因为旧体诗容易背诵记忆。"
"关于诗，有三条：（一）精炼；（二）有韵；（三）一定的整
齐，但不是绝对的整齐。""要编一本现代诗韵，使大家有所遵
循。""诗必须有新意，要含蓄"（见上海人民出版社1997年
版《文人毛泽东》）"新诗太散漫，记不住。"（见臧克家《伟
大的教导　深沉的怀念》，1977年9月17日《光明日报》）有
一段是在同著名词学家冒广生谈词时，冒广生说："拘泥太甚，
则作茧自缚。写诗填词岂能桎梏性灵，何苦在高天厚地之中，
日日披枷戴锁作诗囚？宋代是词的鼎盛时期，那时还没词谱、
词律和词韵呢。我作《四声钩沉》，即在提倡词体的解放"
后，毛泽东说："旧体诗词的格律过严，束缚人的思想，我一
向不主张青年人花诺大精力去搞；但老一辈的人要搞就要搞得
像样，不讲平仄，不讲叶韵，还算什么格律诗词？掌握了格
律，就觉得有自由了。"（见舒湮《一九五七年夏季我又见到
了毛泽东主席》，1989年《新华文摘》第一期）在一年后的中
共八大二次会议上毛泽东再次强调："我看中国诗的出路恐怕
是两条：第一条是民歌，第二条是古典，这两面都是提倡学
习，结果要产生一个新诗。现在的新诗不成型，不引人注意，
谁去读那个新诗，将来我看古典同民歌这两个东西结婚，产生
第三个东西。形式是民族的形式，内容应该是现实主义与浪漫
主义的对立统一。"（见《建国以来毛泽东文稿》第七册）。
1965年夏毛泽东在跟湖北省委的梅白同志谈诗解释为什么在给
《诗刊》的信中说怕自己的诗"谬种流传，误人子弟"时说：
"那是针对当代青少年讲的，旧体诗词有许多讲究，音韵、格
律，很不易学，又容易束缚人们的思想，不如新诗那样'自
由'，这是一方面。但另一方面，旧体诗词源远流长，不仅像
我这样的老年人喜欢，而且像你这样的中年人也喜欢。我冒叫
一声，旧体诗词要发展，要改革，一万年也打不倒。因为这种
东西最能反映中国人民的特性和风尚，可以兴观群怨嘛！怨而
不伤，温柔敦厚嘛！"（见《毛泽东轶事》，昆仑出版社1989
年版）还有一段话也是在1965年夏，在给陈毅元帅的信中说

的："但用白话写诗，几十年来，迄无成功。民歌中倒是有一些好的。将来趋势，很可能从民歌中吸引养料和形式，发展成为一套吸引广大读者的新体诗歌。"（《给陈毅的信》，（见《毛泽东诗词集》，中央文献出版社 2003 年版））对这几段论述，文艺界的学者和诗人从不同角度出发有着截然不同的理解和认识。有的认为它阻碍了诗词的发展，有的认为它促进了诗词的复苏，还有的认为它既有消极的一面也有积极的一面，等等，不一而足。但有一点是肯定的，那就是毛泽东偏爱旧体诗词，喜欢写旧体诗词，认为旧体诗词要发展、要改革，永远也打不倒。对新诗，既肯定它的主体地位，又认为它"迄无成功"，并风趣地说："我不读新诗，除非给 200 块大洋。"这看似矛盾且颇能引起争论的看法，其实有其一以贯之的思想，那就是诗词既要继承传统又要改革创新。这一思想可以概括为："新诗主体论"、"旧体束缚论"和"民歌改造论"。

一、新诗主体论。毛泽东说"诗当然应以新诗为主体"，因为新诗"自由"，不那么束缚思想。问题是毛泽东所说的"新诗"是当时流行的或全盘西化或标语口号式的新诗吗？当然不是。因为他认为用白话写诗"几十年来，迄无成功"，而"迄无成功"的新诗又怎么能成为主体呢？很显然，毛泽东认为作为主体、主流的新诗应该是："从民歌中吸引养料和形式"发展出来的能"吸引广大读者的新体诗歌"。旧体诗词从民歌中"吸引养料和形式"发展改造自己，可以成为这样的新体诗歌；"迄无成功"的白话新诗从民歌和古典诗中吸收养料和形式改造自己，也可以。即旧体诗词要现代化，白话新诗要民族化，这样的"新诗"才能成为主体，也就是说创新成功的诗体才是毛泽东所说的主体。

二、旧体束缚论。说旧体诗词束缚思想，也没错。从音韵方面说，长期以来，作诗讲究用"平水韵"，那可是 106 个既混乱又带有多数中国人都读不出声音的入声字所组成的韵啊！填词则讲究用《词林正韵》，这"正韵"将"平水韵"的 106 个韵部合并成 19 个，少是少了，但仍保留入声。用这样的韵作诗填词，不仅初学者饱受查韵之苦，熟手也要看字"抠韵"。靠查韵书写诗填词，能不束缚思想吗？再看"格律"，律诗、律绝和词、曲，每一句中的字词几乎都要按平仄声律填写，说它不束缚思想才怪！这样的诗词，确实不易学，不宜在青少年中提倡。当然，对熟练掌握者，另当别论。

三、民歌改造论。对于既束缚思想，又不易学的旧体诗词该怎么办呢？毛泽东的回答是"要改革"。怎么改革呢？毛泽东指出的方向是："从民歌中吸引养料和形式，发展成为一套吸引广大读者的新体诗歌。"因为好的民歌最能反映现实，也最贴近生活。贴近大众，加上其语言鲜活生动平易简练，把这样的"养料"收归己有，内容和语言就都做到了创新。形式呢？民歌的主体形式，短小、均齐，多四句一首，偶句押普通话韵，可押平声韵也可押仄声韵，句内和句间的字词不拘平仄。民歌中也有长短句的，亦不拘平仄，像词或曲。这样的诗写起来自然容易。当代诗人贺敬之倡导的"新古体诗"、霍松林先生倡导的"自作词"（自律词）、丁芒先生倡导的"自由曲"，应该就是这样的"新体诗歌"的雏形。

首先，这样与民歌相结合的诗打破了严格的格律限制，使诗人获得了更多遣词造句的自由，便于反映生活、抒发情感，写出灵动、流畅、天然去雕饰的好诗来。但它又不是民歌，它是从格律诗脱胎出来的，仍带着格律诗的基因。它只不过是灵活运用着格律诗的"平仄律"，力求诗句字词间的抑扬顿挫，既和谐而又富于变化。从"变格"、"破格"到看似"无格"，而"格"自在其中。就像中国的武术，学是一招一式，用熟了似无招无式，而招式自在其中。因为汉语诗词格律是我们的先人根据汉语字音的特点总结出来的，它有助于充分发挥汉语四声的优势，以求得汉语诗词跌宕起伏的音乐美。它确实是汉语诗词的"黄金格律"。当然，运用得好它会使诗词如虎添翼，运用得不好它又会给诗词套上枷锁。解决的办法，一是勤学苦练，熟能生巧；二是写诗时只依诗词格律的"活"规律、不依它的"死"规则，这样写起来，你会惊奇地发现，凡朗朗上口

的好诗，常常会与诗词格律的"死"规则不谋而合。而从老汉语诗词转变为现代汉语即普通话诗词就更要灵活运用诗词的平仄律了

旧体格律诗吸收民歌的养料和形式改造出来的新体诗歌，仍保留着其自身的"特性和风尚"，"怨而不伤"、"温柔敦厚"，有格调、有韵致，它是古朴而新颖的诗，不是民歌、"顺口溜"，也不是"打油诗"。民歌、顺口溜多以浅显、明白、直截了当见长，有的还失之于粗俗。新体诗歌则兼具旧体诗词与民歌的优长，晓畅而又蕴藉，高雅而又平易。所以，毛泽东才"冒叫一声"："旧体诗要发展，要改革，一万年也打不倒。"反过来说，旧体诗不发展，不改革，食古不化，就难免有一天被打倒、被淘汰。有鉴于此，我们的诗词也应该"与时俱进"，不断改革创新，以永葆其鲜活的生命力。

综上所述，我们对毛泽东诗词理论可否作这样的总体阐释：一、自由体新诗可继续在无固定体式，无固定格律的宽松环境下成长，但应向民歌和古典学习，力求精练、畅达、含蓄但又能让人看得懂。即自由体新诗要民族化。二、旧体诗词要发展、要创新。主要是内容创新，语言要随时代，格律可适度放宽。三、自由体新诗向民歌、古典学习，旧体诗向民歌、自由体新诗学习，创造出一种灵活运用旧体格律和民歌语言形式的新体诗。并且让格律体诗、自由体诗和新体诗（也可称之为自律体诗）三体比翼齐飞。

（选自易行《论诗人与诗的崛起》，中国书籍出版社2013年版）

贺敬之、霍松林、刘征与诗词创新

　　自从中华诗词从复苏走向复兴，一些诗家就开始探索诗词改革创新之路，其中又以贺敬之先生、霍松林先生和刘征先生较为突出。

一

　　贺敬之先生绝对是一位创新型诗人，而且是一位永不停步的创新型诗人。七十多年前他从延安走来，告别延安"发着太阳味"的《生活》和"覆盖着大地向上蒸腾的温热"的《雪花》，从"早晨的大路上"走到北京，更加豪情满怀地《放声歌唱》。像马雅科夫斯基那样的"阶梯式"长诗，像李白《将进酒》那样一泻千里的新"歌行"诗，跳跃、奔放而又不失婉约、隽永，或一韵到底，或几句一换韵，回环、流畅、余味无穷。当然更像他的《桂林山水歌》唱的那样："云中的神啊，雾中的仙，/神姿仙态桂林的山！//情一样深啊，梦一样美，/如情似梦漓江的水！"他的诗真像桂林的山和漓江的水，突兀挺拔，千姿百态，让石破天惊；澄澈甘洌，如梦似幻，让人叹为观止。以他的成就，完全可以"马放南山，刀枪入库"，坐拥自己构建的新诗之城了。但他在上世纪六十年代，又开始了"新古体诗"的创新尝试，成为当之无愧的新古体诗创作的领跑者和举旗人。他创作的主要成果，就在他的《心船歌集》中，读者打开一看，就会被它吸引、被它感染，被它带进诗人高昂、乐观、清爽的和谐境界：

红豆相思子，木棉英雄花。
南国春无限，海角连天涯。

相思心结子，英雄情著花。
北客望春色，浩歌忆风沙。

这是贺敬之写于一九六二年并未收入《新船歌集》的两首作品，它清新流畅，挥洒自如，读起来与五言律绝一样有味道。到四十年后的 2002 年，他在寄给诗人贾漫的贺卡上写道："今逢马年更思马，人日怀人总是君。岁寒诗友如相问，春在心头仍十分！"就是说几十年过去了，他的年轻跳动的雄心依然不减，他仍走在诗词创新的征途上。

贺敬之的"新古体诗"，当然是诗词改革创新的一种选择。毛泽东在五六十年代便提出："将来趋势，很可能从民歌中吸引养料和形式，发展成为一套吸引广大读者的新体诗歌。"贺敬之正是在吸收民歌、新诗甚至外国诗歌的养料，在中国古体诗的根基上创作新古体诗的。他的诗，用他自己的话说"至少和古代的古体诗一样，不能说它是'无律'，即无任何格律，只不过是不同于近体诗的严律而属于宽律罢了！"这"宽律"实际上就是自觉地相对自由地遵循汉语言所特有的平仄声韵规律，是一种"自律"。这"自律"其实就是一种解放的"自由"！诗写起来会更容易、更得心应手。所以，它更适合初学者，也就是说它更适合广大的诗词爱好者，更适合普及推广。

贺敬之先生是新古体诗的倡导者和力行者，他在新诗之外，写了大量的新古体诗。但他并未完全抛弃"格律"，而是顺应汉字的特点，灵活运用"格律"，以便较自由地表达情感，反映时代。这才是新古诗发展的方向！这才是既传承了汉语诗的民族性，又张扬了它的时代性和群众性。舍此，就不是传统汉语诗，而成民歌、"顺口溜"什么的了。所以，格律诗作者可以给自己松一松"绑"，写较为自由的新古诗；新古诗作者也可紧一紧身，熟练掌握"严律"后，可以写出更好的新古诗。总之，万变不离其宗，新古诗不是格律诗的对立物，而是它的变异体，是它与民歌结合生出来的"混血儿"。如果说传统诗是"美声唱法"，民歌是"民族唱法"，新古诗则是"通俗唱法"。三种唱法各有所长，可以并行共荣。由于新古诗的"通俗唱法"比较自由灵活、易学、好掌握、宜普及，可以大众化，理应成为中国诗歌的主体、主流。而正体格律诗包括词曲，作为"美声唱法"的"阳春白雪"和作为"民族唱法"的民歌，也可以自行其道，高歌猛进。说到底，新古诗，就是"古典"加民歌的派生体，关键是如何将二者结合好，不能顾此失彼，舍本逐末。马凯同志说："如果完全固守旧制，不与时俱进，不从内容和形式随时代变化而发展，中华诗词也会枯萎。"（《致郑伯农先生的一封信》）为了不使中华诗词枯萎，古体诗的改革是必要的，问题是不能抛弃传统诗词的内核，而应在继承中发展改进。

二

我与霍松林老素昧平生，且远隔千山万水。一年前，我只是礼貌性地寄上习作《踏歌集》求教。因为根本没想过他老人家会看，更不用说回信指点了。可时隔不久，便接到他的亲笔回信。在信中，他毫不客气地指出了我诗词的"软肋"，当然也肯定了其中的某些优长，还说把我的"大著""置于床头多次诵读"。以他这么高的身份、地位、学养，竟坦言多次诵读一个初出茅庐后生小子的诗，这对一个名不见经传的新手来说，是多么大的鼓励和鞭策！我捧着这封直言不讳而又诚挚恳切的西安来信，真的是激动万分、感慨万分，当即写下："长安信至看从头，拍案惊呼快哉周（作者本姓）。锐笔直击阿是穴，微言顿解律中囚。新诗已奔淋漓去，旧体还须裹脚游？世上谁知镣铐舞，舞于妙处胜吴钩。"（《壮怀集·信至》）后来，我又把自己编著的《中国诗学举要》寄他求教。他同样很快回信，说："《中国诗学举要》极简明，适于初学者阅览，倘由此引起作诗兴趣，由此入门，则功莫大焉。"从中可以看出，他所关心的不仅仅是某个人，而是整个儿诗词事业，是他一向公开倡导的"振兴诗、词、赋"，是诗、词、赋的后继有人。既寄希望于我们这代人的承前启后，也寄希望于下代人的继往开来。而他本人在耄耋之年依然孜孜不倦，笔耕不辍，在"密密麻麻"的稿纸格子上"一溜烟爬过去"（见《鸡年抒情》），不仅创作了大量的诗、词、联、赋，还热忱地为同好后学所著诗书撰写序、跋及推介文章。遗憾的是在他编的《唐音阁集》中只收了为别人诗词写的序文，自己的诗词竟未收只言片语。为弥补这一缺憾，在这里试举几例，以飨读者。

请看他的《龙井品茗口占》：

> 游湖日将午，渴欲饮新茶。
> 舟系苏堤柳，门敲陆羽家。
> 虎泉松下水，龙井雨前芽。
> 三碗诗情涌，何须手八叉。

读到"何须手八叉"，任谁都会忍俊不禁，拍案叫绝。因为这诗写得轻松、飘逸，特别是结句用典，妙趣横生。

再看他的《华山放歌二首》：

一

> 三峰挺秀壮关西，览胜惜无万仞梯。
> 遍履悬崖经万险，始凌绝顶赏千奇。
> 唐松汉柏连天碧，玉观琳宫与日齐。
> 欲采岩花簪两鬓，不知足已跨虹霓。

二

> 万顷松涛泼眼凉，仙人掌上捧朝阳。
> 天池雁落重霄迥，玉井莲开四季香。
> 已讶呼吸通帝座，岂无咳唾化琼浆？
> 题诗更有奇峰待，试倩苍龙负锦囊。

这哪里像年近九十的老人！他"遍履悬崖"，"欲采岩花簪两鬓"，在尽情览胜赏奇"忘乎所以"之时，竟"不知足已跨虹霓"！在他"凌绝顶"之后，又飘然欲仙，竟"吸通天庭帝座，唾化玉液琼浆"。这里没有老气横秋，没有"老夫"叹，只有"少年狂"：令奇峰待句，让苍龙（岭）驮诗，其浪漫奇崛不让太白、苏子。

霍老属鸡，对鸡"情有独钟"，在本文集中有《百凤和鸣赋》，是咏鸡的；有《鸡年抒情》，也是咏鸡的。在他的诗集中，有"鸡年咏鸡九首"，更是极尽咏鸡之能事：

其七
长安米贱正伤农，枵腹司晨不怠工。
觅食何尝贪美味，只求吃尽害人虫。

其八
蛋既生鸡又佐庖，母鸡窝里建功劳。
下蛋高呼"个个大"，也知炒作赶新潮。

其九
我是鸡人偏爱鸡，五德兼备凤来仪。
金鸡报晓鸡年到，福寿康宁万事宜。

这些诗写得风趣、痛快，或令人深思，或让人捧腹……

至于霍老的成就功绩，已早有公论。中华诗词学会在授予他"中华诗词终身成就奖"的大会上宣读了将近四百字的《颁奖词》，先作简介，称他"是当代权威学者，著名诗人、辞赋家、文艺理论家，是中华诗词学会的重要发起人和创建者之一"。然后称赞他"创作《香港回归赋》驰誉海内外，有'一代鸿文'之美称"；又"表彰他在诗词创作和理论建设上的杰出成就"。最后特别强调了两点：其一，"他与时俱进，率先垂范，倡导以新声韵写诗，为推动中华诗词创新发展产生了广泛而深远的影响"；其二，"他甘为人梯，教书育人，是桃李满天下的诗词大师"。

在"推动中华诗词创新"方面，霍老确实用心用力，贡献十分突出。

关于格律诗，有学者指出：设诗词格律、用诗词格律，是为了使诗词读起来抑扬顿挫而更具音乐美，且便于记忆。这有一定的道理，但还不是全部。诗词格律还有一个重要功能，那就是用好了不仅不会束缚作者思想感情的抒发，反而会促进诗词内容和语言的"推陈出新"。为了合律，诗人不得不突破自己的用词定势，去选用新词或改造旧词，选好了或改好了，会使诗词出新出彩。用霍老的话说："格律的约束促使诗人强化了创造意识，不得不在法度中求自由，在有限中求无限。"许多成名诗人之所以固守格律，并且能将束缚变为助力，就是因为他们尝到了格律在法度中求自由的"甜头"。这甜头就是它可以助你将诗词作得更新更好。但是，如果实在走不过去了，也不要削足适履，可以大胆突破。霍老说："倘意新、情真、味厚而语言又畅达生动，富于表现力，则虽偶有失律，亦足感动读者，不失为好诗。"也就是说，格律运用之妙，存乎一心，在于守制而不拘泥、灵活而不随意，视格律为"为我所用的工具"，而不是雷打不动的枷锁。霍老还说过："与其受格律束缚而窘态毕露，何如适当地放宽格律而力求完美的艺术表现。其实，像唐诗大家那样扣紧脚镣固然可以跳舞，而且跳得很精彩；但为了跳得更美，更活泼，更妙曼轻盈或更威武雄壮，不是也时常放松脚镣吗？"力守格律是为了强化诗人的"创造意识"，作出好诗；适度放松，是为了放开手脚，把诗作得更好。二者看起来矛盾，实为一事两面，处理好了就是好诗人。此其一。其二，格律诗词不仅允许微调，还可以裂变。从唐齐言律句，到宋杂言词，再到元杂言曲，以及后来的自律词、自度曲的创新工作就一直未停止过。现在又有了丁芒的"自由曲"，贺敬之的"新古体"，等等，均可视为诗之裂变。至于押仄声韵的古绝、律诗，古已有之，只是不甚流行罢了。随着现代词汇的日益丰富，仄韵律诗也可能会流行起来，大行其道。而内容的创新、与时俱进，势必促使诗词格律形式的进一步松动，乃至裂变。同时，这种形式上的可塑性、适应性，也是好的形式长期存在的自我保证。

　　至于"自作词"或"自律词"，霍老曾著文专门论及，他说："元人陆友《砚北杂志》有这样的记载：姜夔访范成大于石湖，姜作词谱曲，完成了《暗香》《疏影》。范使家妓小红学唱，音节清婉。姜辞别归吴兴，范以小红赠之。大雪中过垂虹桥，赋绝句云：'自作新词韵最娇，小红低唱我吹箫。曲终过尽松陵路，回首烟波十四桥。'诗中的'自作新词'相对于'按谱填词'而言，'韵最娇'，是说自己为自作词谱的曲调很美妙。这使我想到：我们如果不按谱填词而自己作词，就称之为'自作新词'，似乎说得通。"（《关于"自作新词"的浅见》）

霍老认为将不按谱填词的"词"称之为"自作新词""似乎也说得通"。说的通是说得通，但易产生歧义，因为按谱填的词也是"自作"的啊！所以还是称不按谱填的词为"自律词"为好。"自律词"即按词的格式规范和特点创作，只是在句式、用韵和平仄声律等方面自行"格律"罢了。当然，词"离谱自律"，并非要革掉"按谱填词"。霍老认为："按谱填词，其'束缚思想'不容讳言；但词这种诗体有它的优势，高明的作者正可以'因难见巧'。从明清到现当代，佳作不断出现，就足以证明词这种诗体至今仍充满活力，可继续发展，大胆创新……"又说："由于乐谱失传""两宋词人自己作词、自己度曲的那么多'创调'，虽然长久不能歌唱，但作为文学性的新诗体，却历代传诵，脍炙人口。既然如此，我们当然可以吸取前面谈到的那许多词的特点，自己作词。如果懂音乐，也可自己谱曲。""如前所说，我们仍然可以'按谱填词'，但与自由作词相比，那种句有定字，篇有定句。韵位、句法、平仄都不能变动的填词毕竟是有局限性的。"（《关于"自作新词"的浅见》）

（霍松林先生虽已仙逝，但他的音容笑貌仍在，他关于诗韵改革和词格创新的论述，言犹在耳。我们只有用大胆实践，创作出更新更多的佳作来悼念祭奠他。）

三

刘征老在回答"今人写诗词应该怎样写"的问题说："我以为，应该力求以传统的艺术形式表现新时代的思想风貌，求一个'新'字。如果不这样，而是以传统的形式写陈旧的思想感情，写得再好，甚至放在古人的作品中可以乱真，那也不过是'唐三彩'的复制品，是没有多少生命力的。"（《我和民族传统诗歌》）并进一步阐释，"新"不仅要思想新，而且要意境新，语言新，"要把表达的需要放在第一位"。所以，"写诗你就写，把那诗词格律大概看一看，不要犯大规则"，"把你一腔所要说的话、感情，都喷出来，这样才是诗。"至于用韵，他说："我主张用韵就用现在的口语"，即普通话韵。刘征老如是说，也就不折不扣地如是作。

最突出的要属他的《新古诗小集一百首》。他在这小集的小序中说："新古诗始于台湾。四句一首，大都五言，押大致相同的韵。格律无严格要求，只求听起来悦耳，读起来顺口。与古乐府中的《子夜歌》类似。写起来颇自由，便于运用现代白话，适宜走进大众。"例如他写"城市风景"：

> 独坐星巴克，咖啡热且香。
> 夕阳不忍别，恋恋玻璃窗。
>
> 新楼如春笋，时才露芽尖。
> 几日不曾见，涌出万重山。
>
> 的哥坐车上，商女立摊头。
> 老外来相问，英语答如流。

这些发生在城市里的事现在看来已没什么新鲜，但在几十年前，对一些从旧社会走过来的老者来说，还是很新奇的。所以，刘征老信手写来，自然流畅，充满新意，无论是意趣还是意境，无论是语言还是韵律。李白写《子夜吴歌》，"长安一片月，万户捣衣声，秋风吹不尽，总是玉关情"反映的不也是当年的都市风情吗？只不过他反映的是人们的厌战情绪："何日平胡虏，良人罢远征？"刘征老反映的则是今天都市里的幸福而新奇的生活！例如他写"休闲"：

> 海浴晚归来，抱椰饮其汁。
> 爽气通肺腑，凉风梳鬓丝。
>
> 一路雨蒙蒙，吹凉淡淡风。
> 浓绿溶天地，车行万绿中。

这些"休闲"，是欢快的，既富于诗意，又紧贴时代，同王维的"休闲"："独坐幽篁里，弹琴复长啸。深林人不知，明月来相照"比较，王诗写的是个人的孤寂，整个儿深林只有一个"明月来相照"，压抑，所以"弹琴复长啸"！刘征老写的是和美，所以"吹凉淡淡风"。再如"戏作八憾诗"之一：

> 也算半个老戏迷，爱听爱唱乐不疲。
> 可惜只如牛背上，短笛无腔信口吹。

这是自戏加自嘲，借用"短笛无腔信口吹"这样一句古诗便活脱脱将一个老戏迷、老小孩无腔无调胡哼乱唱的形象刻画出来了。这反映的其实是一种真实的生活状态：由老有所乐，折射社会生活的安适、和谐、无忧无虑。

北宋欧阳修有一首《画眉鸟》说的是即便"住"在金笼里，画眉鸟也会因失去自由而备感"不幸福"："百啭千声随意移，山花红紫树高低。始知锁向金笼听，不及林间自在啼。"刘征老的一首五律《池养中华鲟》与欧诗有异曲同工之妙："些许池中水，江鲟长及寻。生存非得所，俯仰况由人。尾动思飞浪，身沉比堕云。行藏悲似鲫，争食正纷纷。"池养中华鲟虽然也"尾动思飞浪"，也略悲不自由不幸福，但有好吃好喝，便"乐不思蜀"了！这比之欧诗又多了一层新意。刘征老的新，是新而有味，而且常常不按"规矩"出牌。例如《吃湘菜，戏作》："厨师劝我尝一尝，无辣怎知湘菜香？不是老夫偏忌辣，早将辣妹嫁文章。"这是风趣地说，他忌辣，是因为把辣嫁给了自己的文章。而他的文章，确实老辣！刘征老认为，诗应该是从内心喷出来的。在一次研讨会上，袁行霈教授曾赞扬刘征老的诗词是"从心里流出来的"。"流出来"说的是诗词的自然流畅、浑然一体；"喷出来"说的是自由奔放，不可遏制。这二者，刘征老兼而有之。如前所引之诗，不都是"流出来"的么？"喷出来"的，如《移居七首》之五：

> 吟草盈囊带手温，青毡自惜万年尘。
> 一窗云月知情愫，四壁图书皆故人。
> 天地暂时留过客，浮屠何事避桑阴？
> 同来千尺清凉界，听我高歌泣鬼神。

这是诗人移居到北京方庄芳星园二十层高楼之上兴奋之情难以名状时所写。其时诗草之多已"盈囊"，而盈囊之诗草还都带着"手温"，可见成诗之速！再看"一窗云月"全似知音，"四壁图书"全是知己，而自己虽是天地之间的匆匆过客，但同这高塔（塔楼）一起来到这千尺之上的清凉世界，便忘却人生之短暂，便忘情而高歌。这遏制不住发自内心的"高歌"，肯定是惊天地"泣鬼神"的！又如《遥寄抗洪大军》：

> 坐不安神卧不宁，荧屏报纸警连声。
> 洪峰安过更番喜，险象频生几度惊。
> 挽臂军民成铁壁，当年战斗继雄风。
> 还如身在宣传队，呐喊摇旗一老兵。

这是一九九八年长江抗洪时，老诗人心悬灾区，坐卧不宁，为一峰"安过"而喜，为一峰涌来而惊，最后简直与抗洪大军融为了一体，在抗洪第一线摇旗呐喊、鼓劲加油。这恐怕也是一气呵成之作，连颈联的对仗"也管不了那许多了"！再如《擂鼓咚咚和泪吟二首》之二：

> 亿万同胞十万军，咱们都是汶川人。

　　同心救死争分秒，伟力回天泣鬼神。

　　大难不孤凭大爱，春风来抚感春温。

　　老夫也佩黄丝带，擂鼓咚咚和泪吟。

　　这是二〇〇八年汶川大地震时，心情激荡而喷发出来的诗。其中，像"咱们都是汶川人"这样的句子恐怕只有民歌或歌词中才有，但刘征老顺手牵来，使这首抗震诗"立马"活起来，"现代"起来。试想，如果这类描写大灾大难的诗，也引经据典，搞文字游戏，一定会让人反感。

　　在诗词创新方面，刘征老确实是把表达的需要放在第一位，为此他可以"冒天下之大不韪"，一反传统。例如《八声甘州·嫦娥工程老总们的眼泪》：

　　好男儿有泪不轻弹，热血沸心间。莽荒沙满眼，漫天风雪，春在谁边？多少年年月月，灯火夜攻关。三十八万里，梦系魂牵。　　一箭嫦娥飞去，啊，绕起来了，古梦今圆。扬眉望月处，热泪洒征衫。问此情深深几许，合一滴如海卷飞澜。流不尽，滔滔滚滚，大爱弥天。

　　这"一箭嫦娥飞去，啊，绕起来了，古梦今圆"，在传统词中绝无仅有。用了一个只有在新体诗才能用的"啊"字来反映自己对我国飞船绕月的喜不自胜和情不自禁，有着极为特殊的情感效果。用新词能产生这样的效果，用"老词"是否也能产生这样的效果呢？在刘征老这样的用词高手手里，有些词是能"点旧成新"、"点旧成奇"的。例如《一剪梅·救溺投波去不归》：

　　救溺投波去不归，欲责江妃，竟纵风雷。青春泰岱峙巍巍。万众心碑，浩气长垂。　　民之所困政之急，化险为夷，未必难为。和谐休向口头吹。彼君子兮，不素餐兮。

这"彼君子兮，不素餐兮"系《诗经·魏风·伐檀》中的句子，流传至今，两千五百多年了，够老的了，经刘征老一点化，备感新颖、俏皮，具有极深的讽刺意味。

刘征老还有一首《声声慢·老师》写得也特口语特感人：

> 潇潇洒洒，密密蒙蒙，点点淅淅沥沥。天晓雨斜风紧，泥泞满地。一路跌跌撞撞，步匆匆、上学情急。孩子们，莫慌张，老师张伞接你。　多少年如一日，却已是，两鬓霜丝繁密。一伞相随，最解先生情意。道一声老师您早，跑过来、相偎伞底，伞得见：她笑了，孩子般欣喜。

这首词就像一个人在讲故事，娓娓道来。虽然事儿不大，很普通，但那老师慈母一般的形象巍然矗立，谁又能不仰视她的高尚与伟大呢？

前面引述作品，多为刘征老"八〇后"所作。一位八十多岁的老诗人，朝气不减，勇气不减，实在难能可贵。他笑骂由人，我走我路，带头破旧律用新韵树新风，永葆诗人的一片赤子之心，更让人钦佩。正如他自制《绿阴曲》所说："清水黄尘一弹指，任东风笑我华颠。蓦然见，旧时庭院，阴阴万绿摇天。"他就是这样一个"老顽童"！永远对新事物感兴趣，永远为新事物歌呼，永远求新。因为他的求新，是表达所需要的"新"，不是赶时髦的"新"，也不是为"新"而新。是叙事抒怀的需要，不得不新；是对新人新事物的崇敬，不能不新！

关于诗词的改革创新，早在二〇一一年元旦前，笔者编辑出版《远望集》时，就曾诚请刘征老为之作一短序，并提出"要求"："希望对诗词的改革创新说说指导意见。"刘征老以他惯有的风趣语言写道："易行君说，《远望集》的出版是为诗词的改革与创新摇旗呐喊，我也是摇旗呐喊的志愿者，虽已老迈，愿与子同行。"只这一句话，就活脱脱地刻画出一个对诗词改革创新抱有强烈愿望老诗人的风骨与形象。而他对诗词改革创新的论述果然不凡，可以说颇有见地："求正容变"是正确处理遵守格律与变化创新两者关系的指导原则。诗词创作，自然要严格遵守和熟练运用诗词格律，最好能达到"从心所欲不逾矩"的程度，却也不能把格律看成凝固的金科玉律。合理的变动是允许的，在发展中甚至是必然的。变，至少有三种情况。一是格律的灵活运用。古今大诗家灵活运用格律的例子不胜枚举。如同公孙大娘手中的剑器，套路有其程式，舞起来都是灵活的。二是格律的创新，即形成另一种新诗体。诗，从四言到五言，从五言到七言，从诗到词，从词到曲，如此等等。中国诗歌几千年的格律发展史就是这样走过来的。一种新诗体的诞生，是许多条件综合促成的，不可能一蹴而就。三是除旧布新，抛弃格律中的不合理成分，近些年许多朋友主张采用今韵即是一显例。

（选编自易行《论诗人与诗的崛起》）

马凯关于中华诗词的观点综述

马凯同志作为诗人，对中华传统诗词及其在当代的继承发展有着深入的思考和阐述。他的这些思考和阐述是党的文艺方针和历代精辟诗论的细化具体化，对厘正当前一些同志对中华传统诗词的误解有着很强的说服力，对于当代中华诗词的创作与研究有着很强的指导意义。所以，有必要摘编引述，以利中华诗词的继承和创新，以利中华诗词的迅速崛起。

马凯同志对中华诗词的集中论述主要有以下几篇文稿：

《繁荣和发展中华诗词——在中华诗词学会创作座谈会上的讲话》

《知古倡今　求正容变——在〈缀英集——中央文史研究馆馆员诗选〉出版暨中华诗词创作座谈会上的讲话》

《传承和发展中华诗词——在中华诗词发展与创新暨〈心声集〉出版座谈会上的发言》

《再谈格律诗的"求正容变"》

《努力办好中华诗词研究院——在中华诗词研究院成立大会上的讲话》

《致张同吾同志的信》

纵观上述文稿，不难看出马凯同志最为关注的是如何使当前的诗词创作与研究健康发展。

一、中华诗词的功能和作用

马凯同志在中华诗词研究院成立大会上的讲话开宗明义地论述了中华诗词这一大美诗体的功能和作用。他说："中华诗词以汉字为载体，借助于汉字方块、独体、单音、四声的独特优势，按照符合美学规律的格律规则，形成了同时兼有均齐美、节奏美、音乐美、对称美和简洁美的大美诗体。几千年来，按照这种大美的形式，中华民族一代又一代创作出了大量脍炙人口的光辉诗篇，其内涵之深，形式之简，音韵之美，数量之多，普及之广，流传之久，影响之大，是世界上许多以拼音文字为载体的诗歌难以比拟的。中华诗词在记载历史、传承文化、启迪思想、陶冶情操、交流情感、享受艺术，丰富人的精神世界、提升中华民族凝聚力、推动社会文明进步等方面，发挥了重要的作用。中华诗词是中华文化瑰宝中的明珠，也是人类文明的共同财富。我们为我们的民族有这样大美的诗体，有这么多光辉的诗篇和杰出的诗人而感到骄傲和自豪。"如此详尽精彩的论述，与毛泽东"旧体诗词源远流长，不仅像我这样的老年人喜欢，而且像你这样的中年人也喜欢。我冒叫一声，旧体诗词要发展，要改革，一万年也打不倒。因为这种东西最能反映中国人民的特性和风尚，可以兴观群怨嘛！怨而不伤，温柔敦厚嘛！"（见易行《毛泽东诗词理论浅析》，中国书籍出版社 2013 年版）的看法是完全一致的。

二、当前诗词创作与研究的形势与任务

马凯同志认为："当前，在经过一段历史曲折后，中华诗词正在从复苏走向复兴，方兴未艾，形势喜人。""现在我国公开和内部发行的诗词报刊有几百种，每年刊登的诗词新作达几十万首，相当于《全唐诗》的几倍，数量可观。但是精品力作较少，即使有，宣传推广也不够。缺乏精品力作，中华诗词就不会有真正的繁荣，更难以长盛不衰。""诗词创作与诗词评论，是推动诗词发展不可或缺的两个轮子。当前，与相对繁荣的诗词创作比，诗词评论已成为诗词事业发展的一条短腿，评论不多，深度不够，影响也小，有些无原则吹捧的庸俗风气也值得忧虑，这些都不利于诗词事业的健康发展。""中华诗词正在由复苏走向复兴，给了我们难得的历史机遇，已经涌现出一

大批热爱中华诗词并创作出大量优秀作品的庞大诗词作者队伍。"（见，《中国诗词年鉴》，中华书局 2011 年版）

　　形势好主要表现在全国参与诗词创作与研究的人数众多，相应的诗词报刊也多，几乎每个市县都有诗词社团以及诗词报刊，每年创作的诗词数量更是可观，诗词创作质量也在逐年提高。报刊发表的诗词大多是好的和比较好的，只是其中的"精品力作较少"，诗词的"评论不多，深度不够，影响也小"。马凯同志的上述总体评价是客观的符合实际情况的。其中的"精品力作少"也正常。历朝历代包括唐宋诗词鼎盛时期，创作的诗词汗牛充栋、浩如烟海，其中堪称精品力作的又有多少？李杜苏辛为人们所熟知的精品力作又有多少？现在的情况是，我们有精品力作，一是较少，二是宣传推介力度不够。但这并不影响整体形势的向好。那种认为现当代除毛泽东、鲁迅以外就没有好诗了，认为中华诗词复兴"还未长出一个花骨朵"，或说现在写出的绝大部分诗都不能称之为"诗"，甚至把广大诗词爱好者所写的诗一概斥之为"垃圾"。这些，显然都不符合实际情况。人们创作诗词作品大都不是为了发表、获奖。"诗言志"，诗是可以用来表达思想、情感、志向、好恶的，它可以用来自勉自励、自误自乐，也可以用来警人励人。所以只要是思想健康、内容充实，而又情真意切语言畅达的都不失为好诗。而这样的好诗显然占公开发表诗词的大多数，加上人们仍在不断地学习努力中，所以形势好并非虚构，倒是诗词"一抹黑"论者，是闭着眼睛凭空臆造。

　　当前的形势好，问题也不少，所以才要求诗词研究机构和社团努力去攻坚克难推动诗词事业健康发展。一是通过多种形式"不拘一格广泛吸引诗词人才，为他们的创作研究和交流提供服务。"二是"组织诗词人才，按照贴近实际、贴近群众、贴近生活的要求，通过采风、笔会、出版诗集、编辑诗词年鉴等多种形式，创作、发现和推介大批优秀的诗歌作品，并推动优秀的当代诗词作品进入网络、学校、企业、部队、农村、社区，融入主流文化阵地，扩大社会影响。"三是"带头倡导正确的诗词评论新风，坚持尊重艺术、尊重作者、尊重读者，坚持客观公正、宽容平等、百家争鸣。通过正确的诗词评论，推崇诗词大家，发现诗词新人，弘扬诗词经典，提升作者的创作能力和读者的欣赏水平。"四是"要研究中华诗词的艺术规律，创立和发展中华诗词美学理论，推动中华诗词的继承和创新；研究古今诗词大家的作品和风格，撰写重要诗人和词人的传记、研究专著；研究中华诗词的发展史，既包括古代的，也包括近现代的，特别是五四以来近百年中华诗词的发展史；研究中华诗词的音韵学；研究中华诗词与自由体诗、民歌、歌词等其他诗体的比较，取长补短，相互促进；研究中华诗词的翻译理论和方法；还要研究中华诗词未来的发展趋势，等等。""既抓普及又抓提高"，"既抓诗作又抓诗评"，"既抓创作又抓研究"，"既抓当前又抓长远"。同时要搞好诗词资料的收集、整理、收藏和出版工作。马凯同志的这些对中华诗词研究院的要求，同样适合其他诗词社团组织，也是我们当代诗人应该肩负起的"本职"任务。

三、正确处理继承与创新的关系

马凯同志特别强调要处理好继承与创新的关系。他指出："在继承的基础上创新，在创新的过程中更好地继承，两者必须兼重。千万不能丢掉传统，也千万不能没有创新。丢掉传统，中华诗词就会失去根基，就不成其为中华诗词，而会自我'异化'为其他文学形式，比如成为散文诗、顺口溜，等等，结果是名存实亡；没有创新，中华诗词就会丧失活力，如果内容和形式脱离时代、脱离生活、脱离大众，也会被'边缘化'，走向没落。丢掉传统和没有创新，二者殊途同归。"（《繁荣和发展中华诗词》）又说："正确处理继承和创新的关系，是繁荣和发展中华诗词的关键。"而"创新当然首先是内容上的创新。"诗词内容"要有浓厚的时代气息、生活气息，反映新意境、新思想、新情感，注入新题材、新语言、新风格。对形式上的创新，也应持开放态度。因为一部中华诗词发展史就是中华诗词内容和形式上的创新史。当然，中华诗词形式的创新，必须建立在继承传统的基础上，否则会'异化'为其他诗体。"（《努力办好中华诗词研究院》）

马凯同志讲的创新和毛泽东主席讲的"旧体诗要发展，要改革"是诗词创新与改革两个层面的问题。马凯同志讲的创新是指旧体格律诗本身的创新，包括内容和形式两个方面。这一创新的目的是使格律诗更具活力，而不是丢掉格律。如果丢掉格律，格律诗就"会异化为其他诗体"了。毛泽东讲的"改革"是要"古典同民歌这两个东西结婚，产生第三个东西"，是"一套吸引广大读者的新体诗歌。"二者既不矛盾，也不完全等同。毛泽东讲的嫁接创造出新的诗体诗型，是更难更长远的事。

四、正确处理普及与提高的关系

马凯同志辩证地论述普及与提高的关系是"在普及的基础上提高，在提高的指导下普及，两者相辅相成。目前，每年创作的中华诗词的数量已相当大，但中华诗词的繁荣不仅看数量，更重要的是看质量。我赞成诗词学会提倡的'精品战略'。写作如果都是千人一面、千篇一律、千事一腔的话，大众就会产生视觉疲劳，中华诗词在广大群众中就会丧失感召力、吸引力；当然精品力作又是在大众的沃土中生长的。"马凯同志特别看重"精品"，特别强调"精品"，他认为"精品是研究院的立院之本。没有精品，研究院就没有社会存在的价值。"（《努力办好中华诗词研究院》）对中华诗词研究院如此，对其他诗词社团组织也是一样，不能促进诗词精品力作的产生，诗词社团存在的社会价值也就不大了。当然，诗词社团和大中小学还是以普及为主，没有普及，就没有精品产生的肥田沃土。

五、正确处理旧体诗与新体诗的关系

马凯同志说：旧体诗与新体诗"要齐开并放、相互促进。要让古体诗词、新诗、民歌、歌词等多种诗体互相取长补

短……"（《繁荣和发展中华诗词》）对于新体诗，马凯认为"一个时期以来，不是说没有好的新体诗，但许多新体诗越来越远离读者、远离大众，一些新体诗杂志订阅量急剧下降。格律诗要从中吸取经验教训。"同时指出："现在每年发表的格律诗达几十万首，但是会不会在繁荣过后也走下坡路，应该警惕。这次四川汶川大地震期间，新体诗发生了'井喷'现象，一下子涌现出一大批像《孩子，快抓住妈妈的手》的新诗，感人之深、数量之多、速度之快、影响之大，也是空前的。希望新体诗的这种势头继续保持下去。与之相比，格律诗则稍逊一筹了。这是不是也值得中华诗词界认真思考呢？所以，进一步研究诗词包括新体诗和旧体诗的发展现状、问题和趋势是非常必要的，经过比较从中可以找出规律性的东西。"（《知古倡今求正容变》）

长期以来，一些新体诗人对旧体诗词不屑一顾，认为那些都是老古董，早该寿终正寝；认为诗词文学是"夕阳文学"，没有前景；认为旧体诗人的诗差不多都是徒有其表的样子货。一些旧体诗人呢？也不去看新诗，便人云亦云地说，新诗已经走投无路；读新诗的还没有写新诗的人多；看一看每个字每个词都认识都懂，连在一起，就莫明其妙了。你说我是"甲骨"，我说你是"天书"。这样争来争去，不仅影响新旧体诗的"当代声誉"，对中国诗的整体发展也极为不利。所以，马凯同志提出新旧体诗"齐开并放""相互促进""取长补短"是十分重要的。为了"取长补短"，就应互读对方、互学对方。新体诗人不妨写写旧体，旧体诗人也可练练新诗，这样互学，有利于自身，也有利于新旧体诗的比翼齐飞。

六、正确处理诗人与大众的关系、做人与作诗的关系

诗人与大众的关系，是上述诸关系中最重要的关系。马凯同志说："诗词要繁荣发展，诗人就离不开实践，真正的好诗也不会脱离时代远离生活远离群众。诗人应该走出诗界的小圈

了，反映时代、贴近生活、服务大众，这是中华诗词的生命所在。"（《繁荣和发展中华诗词》）一方面，大众的生活是诗词的不竭源泉；另一方面，诗词只有为大众喜闻乐见才有生命才有社会作用。所以说，大众不仅是诗词的受众，而且是诗词的"生身父母"。除此之外，还要处理好做人与作诗的关系。先要做好人才能作好诗。马凯同志说"沈鹏先生讲过一句话：'诗人，首先应当是一个真正的人。'我是非常赞成这句话的。"（《繁荣和发展中华诗词》）很难想象一个浮躁浅薄的人，一个蝇营狗苟的人，一个见利忘义的人能作出纯净大气动人心弦的好诗。要想作有意境有真情有思想有深度的好诗，就应着意净化自己的心灵，排除妄想杂念；拨正自己的心机，时时事事与人为善；提升自己的心智，使自己站得高看得远看得透澈。远的不说，近现代多少知名的大诗人不是这样的人呢？秋瑾、鲁迅、毛泽东、聂绀弩、启功，哪个不是真正的人纯粹的人呢？

七、格律诗创作应该"求正容变"

关于格律诗的"求正容变"，马凯同志在《缀英集——中央文史研究馆馆员诗选》出版暨中华诗词创作座谈会上曾特别谈起，后又发表专文《再谈格律诗的"求正容变"》加以强调，可见他对这一问题的高度重视。他认为"对内容上要求真出新，已成为共识，但对形式上要不要'求正容变'，怎样'求正容变'，认识并不一致。这个问题事关格律诗的生存、发展和繁荣，有必要深入进行讨论。"所以他直接了当地说："在'平仄格式'上，我主张'求正容变'。所谓'求正'，就是要尽可能严格地按照包括平仄、对仗等格律规则创作诗词。因为这些是前人经过千锤百炼，充分发挥了汉字的特有功能而提炼出的，是一个'黄金格律'，不能把美的东西丢掉。但也应'容变'，即在基本守律的前提下允许有'变格'。实际上很多诗词大家包括李白、杜甫，很多诗词名篇，'变格'也不是个别的。一位老先生曾说，有些诗，情真味浓，虽偶有失律亦能感动读者，不失为好诗；反之，则虽完全合律，亦属下品。我赞成这种说法。"(《知古倡今　求正容变》)他认为"对格律诗的继承与发展，概括起来说，在内容上，就是要'求真出新'，即继承'诗言志'、'抒真情'的传统，同时又反映时代风采和现代人的思想情感；在形式上，就是要'求正容变'，即尽可能地遵循'正体'——严格的诗词格律规则，同时又允许有'变格'。"(《再谈格律诗的"求正容变"》)什么是格律诗的"正"呢？"作为五、七言格律诗，其'正体'至少有以下五个要素"："一是篇有定句，即每首诗都有固定的句数"；"二是句有定字，即篇中每一句都有固定的字数"；"三是字有定声，即句中每一字位的声调都有明确的规定"；"四是韵有定位，即每首诗必须押韵，且押韵的位置和要求是有明确规定的"；"五是律有定对，即作为五言律诗或七言律诗，除首、尾两联可以不对仗外，中间颔联、颈联两联的出句与对句，要讲究对仗。""上述五个基本要素，共同构成了五、七言格律诗质的规定性，成为其区别于其他诗体的显著特征。这些就是五、七言格律诗的'正体'。丢掉了这些基本要素，即非五、七言格律诗。"格律诗为什么要尽力"求正"呢？"就是因为这种形式实在是太美了。格律诗是以汉字为载体的。汉字是世界上独一无二的以单音、四声、独体、方块为特征的文字。汉字把字形和字义、文字与图画、语言与音乐等绝妙地结合在一起，这是以拼音为特征的文字所不可比拟的。格律诗的上述五个基本特征，把汉字这些独特优势发挥得淋漓尽致，为格律诗的无比美妙和无穷魅力提供了形式上的支撑。""第一，它给人以均齐美"；"第二，它给人以节奏美"；"第三，它给人以音乐美"；"第四，它给人以对称美"；"第五，它给人以简洁美"。"总之，格律诗，借助于汉字的独特优势，创造出美妙的情感表达形式，它是先贤们在长期的诗歌创作过程中、经过千锤百炼后形成的'黄金格律'，是宝贵的艺术财富。艺术的本质是追求美。诗和其他艺术一样，也要追求形式之美。音乐美、节奏美，是各种诗体应该追求和具备的，有的还看重简洁美，有的也具有均齐美和对称美。但在各种诗体中能同时兼有'五美'，是格律诗的特点。当今学作格律诗，就要尽可能'求正'，以追求大美。如此美妙的文学形式，为什么要摒弃、否定呢？"既然格律诗这么美，为什么还要"容变"呢？"格律诗的格律是美的，完全按'正体'当然好，但格律毕竟只是诗作的形式，形式总是为内容服务的。为了更好地抒情达意，破点儿格，适当有些变化，应该允许；不但应该允许，有时不得不破格之句还会成为'绝唱'。"但是，五七言格律诗哪些"容变"，哪些"不容变"呢？就其五项基本要素来看"第一项'篇有定句'和第二项'句有定字'，是格律诗之所以为格律诗的最基础的条件，是不能变的"。"第三项'字有定声'，讲的是要守'平仄律'，不讲平仄，即非格律诗"，"但是，在基本格式中具体某个位置的字，其平仄是否可以灵活变通，要作具体分析：有些字位的平仄绝对不能改变，如逢偶句尾字必须是平声，逢奇句尾字除首句入韵格式外必须是仄声；有些字位按规则本身就是可平可仄，如某些格式（不是全部格式）的五言诗中的一、三字，七言诗中的一、三、五字；个别字位为了更好地抒情达意，平仄可以替换同时通过'拗救'加以弥补，使声调总体上仍保持抑扬顿挫；个别字位即使'拗救'不成，只要是好句，'破格'也应允许。后两种情况，在古诗中屡见不鲜，这种突破'正体'的'变格'，就是在基本遵循平仄律基础上的'容变'"。"第四项韵有定位……我们不去评价那些不押韵的诗是不是诗，但是有一点是肯定的，即不押韵即非格律诗。这一点是不容变通的"，"押韵的基本规则也是不能变的……不但一般要押平声韵，而且押韵的位置不能改变，即只能是逢双句句尾押韵和个别句式的首句入韵，其他奇句不得入韵；不但韵脚的位置不能改变，而且必须一韵到底。中途不能转韵；不但不能转韵，而且不能重韵。""作为'韵有定位'的规则，可以适当变化的，只有'韵'本身。一是不必固守平水韵，可以而且应该提倡新声韵"。"第五项'律有定对'，讲的是作为律诗都要对仗……做到完全'工对'当然好，适当的'宽对'也应允许。"（以上均引自《再谈格律诗的"求正容变"》）这就把格律诗的"求正"和"容变"——哪些能变哪些不能变，讲清楚了。

八、诗韵改革，应该遵循"知古倡今"原则

关于中华诗词学会提出的诗韵改革，颇多争议，有主张搁置争议，各行其便的；有主张不予理会的；有主张坚守"平水韵"的；也有主张依法提倡新声韵的。在这方面，马凯同志明确表示："我赞成中华诗词学会提出的'倡今知古，双轨并行'的主张。前人早就说过：'时有古今，地有南北，字有变革，音有转移，亦势所必至。'（《毛诗古音考》）纵观中华诗词的韵律史，本身就是一部因时而变的发展史。唐诗用唐韵，是在隋朝切韵的基础上发展成的。宋代唐韵又改为广韵，除了诗韵，又有了词林正韵。到了宋末，距隋唐时间过去了几百年，汉语的语音已明显发生了变化，韵书与实际语言的矛盾越来越大，于是又有了平水韵。平水韵作为官韵，是专供科举考试之用的。尽管它比广韵已简化为106个韵部，但仍显繁琐。平水韵距今又过去七八百年了，人们的语音已发生了很大变化，入声字在日常生活中已不复存在，以北京语音为标准音的普通话成为人们交往的主导用语，并作为国家通用语言以法的形式确定下来，格律诗的声韵本身也要与时俱进，相应变化。平仄律和韵律本来完全是为了追求声调美的。今人作今诗，是写给今人看、今人听的，而不是写给古人看、古人听的。如果固守平水韵，今人读起来反而拗口，使人感觉不到和谐回环的美感，这就背离了韵律美的初衷。当然，阅读和欣赏古体诗，也应懂得点儿平水韵（现在印行的古典诗词选，应当作出必要的注释，以方便读者），否则有些古体诗用新声韵去读，韵律美也会打折扣。如杜牧的名篇：'远上寒山石径斜，白云生处有人家。停车坐爱枫林晚，霜叶红于二月花。'其中的'斜'字，在平水韵中念 xiá，与'家'字、'花'字同韵，读起来朗朗上口；而按新声韵则读 xié，念起来就不和谐。对习惯了用平水韵的诗人也应当尊重。二是严守韵部固然好，有的邻韵

通押也无妨。平水韵有 106 部，古人作格律诗一般要求押'本韵'，否则叫'出韵'，但突破这个规定，邻韵相押的好诗也不少。中华诗词学会顺应语音的变化，以普通话为准，按韵母'同身同韵'的原则，编辑了《中华新韵（十四韵）》，既继承了格律诗用韵的传统，又便于今人诗词的写作与普及。这是在继承传统基础上的创新发展，符合社会和诗词发展的方向，这种'变'应当充分肯定。"（《再谈格律诗的"求正容变"》）

正如马凯同志所说，诗韵也是格律诗基本要素之一。不能不予以高度重视。第一，从"以人为本"来说，既然文艺创作是为人民大众的，就应该以易于人民大众接受为最高原则。"平水韵"排韵混乱且有已在普通话中消失的入声字，不易为广大人民群众接受，也不易为说普通话的诗人使用，故不应固守，而应提倡以普通话语音为标准音的新声韵。第二，从"依法行事"来说，"普通话"是我国法定的通用语言，所以普通话声韵就是通用声韵。第三，从宋元到明清以后，逐渐形成诗用诗韵，即"平水韵"；词用词韵，即"词林正韵"；曲用曲韵，即"中原音韵"、"十三辙"；新体诗则用"国语韵"也就是现在的普通话韵。如此这般各执一韵实无必要，所以统一为"曲韵"、新诗韵，亦即普通话韵、新声韵势在必行。

马凯同志关于中华诗词的论述是全方位的深入细致的，仅举上述要点，以期"引人入胜"去全面深入地了解中华诗词，并为中华诗词的复兴崛起作出更大的贡献。

（选编自易行《论诗人与诗的崛起》）

中华诗词改革创新的关键在语言

千百年来，中华诗词都是由带有入声字的汉语创作出来的。新中国成立后，为适应中华各民族的生产生活，特别是中外交往和各民族之间交流的需要，国家进行了语言文字改革，推广"以北京语音为标准音，以北方话为基础方言，以典范的现代白话文著作为语法规范的现代标准汉语"的普通话。而后在 2000 年 10 月 31 日第九届全国人民代表大会常务委员会第十八次会议上通过了《中华人民共和国国家通用语言文字法》，于 2001 年 1 月 1 日起施行。由于该法确立了普通话为"国家通用语言"并在第十一条、第十二条明确规定："汉语文出版物应当符合国家通用语音文字的规范和标准""广播电台、电视台以普通话为基本的播音用语。"所以，汉语报刊刊载的诗词和电台电视台播放的诗词都应该是用国家通用语言即普通话创作的。中华诗词学会成立不久，便制订了中华诗词 21 世纪发展纲要。该《纲要》明确提出诗韵改革的"知古倡今，双轨并行"原则。在国家通用语言文字法颁布后，学会即着手制定了《中华新韵》（十四韵），并于 2004 年公布。这"新韵"就是不带入声字的普通话声韵。使用这样的声韵创作的诗词就是普通话诗词，也就是国家通用语言诗词。为了区别它不是带有入声的"老汉语"诗词，我们称其为"华语诗词"，即中华民族通用语诗词。

一、华语诗词的"韵"

同"老汉语"诗词一样，华语诗词有别于小说、散文等文体的地方，主要在它讲究音韵，既讲究音韵的和谐优美，又讲究声调与节奏的抑扬顿挫。音韵和谐优美，主要是押韵产生的艺术效果。押韵，即在诗句（通常是隔行偶句）末尾选用同韵字或邻韵字，使两句或更多的句子读起来合辙、顺口、跳跃，产生语音的回环、跌宕、对应和交错。

何为"韵"？刘勰在《文心雕龙》中说："同声相求谓之韵"。白居易在《与元九书》中说："音有韵，义有类，韵协则言顺，言顺则声易入。"就是说，韵是一种和谐悦耳、相同或者相近的声音。汉字的音节多由声母、韵母合成，少数由韵母单独构成。韵，实际上指的就是韵母。所谓同韵，指的就是韵母相同。但是，在实际运用中，韵母完全相同的字毕竟较少，这给押韵带来不便，所以，前人便逐步把韵母相近的字合并在一起，归为一个韵部。这样一来诗韵就由最早的二百多个韵部，逐步合并成十几个韵部。不管怎么说，韵已放宽。韵的界定也由韵母放宽到韵母或音节的收音。同韵则放宽为韵母相同或相近。韵，即韵母或音节的收音。收音在汉语拼音中特指韵母的韵腹和韵尾。汉语拼音的韵母，有些由单元音构成，例如 i、u、ü、a、o、e；有些则由一个主要元音附加另外一个或多个音素组成，例如 ia、ua、ie、üe、ai、ei、ao、ou、an、en、ang、eng、ian、uan、üan。其中，ia、ua、ie、üe 的主要元音 a 和 e 前面的元音 i、u、ü 即为韵母的韵头，汉语拼音韵母只有这三个元音可做韵头；ai、ei、ao、ou、an、en、ang、eng、ian、uan、üan 的主要元音 a、o、e 后面的音素 i、u、o、n、ng 即为韵尾，汉语拼音韵母只有这五个音素可做韵尾。韵头后或韵尾前的主要元音 a、o、e 即为韵腹，汉语拼音韵母只有这三个元音可做韵腹。例如：jian 中的 i 为韵头，a 为韵腹，n 为韵尾；huan 中的 u 为韵头，a 为韵腹，n 为韵尾；juan 中的 ü 为韵头，a 为韵腹，n 为韵尾，等等。其中，韵的决定音素是韵腹和韵尾。还有一种情况，韵母不同但读音相近，也可归为同韵，例如：o 与 e、i 与 er 与 ü 等。

因为诗讲究押韵，韵书也就应运而生。现存最早的一部韵书为《广韵》，由宋初陈彭年、丘雍等奉旨编修。《广韵》之前有《唐韵》和唐以前的《切韵》。现存的《广韵》共列二百零六个韵部。由于它的韵分得过细，不易掌握，也不便使用，加上华语语音的发展变化，后又有多种简化的韵书问世。其中影响最广的当属金人王文郁编修的《平水新刊礼部韵略》，分韵一百零六部，这便是"平水韵"。平水韵一直沿用至今。清康熙时，张玉书等又依据它编出《佩文韵府》，后又有《佩文诗韵》《诗韵集成》《诗韵合璧》等行世。在此期间，元代周德清突破旧韵书的束缚，编出只分十九个韵部的《中原音韵》。清代贾凫西则进一步简化《中原音韵》，经蒲松龄订定编成"十三辙"传世。到 20 世纪 70 年代《现代诗韵》问世，60 年代《诗韵新编》问世，以及其后的各种韵书问世，走的多是十三辙的路子。

　　如果把"十三辙"以及当代"十四韵"、"十九韵"与汉语拼音韵母对应起来，便很容易看出什么是韵了。

十三辙、十四韵、十九韵与汉语拼音韵母

十三辙

发花韵 a（啊）ia（呀）ua（蛙）

梭波韵 e（鹅）o（噢）uo（窝）

乜斜韵 ie（耶）üe（约）

姑苏韵 u（乌）

衣期韵 i（衣）er（儿）ü（迂）

怀来韵 ai（哀）uai（歪）

灰堆韵 ei（欸）ui（uei 威）

遥迢韵 ao（熬）iao（腰）

由求韵 ou（欧）iu（iou 忧）

言前韵 an（安）ian（烟）uan（弯）üan（冤）

人辰韵 en（恩）in（因）uen（温）ün（üen 晕）

江阳韵 ang（昂）iang（央）uang（汪）

中东韵 ong（"轰"的韵母）iong（雍）eng（"亨"的韵

母）ing（英）ueng（翁）

当代学者还有十四韵和十九韵的分法。十四韵是从十三辙衣期韵中分出"支吃"（-i）韵，即：

一麻 a（啊）ia（呀）ua（蛙）

二波 e（鹅）o（噢）uo（窝）

三皆 ie（耶）üe（约）

四开 ai（哀）uai（歪）

五微 ei（欸）uei（ui 威）

六豪 ao（熬）iao（腰）

七尤 ou（欧）iu（iou 忧）

八寒 an（安）ian（烟）uan（弯）üan（冤）

九文 en（恩）in（因）uen（温）ün（üen 晕）

十唐 ang（昂）iang（央）uang（汪）

十一庚 ong（"轰"的韵母）iong（雍）eng（"亨"的韵母）ing（英）ueng（翁）

十二齐 i（衣）er（儿）ü（迂）

十三支 -i（zi 资 ci 疵 si 思 zhi 支 chi 吃 shi 诗 ri 日）

十四姑 u（乌）

十九韵是将"十三辙"中的梭波韵、衣期韵、中东韵分拆成九韵而成，即：

一啊 a（啊）ia（呀）ua（蛙）

二窝 o（噢）uo（窝）

三鹅 e（鹅）

四衣 i（衣）

五迂 ü（迂）

六乌 u（乌）

七耶 ie（耶）üe（约）

八儿 er（儿）

九思 -i（zi 资 ci 疵 si 思）

十知 -i（zhi 支 chi 吃 shi 诗 ri 日）

十一哀 ai（哀）uai（歪）

十二 威 ei（欻）uei（威）

十三 熬 ao（熬）iao（腰）

十四 欧 ou（欧）iu（iou忧）

十五 安 an（安）ian（烟）uan（弯）üan（冤）

十六 恩 en（恩）in（因）uen（温）ün（üen晕）

十七 昂 ang（昂）iang（央）uang（汪）

十八 翁 eng（"亨"的韵母）ing（英）ueng（翁）

十九 雍 ong（"轰"的韵母）iong（雍）

"十三辙"、"十四韵"（"中华新韵"）、"十九韵"等，虽众说纷纭，实际上大同小异，完全可以作为宽严二标准，即汉语新韵宽可到"十三辙"，严可到"十九韵"。

今天，由于一般人写诗填词不再用"平水韵""词林正韵"等古韵，再用这样的古韵绝大多数国人也难以读出。所以，今人即便作格律诗，也以用中华新韵为好。中华新韵常用字有两千多个，现按"十三辙"分列于后（其中的平声包括现代汉语拼音中的阴平声和阳平声，仄声包括上声和去声。古入声字排在"▲"后），同时列出"平水韵"常用字表，以便查考。

实用中华通韵常用字

（分韵与古韵"十三辙"和秦似《现代诗韵》同）

发花韵（a ia ua）

【平声】花华家妈夸拿他她它加查霞牙芽茶麻沙纱差（偏差）瓜抓爬拉耙崖涯娃渣佳蛙虾鸦巴叉哗哈 ▲发（出发）答达杂扎杀压拔乏罚塌鸭滑八搭夹峡闸瞎煞插撒

【仄声】化大下打马话画爸亚怕假价把骂炸架霸垮跨瓦坝稼嫁挂卦夏厦卡耍傻哑那罢靶驾诈岔讶雅榨 ▲法划吓踏塔辣纳袜洽蜡眨发（头发）差（质量差）

【轻声】吗呀啦哪啊嘛吧哇

梭波韵（e o uo）

【平声】梭波歌多河哥车和何禾婆磨箩坡模拖播

魔科遮棵颗蛇鹅锣逻窝涡锅驼骡驮娜挪戈蛾峨荷
▲说国合则责得德活伯摸着喝割革格脱泼拨薄剥
缩夺勃驳搁舌隔额阁折博礴浊灼托桌

【仄声】个社做我这火坐果错所过货课破可躲朵
妥舵贺射磨左舍锁措祸伙饿扯惹者蔗▲策作落设
热乐迫获客色恶握魄阔沃测渴默漠寞络弱惑彻刻
塞没沫索

【轻声】了么呢啵［咯］［罗］哟▲［的］着

乜斜韵（ie üe）

【平声】鞋邪些街爷爹乜斜阶谐携秸嗟靴茄▲学
决别结洁接节缺觉约叠跌贴角绝歇协胁杰劫截捷
竭蝶碟揭削

【仄声】写谢夜界野卸泻姐借解戒械懈蟹榭冶▲
铁月业叶雪血烈切灭列裂悦越阅劣屑略乐掠确跃
怯页蔑泄冽猎雀鹊液

【轻声】咧

姑苏韵（u）

【平声】苏姑书图夫如无珠途输初粗租猪湖沽都
呼炉徒除梳疏锄浮殊舒枢朱株糊污芜扶枯奴肤吴
蔬壶孤辜屠铺厨蹰敷颅涂呜乌狐梧鸪庐芦▲福足
出读屋竹哭服叔逐族毒伏独突熟扑卒幅秃俗惚烛

【仄声】鼓故固处住土助亩武苦主路露务雾悟误
布步部富母妇父傅度渡组阻户护树诉数府咐五伍
午侮库裤负谱圃斧腑柱注驻吐恶铸著赋补赴础慕
数暮古舞楚黍簿捕虎鼠兔处堵煮暑恕薯素晤醋▲
木祝肃录筑速复物牧目束谷粟腹嘱促宿触术不骨
陆睦鹿幕酷属畜入

衣期韵（i er ü）

【平声】衣期旗支枝题思词时知诗居儿鱼娱持西
私皮医区批机辞迟师施鸡宜奇池驰妻姨泥渠需须
姿低移疑之芝滋丝基箕欺驴愚隅虚饥齐司资迷谜

离篱趋渝溪凄慈依提披余骑驱躯岖畦犁稀痴棋渔
圩吁璃狮驹墟匙梨狸啼蹄遗歧霓 ▲席习析实吃只
石识十局菊息失惜急直值一曲迹

【仄声】椅意喜止纸子字治志地事举去雨女语气
义市易议记势比里理利始次世至是己具句誉裕许
底米起体弟细取趣遇虑礼丽使史试示据踞巨距炬
戏死智制济计洗绪聚惧拒矩刺际避器絮煦御弃艺
帝你此矢驶二异谊挤毅励 ▲日质益力立育律室密
惕尺玉碧的帜剧绿续斥亿忆释适逸壁寂

怀来韵（ai uai）

【平声】怀来开排猜才材财栽灾哀埃台抬孩胎该
牌裁埋衰呆苔歪腮摔乖揌柴莱斋槐霾徊哉 ▲白摘
宅拍塞

【仄声】凯爱帅迈彩海快态代载采在赛寨待带买
卖块怪害坏改外慨溉概败碍派戴摆晒盖耐踩睬矮
奈奶拜湃菜歹贷袋宰赖债蔼太汰骇怠再 ▲麦脉百
柏窄

灰堆韵（ei ui）

【平声】灰堆飞吹辉挥为雷谁追梅非悲杯回眉威
归亏规碑围违随微推危催摧卑赔培煤媒槌锥晖菲
霏薇葵龟惟肥垂锤胚霉 ▲黑贼

【仄声】费会卫美水贵岁队妹备伟内味泪倍位类
睡对悔畏肺碎背尾慰退毁愧废沛佩醉遂罪轨鬼腿
柜辈慧嘴累垒惠锐绘溃跪脆配媚昧未被胃蕾翠馁
贝狈匪魅悴吠坠赘髓桂擂 ▲北给

遥迢韵（ao iao）

【平声】遥迢高毛涛潮标朝超交飘苗豪桥条操劳
烧刀消摇牢骄娇包挑抛瞧霄宵邀腰逃桃锹疗毫尧
翘浇郊描糟遭焦糕招捞嘲骚矛茅抄瞄胶窑熬梢礁
号妖凋雕胞袍挠娆饶谣巢壕嚎膏侨箫猫敲萧潇寥
聊幺瓢飙滔膘掏叨 ▲凿

【仄声】搞告要导好照造召教效校小笑了叫早草炮秒跳晓耀妙保宝报到道老少嫂饱巧稻鸟跑找倒号貌靠镐闹暴爆抱讨缴较恼脑灶考冒帽贸吵炒咬料票调掉表俏诮窍悄燥躁噪绕扰吊漂茂袄稿兆蹈扫澡泡罩窖饺绞杳渺拗耗烤岛豹枣蚤铐醑啸套袅爪▲脚角药觉

由求韵（ou iu）

【平声】由求收秋头州洲周谋优忧舟流留游修油偷楼丢究牛沟搜羞球仇愁悠休抽柔绸酬眸喉投赳剖筹稠欧瓯鸥艘丘幽纠邮囚抠骝瘤猴鸠▲轴粥

【仄声】手受口有友袖秀久厚候就宙后走酒九柳救够购授斗抖守狗豆丑臭漏兽售否吼诱偶寿绣首透幼搂篓瘦锈扣寇陡朽右奏揍扭纽骤皱疚舅缪嗽▲肉六

言前韵（an ian wan üan）

【平声】言前山天边坚寒欢全安年千田烟间还完难班专关官观尖先甜连宽三团员圆园原源严歼鲜圈船传般搬谈研肩丸繁烦残甘南川鞭填钳弯湾澜单担滩摊镰钎炎怜仙盐干杆鞍肝男番翻添攀迁钱蓝嫌拦栏盘餐丹权偏篇编元拳泉渊眠牵煎艰奸刊沾妍柑帆凡援颠颜绵缘捐缠酸端堪然燃酣衔瞒斑闲贪惭延

【仄声】闪产看线建健办战暖现面电店践验慢万见变算敢赞显眼焰件炼练感灿烂展赶俭险演便铲满远劝辩辨念片半汉汗乱遍骗键剑箭愿换暗旱喊减岸弹蛋胆饭范散晚勉免短转软断段站脸恋反返犯泛探管献贯惯选唤典羡艳浅患院怨券倦漫淡宴剪板版担碗婉捡雁燕限陷幻挽钻款缓砍斩欠犬伴懒贱溅染案判善盼馆厌链

人辰韵（en in uen ün）

【平声】人辰根春新心军民亲深恩真云身晨吨文

音因分门们村邻林斤今尘痕沉忱神魂闻昏婚临存
欣温珍辛贞针芬氛纷贫盆奔尊遵宾滨您勤殷群君
耘轮孙纯驯巡勋金钧均匀银阴荫茵姻吟侵频吞焚
坤伸屯襟巾矜奔拼寻旬陈筋琴禽擒蹲樽抡沦仑蚊
熏裙跟淋纹坟薪

【仄声】近很引训论进问信劲奋认任慎本运恳垦
恨愤盾寸忖忍闷诊狠紧甚尽敏稳准刃份粉混棍嫩
困禁蠢顺顿肯笨阵镇振枕品印喷啃衬婶悯凛锦谨
饮允俊损粪吝衅捆滚润菌鬓孕隐审震浸

江阳韵（ang iang uang）

【平声】江阳方芳光纲钢粮良枪疆昂扬央秧长康
场当乡香双帮常刚航忙强防妨堂房羊洋张章彰商
藏茫伤仓苍昌腔装箱汤舱缸肠裳狼狂黄庄桩妆霜
亡床窗墙翔荒慌框筐扛糖塘膛行乒桑芒铛慷郎廊
量凉梁粱王汪冈降娘详僵殃脏赃尝偿疮簧旁徨惶
凰鸯盲囊浆

【仄声】纺放党厂港上畅唱壮讲想向望亮朗广往
浪岗访仿丈状嚷壤尚趟躺奖让闯将响样漾恙降荡
抗矿旷况忘妄旺谅象像爽涨莽枉挡长养两俩抢创
榜谤磅膀嗓当网惘怆逛谎傍棒享项巷敞撞匠障丧
葬快响帐绑烫仰仗掌赏脏酱酿呛杠桨痒氧量晃炕
相辆

中东韵（ong iong eng ing ueng）

【平声】中东公工农红英声雄同功忠荣明生升青
清星京风丰争成城兵崇容通兴程精应平评空衷冲
松踪宏诚能穷浓厅听鸣虫钟耕晴情名形弓恭攻充
兄终冬行登灯层增型穹胸凶从丛钉峰锋惊灵迎轻
隆铜彤童称停庭溶熔融营征憎扔躬供逢缝宁腾横
宗轰匆葱晶封冰倾鹰莺龙洪重藤疼

【仄声】懂动用胜盛众共勇涌正政颂诵永咏影映
敬猛重送请定庆省净静令命性证症统洞痛幸订冷

等 竞 逞 窘 宠 径 病 景 警 梦 顶 领 岭 醒 恐 孔 讽 碰 境 镜 竟
冻 栋 奉 整 拢 弄 颈 剩 泵 硬 泳 垌 种 中 肿 桶 饼 并 蹦 兴 应
迸 井 捧 赠 耿 梗 拱 总 悥 风 骋 姓 悯 耸 控

（表内不同声部的重字为多音字）

平水韵常用字

上平声

【一东】东 同 童 僮 铜 桐 峒 筒 瞳 中（中间）衷 忠 盅 虫 冲 终 忡 崇 嵩 戎 绒 弓 躬 宫 融 雄 熊 穹 穷 冯 风 枫 疯 丰 酆 充 隆 空 公 功 工 攻 蒙 濛 朦 笼 胧 聋 洪 红 虹 鸿 丛 翁 忽 葱 聪 璁 通 蓬 棕 烘 崆

【二冬】冬 彤 农 宗 淙 钟 龙 茏 春 松 冲 容 蓉 溶 榕 庸 慵 封 胸 凶 汹 匈 雍 浓 重（重复）从（服从）逢 缝 峰 锋 丰 蜂 烽 纵（纵横）踪 茸 邛 筇 慵 恭 龚 供 供（供给）

【三江】江 缸 窗 邦 降（降伏）双 庞 舡 撞 扛 杠 腔 椥 桩 幢

【四支】支 枝 肢 移 为（施为）垂 吹 陂 碑 奇 宜 仪 皮 儿 离 施 知 驰 池 规 危 夷 师 姿 迟 龟 眉 悲 之 芝 时 诗 棋 旗 辞 词 期 祠 基 疑 姬 丝 司 葵 医 帷 思 滋 持 随 痴 维 卮 螭 麾 墀 弥 慈 遗 肌 脂 雌 披 嬉 尸 狸 炊 湄 篱 兹 差（参差）疲 茨 卑 亏 蕤 骑 岐 谁 斯 私 窥 熙 欺 疵 赀 羁 彝 髭 颐 资 縻 饥 衰 锥 姨 夔 衹 涯 伊 追 缁 箕 治 尼 而 推 縻 绥 羲 羸 其 淇 祺 麒 祁 崎 骐 罹 漓 鹂 璃 骊 狝 黧 貔 仳 琵 枇 尸 栀 匙 篪 鸥 跐 嗤 隋 虽 睢 咨 淄 鹚 瓷 萎 惟 唯 渐 缌 逶 迤 贻 裨 庳 丕 嵋 郿 劓 蠡 氂 痿 猗 漪 崖 筛 狮 耆 逵 岿 怡 贻 锤 陲

【五微】微 薇 晖 辉 徽 挥 韦 围 帏 违 闱 霏 菲 妃 飞 非 扉 肥 威 祈 旂 畿 机 讥 玑 稀 希 衣 依 归 苇 饥 矶 欷 诽 绯 晞 葳 巍 颀

【六鱼】鱼 渔 初 书 舒 居 裾 车 渠 余 予（我）誉 舆 馀 胥 狙 锄 疏 蔬 梳 虚 嘘 徐 猪 闾 庐 驴 诸 除 如 墟 於 畲 淤 妤 蛴

储苴蒩沮龃龉据（拮据）蕖歔茹摅桐

【七虞】虞愚娱隅刍无芜巫于衢儒濡襦需须株蛛诛殊铢瑜榆愉谀腴区驱躯朱珠趋扶凫雏敷夫肤纡输枢厨俱驹模谟蒲胡湖瑚乎壶狐弧孤辜姑菰徒途涂荼图屠奴吾梧吴租卢鲈炉芦苏乌污枯粗都荼俦徂樗蹰拘劬岖芙苻符廊桴俘臾吁濡瓠蝴糊鄠醐呼沽泸舻轳鸬驽孥逋匍葡铺殳酥菟洿诬呜鼯逾禺萸竽雱渝貐揄瞿

【八齐】齐黎藜犁梨妻萋凄低题提蹄啼鸡稽兮倪霓西栖犀嘶梯鼙赍赍迷泥溪圭闺携畦嵇跻脐奚醯蹊鼹蠡醍鹈睽批奎

【九佳】佳街鞋牌柴钗差（差使）崖涯偕阶皆谐骸排乖怀淮豺侪埋霾斋槐睚崴楷稭揩挨俳‖佳涯娲‖蜗蛙娃哇

【十灰】灰恢魁隈回徊槐梅枚玫媒煤雷颓崔催摧堆陪杯醅嵬推诙裴培盔偎煨瑰苗追胚绯坯桅莓傀儡‖开哀埃台苔抬该才材财裁栽哉来莱灾猜孩怡徕骀胎唉孩咳挨皑呆腮

【十一真】真因茵辛新薪晨辰臣人仁神亲申身宾滨邻鳞麟珍瞋尘陈春津秦频苹颦银垠筠巾囷民岷贫莼淳醇纯唇伦纶轮沦匀旬巡驯钧均榛遵循甄宸椿鹑嶙辚磷泯缗邠诜呻伸绅寅衾姻荀询岣氤怐逡嫔皴

【十二文】文闻纹蚊云分纷芬焚坟群裙君军勤斤筋勋熏曛醺芹欣芸耘氲殷汶氛汾

【十三元】魂浑温孙门尊樽存敦墩蹲豚村屯囤（囤积）盆奔论（动词）昏痕根恩吞荪扪昆鲲坤崑崙婚阍髡鲲喷狲饨臀跟缦瘟飧‖元原源沅鼋园袁猿垣烦蕃樊喧萱暄冤言轩藩媛援辕番繁翻幡旛璠骞鸳蜿湲爰掀燔圈谖

【十四寒】寒韩翰丹单安鞍难餐檀坛滩弹残干肝

竿乾阑栏澜兰看丸完桓纨端湍酸团攒官棺观冠（衣冠）鸾銮峦欢宽盘蟠漫叹邯郸摊拦磻珊狻

【十五删】删潸关弯湾还环鬟寰班斑蛮颜奸攀顽山艰闲间悭患孱潺

下平声

【一先】先前千阡笺天坚肩贤弦烟燕莲怜田填年颠巅牵妍眠渊涓边编悬泉迁仙鲜钱煎然延筵毡蝉缠连联篇偏扁（扁舟）绵全宣镌穿川缘鸢捐旋娟船涎鞭铨专圆员乾（乾坤）虔愆权拳橼传（传授）焉鞯铅舷跹鹃蠲筌痊诠悛邅鹇旃鳣禅（参禅）婵单（单于）颛燃涟琏翩梗骈癫阗畋钿沿蜒臁

【二萧】萧箫挑貂刁凋雕彫迢条髫跳苕调（调和）枭浇聊辽寥撩寮僚尧宵消霄绡销超朝潮嚣骄娇焦椒饶桡烧遥徭摇谣瑶韶昭招镳瓢苗猫腰桥乔妖飘逍潇鸮骁桃鹩鹞缭嘹夭幺邀要（要求）飙姚樵侨标飚嫖漂（漂浮）剽徼

【三肴】肴巢交郊茅嘲钞包胶爻苞梢蛟教庖匏坳敲胞抛鲛崤啁鞘抄蛸咆哮

【四豪】豪毫操（操持）髦条刀萄猱褒桃糟旄袍挠蒿涛皋号（号呼）陶鳌曹遭羔高嘈搔毛滔骚韬缲膏牢醪逃劳（劳苦）濠壕饕洮淘叨咷篙熬遨翱嗷臊

【五歌】歌多罗河戈阿和（平和）波科柯陀娥蛾鹅萝荷（荷花）何过（经过）磨螺禾珂蓑婆坡呵哥轲（孟轲）沱鼍拖驼跎舵他颇（偏颇）峨俄摩么娑莎迦靴痾

【六麻】麻花霞家茶华沙车牙蛇瓜斜邪芽嘉瑕纱鸦遮叉奢涯夸巴耶嗟遐加笳赊差（差错）杈蟆骅虾葭袈裟砂衙枒呀琶杷

【七阳】阳杨扬香乡光昌堂章张王房芳长（长短）塘妆常凉霜藏（收藏）场央鸯秧狼床方浆艭梁娘庄黄仓皇装殇襄骧相（互相）湘箱创（创伤）亡忘芒望

（观望）尝偿樯坊囊郎唐狂强（刚强）肠康冈苍匡荒遑
行（行列）妨棠翔良航疆粮穰将墙桑刚祥详洋梁量
（衡量）羊伤汤彰璋猖商防筐煌凰徨纲茫臧裳昂丧
（丧葬）漳嫜闿疆僵羌枪锵疮杭鲂肓篁簧惶璜隍攘
瀼亢廊阆浪（沧浪）琅邙旁滂傍骦当（应当）糖沧鸧
尪飏泱泱佯

【八庚】庚更（更改）羹盲横（纵横）舡彭亨英烹平
评京惊荆明盟鸣荣莹兵兄卿生甥笙牲擎鲸迎行衡
耕萌氓甍宏茎罂莺樱泓橙争筝清情晴精睛菁晶旌
盈楹瀛赢赢营婴缨贞成盛（盛受）城诚呈程声征正
（正月）轻名令（使令）并（交并）倾萦琼峥嵘撑鹏杭坑
铿瘿鹦勍

【九青】青经泾形刑型陉亭庭廷霆蜓停丁仃馨星
腥醒灵龄玲伶零听（聆听）汀冥溟铭瓶屏萍荧萤荥
蜻苓聆鸰瓴翎娉婷宁暝瞑

【十蒸】蒸烝承丞惩澄陵凌绫菱冰膺鹰应（应当）
蝇绳渑乘（驾乘）昇升胜兴（兴起）缯凭仍兢矜征（征
求）称（称赞）登灯镫僧增曾憎层能朋鹏肱薨腾藤恒
棱罾崩滕崚嶒姮

【十一尤】尤邮优忧流旒留骝刘由游遊猷悠攸牛
修脩羞秋周州洲舟酬雠柔俦畴筹稠邱抽遒收鸠搜
驺愁休囚求裘仇浮谋牟眸俦矛侯喉猴讴鸥楼陬偷
头投钩沟幽缪啾鹜楸蚯踌惆揉勾娄琉疣犹邹兜呦
售

【十二侵】侵寻浔临林霖针箴斟沉砧深淫心琴禽
擒钦衾吟今襟金音阴岑壬任歆森禁嵚参（参差）琛
涔

【十三覃】覃潭参（参考）骖南枏男谙庵含涵岚蚕
探贪耽龛堪谈甘三酣柑惭蓝担簪

【十四盐】盐檐廉帘嫌严占（占卜）髯谦纤签瞻蟾
炎添兼缣沾尖潜阎镰黏淹甜恬拈砭铦詹歼黔钤

【十五咸】咸 函 缄 岩 谗 衔 帆 衫 杉 监 （监察） 凡 馋 芟 搀 巉 喃 嵌 掺

上 声
【一董】董 动 孔 总 笼 桶 洞
【二肿】肿 种 （种子） 踵 宠 垄 拥 壅 冗 重 （轻重） 冢 奉 捧 勇 涌 踊 恐 拱 竦 悚 耸 棋
【三讲】讲 港 棒 蚌 项
【四纸】纸 只 咫 靡 彼 毁 委 诡 髓 累 （积累） 妓 绮 此 蕊 徙 尔 弭 婢 侈 弛 豕 紫 旨 指 视 美 否 （臧否） 兕 几 姊 比 （比较） 水 轨 止 市 徵 （角徵） 喜 己 纪 跪 技 蚁 鄙 晷 子 梓 矢 雉 死 履 垒 癸 趾 以 已 似 耜 祀 史 使 耳 里 理 李 跂 士 仕 俟 始 齿 矣 耻 廌 枳 址 峙 玺 鲤 迤 氏 驶 已 滓 苡 倚 七 跬
【五尾】尾 苇 鬼 岂 卉 几 （几多） 伟 斐 菲 （菲薄） 匪 篚
【六语】语 （言语） 圄 吕 侣 旅 杼 佇 与 予 （赐予） 渚 煮 汝 茹 署 鼠 黍 杵 处 （处理） 女 许 拒 炬 所 楚 阻 俎 沮 叙 绪 序 屿 墅 巨 宁 褚 础 苣 举 讵 榉 粔 御 去
【七麌】麌 雨 宇 舞 府 鼓 虎 古 股 贾 （商贾） 蛊 土 吐 圃 庚 户 树 煦 诩 努 辅 组 乳 弩 补 鲁 橹 腐 数 簿 五 竖 普 侮 斧 聚 午 伍 釜 缕 部 柱 矩 武 苦 取 抚 浦 主 杜 坞 祖 愈 堵 扈 父 甫 怒 禹 羽 腑 俯 估 赌 卤 姥 鹉 偻 拄 莽
【八荠】荠 礼 体 米 启 陛 洗 邸 底 抵 弟 坻 柢 涕 悌 济 澧 醴 蠡 祢 棨 诋 眯
【九蟹】蟹 解 洒 楷 獬 澥 矮
【十贿】贿 悔 罪 馁 每 块 汇 猥 璀 磊 蕾 傀 儡 腿 ‖ 海 改 采 彩 在 宰 铠 恺 待 殆 乃 载 （三年五载） 凯 闿 倍 蓓 追 亥
【十一轸】轸 敏 允 引 尹 尽 忍 准 隼 笋 盾 闵 悯 泯 蚓 牝 殒 紧 蠢 陨 矧 哂 朕 （朕兆）
【十二吻】吻 粉 蕴 愤 隐 谨 近 忿
【十三阮】混 棍 数 量 级 捆 衮 滚 鲧 稳 本 畚 笨 损 忖 囵 遁 很 沌 恳 垦 龈 ‖ 阮 远 （远近） 晚 苑 返 反 饭 （动词） 偃 蹇

琬沅宛婉踠睕苑蜿绻巘挽堰

【十四旱】旱暖管琯满短馆缓盌盎懒卵散（散布）伴诞罕瀚断（断绝）侃算欸但坦袒纂

【十五潜】潜眼简版盏产限栈绾柬拣板

【十六铣】铣善（善恶）遣浅典转（自转）衍犬选冕辇免展茧辩辨篆勉蒨剪卷显饯昞喘薛软蹇演兖件腆鲜（鲜见）跣缅沔渑（渑池）缱殄扁单

【十七筱】筱小表鸟了晓少（多少）扰绕绍杪沼眇矫皎皦杳窈宛袅挑（挑引）掉肇缥缈渺森赵兆缴缭朓夭（夭折）悄

【十八巧】巧饱卯狡爪鲍挠搅绞拗咬炒

【十九皓】皓宝藻早枣老好（好丑）道稻造（造作）脑恼岛倒（跌倒）祷捣抱讨考燥扫嫂保鸨稿草昊浩镐颢杲缟槁堡

【二十哿】哿火舸柯我娜荷（负荷）可坷左果裹朵锁琐堕惰妥坐裸跛颇伙颗祸卵

【二十一马】马下（上下）者野雅瓦寡社写泻夏（华夏）也把贾假（真假）舍厦惹冶且

【二十二养】养像象仰朗桨奖敞氅枉强（勉强）惘两曩杖响掌党想榜爽广享丈仗幌莽纺长（长幼）上（上升）网荡壤赏仿罔蒋橡慷傥往魉魍鞅

【二十三梗】梗影景井岭境警请饼永骋逞颖顷整静省幸颈郢猛丙炳杏秉耿矿颍鲠领冷靖

【二十四迥】迥炯挺梃艇醒酩酊并等鼎顶肯拯铤

【二十五有】有酒首口母后柳友妇斗狗久负厚手守右否（是否）丑受牖偶阜九后咎薮吼帚垢舅纽藕朽臼肘韭剖诱牡缶酉苟丑灸扣某莠寿绶叟

【二十六寝】寝饮（饮食）锦品枕（衾枕）审甚廪衽稔沈凛朕荏

【二十七感】感览揽胆淡啖坎惨敢颔撼毯黲糁湛

【二十八俭】俭焰敛险检脸染掩点簟贬冉苒陕谄

忝俨闪剡奄歉芡崭

【二十九豏】豏槛减舰犯湛斩黯范

去声

【一送】送梦凤洞（岩洞）众瓮贡弄冻痛栋仲中（击中）粽讽恸空（空缺）控

【二宋】宋用颂诵统纵（放纵）讼种（种植）综俸共供（供设）从（仆从）缝（缝隙）雍重

【三绛】绛降（升降）巷撞

【四寘】寘置事地志治（治安）思泪吏赐自字义利器位戏至次累（连累）伪为（因为）寺瑞智记异致备肆翠骑（车骑）使（使者）试类弃饵媚鼻易（容易）彗坠醉议翅避笥帜粹侍谊帅（将帅）厕寄睡忌贰萃穗二臂嗣吹（鼓吹）遂恣四骥季刺驷泗寐魅积（积蓄）食被芰懿觊冀愧匮馈庇暨质（人质）致柜篑痢腻被（泽被）秘比（比邻）鸷蒈示嗜饲伺遗（馈遗）意薏崇值识

【五未】未味气贵费沸尉畏慰蔚魏纬胃渭汇谓讳卉毅既衣（著衣）猬

【六御】御处（处所）去虑誉署据驭曙助絮著（显著）豫箸恕与（参与）遽疏（奏疏）庶预语（寄语）踞饫

【七遇】遇路辂赂露鹭树（树木）度（制度）渡赋布步固素具数（数量）怒务雾骛鹜附兔故顾句墓暮慕募注驻祚裕误悟寤住戍库护诉蠹妒惧趣娶铸绔傅付谕喻妪芋捕哺互孺寓吐赴孺恶（憎恶）怍晤

【八霁】霁制计势世丽岁济（济世）第艺惠慧币砌滞际厉涕契（契约）弊毙帝蔽敝髻锐戾裔袂系（系围裙）祭卫隶闭逝缀翳制替细桂税例誓筮蕙诣砺励瘗噬继脆睿曳蒂睇递逮棣蓟系（系列）彗芮薜荔唳捩粝泥（拘泥）篦壁睥睨

【九泰】会最贝沛霈绘脍荟狈侩桧蜕酹外兑‖泰太带外盖大濑赖籁蔡害蔼艾丐奈㮈汰癞蔼

【十卦】懈廨邂隘卖派债怪坏诫戒界介芥械薤拜快迈败稗晒玠濫湃寨疥届蒯篑喟聩块惫‖卦挂画（图画）

【十一队】队内辈佩退碎背秽对废悔诲晦昧配妹喙溃吠肺耒块珮碓刈悖焙焠淬倅‖塞（边塞）爱代载（载运）态菜碍戴贷黛慨岱溉在（所在）耐鼐玳再袋逮赉赛忾暧亥嗳眛

【十二震】震印进润阵镇刃仞顺慎鬓晋骏闰峻衅振俊舜吝烬讯趁仅觐信轫浚

【十三问】问闻运晕韵训粪忿酝郡分（名分）紊汶愠近

【十四愿】论（名词）恨寸困顿遁钝闷逊嫩揾诨巽褪喷艮‖愿怨万饭（名词）献健建劝蔓券远（动词）侃键贩畈曼挽瑗媛圈（羊圈）

【十五翰】翰（翰墨）岸汉难（灾难）断（决断）乱叹观（道观）干（树干）散（解散）旦算玩烂贯半案按炭汗赞漫冠（冠军）灌爨窜幔粲灿换焕唤悍弹（子弹）惮段看判叛涣绊盥鹳幔畔锻腕惋馆

【十六谏】谏雁患涧间（间隔）宦晏慢盼豢栈惯串绽幻瓣苋办馆

【十七霰】霰殿面眄县变箭战扇膳传（传记）见砚院练炼燕宴贱馔荐绢彦掾便（便利）眷面线倦羡奠遍恋啭眩钏倩卞汴片禅（封禅）谴善溅饯转（转动）卷（书卷）甸钿电咽旋

【十八啸】啸笑照庙窍妙诏召邵要（重要）曜耀调钓吊叫少（老少）眺诮料疗潦掉峤徼（边徼）烧

【十九效】效教（教训）貌校孝闹豹罩棹觉较乐

【二十号】号（名号）帽报导祷操（操守）盗噪灶奥告（告诉）诰暴好（喜好）到蹈劳（慰劳）傲耗躁造（造就）冒悼倒（颠倒）爆燥扫

【二十一个】个贺佐大饿过（经过）和（唱和）挫课唾

播座坐破卧货涴簸轲

【二十二祃】祃驾夜下（下降）谢榭罢夏（春夏）霸暇
灞嫁赦借假（休假）蔗炙化舍（庐舍）价射骂稼架诈亚
麝怕泻卸帕

【二十三漾】漾上（上下）望（观望）相（卿相）将（将
帅）状帐浪（波浪）唱让旷壮放向响仗畅量（度量）葬
匠障瘴谤尚涨饷样藏（库藏）舫访嶂当（适当）抗酿妄
怆怅创（开创）酱况亮傍（依傍）丧（丧失）恙王（霸
王）旺

【二十四敬】敬命正（正直）令（命令）政性镜盛行
（品行）圣咏姓庆映病柄郑劲竞净竟孟净更（更加）并
（合并）聘横（横逆）

【二十五径】径定磬磬应（答应）乘（车乘）赠媵佞
称（相称）邓莹证孕兴（兴趣）剩凭径甑听（听从）胜
（胜败）宁

【二十六宥】宥候就授售寿秀绣宿（星宿）奏富兽
斗漏陋狩昼寇茂旧胄宙袖岫柚覆（覆盖）救厩臭佑
囿豆窦瘦漱咒究疚谬皱遘嗅溜镂逗透骤又幼读（句
读）副

【二十七沁】沁饮禁（禁令）任（重任）荫浸僭谶枕
甚噤

【二十八勘】勘暗滥啖担憾缆瞰暂三绀憨淡

【二十九艳】艳剑念验赡店忝占（占据）敛（聚敛）厌
焰垫欠僭酽潋滟玷

【三十陷】陷鉴监泛梵忏赚蘸嵌

入声

【一屋】屋木竹目服福禄穀熟谷肉族鹿漉腹菊陆
轴逐苜蓿牧伏宿（住宿）夙读（读书）椟渎牍黩縠复粥
肃碌骕鬻育六缩哭幅斛戮仆畜蓄叔淑菽候独卜馥
沐速祝麓辘镞簇蹙筑穆睦秃覆颠覆辐瀑曝郁舳掬

踘 蹴 蹋 茯 蝮 鸹 鹏 髑

【二沃】沃俗玉足曲粟烛属录辱狱绿毒局欲束鹄梏告（忠告）蜀促触续浴酷躅褥旭欲笃督赎项蓐

【三觉】觉（知觉）角桷榷岳乐（音乐）捉朔数（频数）卓啄琢剥驳雹璞朴壳确浊濯擢渥幄握学

【四质】质（性质）日笔出室实疾术一乙壹吉秩密率律逸失漆栗毕恤蜜橘溢瑟膝匹述慄黜弼七叱卒虱悉戌嫉帅（帅军）蒺姪轾踬怵蟋蟀笔宓秫栉窸

【五物】物佛拂屈郁乞掘讫吃（口吃）绂弗勿迄不

【六月】月骨发（头发）阙越谒没伐罚卒（士卒）竭窟笏歇发突忽袜鹘厥蹶蕨曰阀筏橛掘蝎勃纥孛渤揭碣

【七曷】曷达末阔活钵脱夺褐割沫拔（拔起）葛阆渴拨豁括抹遏挞跋撮泼斡秣掇妲聒剌

【八黠】黠拔（拔擢）鹘八察杀刹轧戛瞎獭刮刷滑辖猾捋

【九屑】屑节雪绝列烈结穴说血舌洁别缺裂热决铁灭折拙切悦辙诀泄咽噎杰彻澈哲鳖设劣掣玦截窃孽浙孑桔颉拮撷揭羯碣挈抉袭薛曳冽臬蘖蹩撇迭跌阅辍掇

【十药】药薄恶（善恶）作乐（快乐）落阁鹤爵弱约脚雀幕洛壑索郭错跃若酌托削铎凿却鹊诺度（测度）漠钥著虐掠获泊搏锷藿嚼勺谑廓绰霍镬莫缚貉各略骆寞膜鄂博昨柝拓

【十一陌】陌石客白泽伯迹宅席策册碧籍（典籍）格役帛戟璧驿麦额柏魄积（积聚）脉夕液尺隙逆画百辟虢赤易（变易）革脊翮屐适帻厄隔益窄核掷责坼惜癖辟僻掖腋释译峄择摘奕迫疫昔赫瘠谪亦硕跖碛只（只身）炙踯斥吓皙淅鬲骼舶

【十二锡】锡壁历枥击绩笛敌滴镝檄激寂觌析溺觅狄获幂戚涤的吃沥霹惕剔砾翟籴倜

【十三职】职 国 德 食（饮食）蚀 色 力 翼 墨 极 息 直 得 北 黑 侧 贼 饰 刻 则 塞（闭塞）式 轼 域 殖 植 敕 饬 棘 惑 默 织 匿 亿 臆 特 勒 劾 仄 昃 稷 识 逼 偪 克 即 弋 拭 陟 测 翊 恻 洫 穑 鲫 克 嶷 抑 或

【十四缉】缉 辑 戢 立 集 邑 急 入 泣 湿 习 给 十 拾 袭 及 级 涩 粒 揖 楫 汁 蛰 笠 执 汲 吸 茸 挹 浥 岌 悒 熠

【十五合】合 塔 答 纳 榻 杂 腊 蜡 匝 阖 蛤 衲 沓 鸽 踏 飒 拉 盍 塌 哑

【十六叶】叶 帖 贴 牒 接 猎 妾 蝶 叠 箧 惬 涉 鬣 捷 颊 摄 蹀 协 侠 荚 魇 睫 慑 蹼 挟 铗 燮 奢 摺 祒 辄 婕 聂 镊 谍 堞

【十七洽】洽 狭 峡 法 甲 业 邺 匣 压 鸭 乏 怯 劫 胁 插 歃 押 狎 袷 夹 恰 蛱

二、华语诗词的"声"

普通话（华语）诗韵中的平声，指阴平声（汉语拼音第一声调）和阳平声（汉语拼音第二声调）；仄声，指上声（汉语拼音第三声调）和去声（汉语拼音第四声调）。在格律诗词中，平声字与仄声字即使韵母完全相同，也不能混押。

诗词之平仄，讲的是诗句声调的高低、升降和长短。古汉语有四种声调：平声、上声、去声和入声。由于在普通话的语音里，入声已被"派入"阴平声、阳平声、上声和去声。其中的阴平声是不升不降的高平调，阳平声是不高不低的中平调，二者构成诗韵中的"平声"；普通话中的上声是低升调或低平调，去声是高降调。由于二者有升有降，自然是"不平"，不平就是"仄"，所以，上声、去声合称"仄声"。平声长而洪亮，仄声一般短促而低微，所以，用平声作韵脚，宜歌宜诵。

诗词，讲究音调的抑扬顿挫，要求在一行诗句里平仄交错，两行相对的诗句则平仄对立。古平声与今阴平、阳平一致，没什么问题。问题是古入声字怎么办？我国不少地方，如江苏、浙江、福建、广东、广西、江西等地的方言中还保留着入声；北方的山西、内蒙古的部分地区也保留着入声。所以，一些学者认为，现代人写诗填词仍应使用入声字，否则诗词就会失去"古味"。现在的情况是，绝大部分国人不会发入声音，没办法读出入声字。读不出诗词中的入声字，何来"古味"？强为之反而使诗句变调失和。何况，几十年来一直在推广普通话，许多能发入声音、能读入声字的人也大都能讲普通话。所以，现代人作诗，应选用新韵。至于已习惯并喜欢用入声字者，在国家未作硬性规定之前，仍可沿用，但以新旧韵不在同一首诗里混用为前提。这就是诗词界提出的诗韵"知古倡今"原则。亦即：在学习和鉴赏诗词时，要"知古明今"；在创作诗词时，要"容旧倡新"。为"知古""容旧"方便查找入声字，特以汉语拼音字母为序排列出《入声字表》：

入声字表

（｜前为阴平声，后为阳平声；‖前为上声，后为去声）

B 八 捌 钵 拨 剥 逼 鳌 憋 擘 ｜ 拔 跋 钹 魃 白 舶 帛 伯 泊 箔 勃 渤 脖 鹁 博 薄 礴 搏 膊 驳 别（区别）鳖 醭

笔 卜 百 佰 柏 北 ‖ 必 怭 辟 薛 壁 璧 毕 跸 哔 筚 弼 碧 滗 别（别扭）不 薄

C 擦 撮 ｜

‖ 侧 测 恻 厕 策 册 猝 促 蹴 簇 蹙 蹴

CH 吃 插 出 戳 拆 ｜ 察

尺 ‖ 斥 赤 彻 撤 澈 畜 搐 触 怵 黜 绌 矗 绰 辍 龊

D 答（答理）搭 褡 滴 跌 督 掇 裰 咄 ｜ 答（问答）瘩 沓 达 鞑 妲 靼 怛 得 德 笛 迪 狄 获 敌 嫡 镝 觌 翟 涤 籴 的（的确）碟 蝶 喋 堞 牒 迭 叠 独 读 犊 牍 渎 毒 夺 铎 踱 度

笃 ‖ 度 踱 的（目的）

F 发（出发）｜ 乏 伐 筏 阀 垡 罚 佛 弗 拂 怫 绋 莩 伏 袂 袱 服（服从）菔 袯 绂 福 幅 蝠 辐

发（头发）法 ‖ 复 腹 覆 蝮 服（吃一服药）缚

G 搁 疙 胳 割 鸽 刮 聒 郭 ｜ 格 阁 骼 革 隔 膈 国 帼 虢 骨（骨碌）

骨（骨骼）鹘谷縠縠鹄汩葛 ‖ 各

H 喝（喝水）忽惚唿豁劐黑 ｜ 合盒曷盍阖劾核阁
貉涸翮斛觳滑猾活

‖ 赫郝喝（喝彩）鹤褐笏或惑获蠖镬霍藿壑

J 激迹击墼积绩缉屐夹（夹攻）揭结（结实）接撅
锔掬鞠 ｜ 及级汲岌笈亟极殛吉急即脊（脊梁）瘠疾
嫉集籍藉辑楫戢棘夹（夹衣）荚郏颊洁絜结（结局）拮
诘劼颉劫桀杰羯碣竭偈节枅捷婕睫截局蹶菊橘决
抉诀玦倔（倔强）掘崛桷厥蕨蹶獗橛谲觉爵嚼绝矍
攫躩钁

戟给脊（屋脊）甲岬胛蹶 ‖ 鲫稷剧倔（倔脾气）寂

K 瞌搕磕哭窟 ｜ 咳壳

渴 ‖ 克客恪嗑榼酷喾阔括扩廓

L 拉勒（勒住）｜

‖ 辣瘌蜡腊肋仂勒（勒令）乐力立粒笠栗溧历枥
沥疬雳栎砾郦列冽烈裂猎躐鬣劣鹿漉麓辘菉绿录
禄碌逯戮陆六洛雒络落酪烙骆珞律率略掠

M 摸抹（抹布）｜ 膜没（没有）

抹（抹药）‖ 末袜（抹墙）沫茉秣莫寞漠默墨麦没
（没落）脉殁陌泌秘蜜密谧觅幂汨灭蔑篾木沐霂幕
目首牧睦穆

N 捏 ｜

‖ 纳衲讷呐匿昵溺逆涅陧聂蹑颞镊臬孽喏搦
虐疟

O ｜ 额

恶（恶心）‖ 恶（善恶）萼愕鄂鳄噩厄扼轭遏

P 泼劈撇瞥扑仆（前仆后继）拍霹泊 ｜ 璞仆仆（仆
人）濮

癖撇匹朴蹼 ‖ 迫粕珀魄僻辟瀑曝

Q 七柒漆戚沏掐切（切割）曲（曲线）屈缺 ｜
乞曲（歌曲）‖ 迄讫泣恰洽怯契惬箧切（切记）窃

妾 却 确 榷 壳 阙 阒 鹊 雀

　　R 辱 ‖ 日 热 肉 褥 入 若 箬 弱

　　S 撒（撒手）缩 塞（塞车）｜俗

　　撒（撒种）靸 索 ‖ 飒 萨 瑟 塞（sài 北，敷衍 sè 责）啬
穑 涩 色 肃 速 觫 簌 宿 粟 谡 夙

　　SH 虱 湿 失 杀 刷 说 叔 淑 菽 ｜十 什 拾 石 食 蚀 实 识
舌 折 孰 熟 秫 赎 芍

　　蜀 属 ‖ 式 拭 轼 室 释 适 饰 煞 歃 霎 设 慑 摄 涉 述 术 沭
束 妁 朔 蒴 槊 烁 铄 硕 蟀

　　T 塌 踏（踏实）剔 踢 帖（妥帖）贴 怗 秃 托 脱 突 ｜

　　塔 獭 铁 帖（请帖）庹 ‖ 踏（踏步）挞 榻 遢 蹋 挞 特 惕
倜 拓 择

　　X 吸 翕 歙 悉 蟋 塞 析 息 熄 惜 昔 夕 汐 锡 昔 晰 淅 蜥 膝
瞎 歇 楔 蝎 戌 薛 削 ｜席 媳 习 袭 檄 侠 狭 峡 狎 辖 黠 协 飔
胁 颉 撷 穴 学

　　雪 血 宿 ‖ 隙 吓 缢 泄 燮 襄 屑 恤 畜（畜牧）蓄 勖 旭 续
血

　　Y 一 壹 揖 押 鸭 噎 掖 屋 挖 曰 约 压 ｜

　　乙 ‖ 弋 亦 奕 易 邑 浥 轶 役 疫 亿 忆 臆 绎 译 驿 益 镒 翼
翊 熠 佾 逸 屹 抑 腋 液 掘 叶 页 业 邺 谒 烨 兀 机 勿 物 沃 袜
握 偓 玉 钰 域 蜮 浴 欲 峪 毓 育 郁 昱 煜 狱 月 刖 悦 阅 钺 樾
乐 药 耀 跃 粤 岳 钥

　　Z ｜杂 砸 则 择 泽 责 啧 帻 箦 贼 足 卒 族 镞 昨
　　‖ 仄 作 柞 酢 凿

　　ZH 只 汁 织 扎（扎营）桌 卓 倬 捉 涿 拙 摘 粥 ｜直 值 植
殖 稙 执 侄 职 扎（挣扎）铡 闸 宅 折 辙 摺 哲 辄 谪 蛰 詟 竹
竺 烛 躅 逐 轴 妯 酌 浊 镯 琢 啄 濯 擢 茁 斫 斮

　　嘱 瞩 眨 窄 ‖ 室 桎 蛭 郅 秩 袟 陟 炙 质 锧 浙 祝

　　诗人选韵，一般是根据表达内容和感情的需要。例如，表
达高昂、雄壮、热烈内容和情感多用比较明朗、宏亮的中东、

江阳、人辰、言前、怀来等韵；表达哀伤内容和情绪的，宜用音韵比较低沉、短促的衣期、姑苏、由求等韵；表达轻快、风趣的可用发花、遥迢韵，等等。也有根据先构思出来的一两句诗来决定用韵的，或者根据个人的喜好与习惯选韵。

在用韵方面，还有"转韵""叠韵"和"叶韵"之说。转韵是在一首诗特别是较长的诗里换韵，例如较长的歌行体诗多采用四句一转韵，有些词也要按词谱要求转韵。叠韵指的是双音节词两个叠用字的韵母相同。在对仗句式里，叠韵词要与叠韵词相对。叶韵也叫"协韵"、"协音"，是古代学者为读《诗经》音调和谐而用某些字音改读原诗字音的做法，后来又将这一做法扩展到其他诗词。

（以上两节选自易行《中国诗词举要》中国书籍出版社2013 年版）

三、关于《中华通韵》

2018 年第 10 期《中华诗词》杂志刊登了由中华人民共和国教育部、国家语言文字工作委员会联合发布的《中华通韵》（征求意见稿）。这是在国家层面上制订并倡导使用普通话声韵，是诗韵改革的一件大事。由此引发的争论，又是一件好事。争论的焦点有二：一是韵部的划分是否得当；二是诗韵改革是向前走还是向后退。

《中华通韵》（征求意见稿）共分十六韵部，其韵目分别为：

一啊 a ia ua

二喔 o uo

三鹅 e ie üe

四衣 i

五乌 u

六迂 ü

七哀 ai uai

八欸 ei ui

九熬 ao iao

十欧 ou iu

十一安 an ian uan üan

十二恩 en in un ün

十三昂 ang iang ueng

十四英 eng ing ueng

十五雍 ong iong

十六儿 er

以上十六个韵部的划分是否得当呢？即使韵部完全按《汉语拼音》方案韵母表划分，这十六个韵部也有问题。其中"三鹅"中的"e"读"鹅"，而"ie üe"中的"e"是"ê"的略写，应读"耶"。这同"ü"在拼音中可略写成"u"一样。另外，"十四英"和"十五雍"的韵母都是"∠"，前者是"亨"的韵母，后者是"轰"的韵母，但都读"∠"，只不过没有相应汉字可以注音。所以，即便是完全按汉语拼音韵母为诗韵，其韵也应该是：

一啊 a ia ua

二喔 o uo

三鹅 e

四耶 ê ie üe

五衣 i

六乌 u

七迂 ü

八哀 ai uai

九欸 ei uei

十熬 ao iao

十一欧 ou iou

十二安 an ian uan üan

十三恩 en in un ün

十四昂 ang iang uang

十五英 eng ing ueng ong iong

十六儿 er

由于"喔 o""与""鹅 e"、"衣 i"与"迂 ü"的读音极其相近，"儿 er"的常用字又极少，难以单独成韵，所以"十三辙"和秦似先生编著的《现代诗韵》分别将它们并入两个韵部，即"喔 o""鹅 e"并为"歌部"，"衣 i""迂 ü""儿 er"并为"衣部"。这样便成十三韵部，2004 年《中华诗词》编辑部所编《中华新韵》（十四韵）只比这十三韵多了一个"−1"韵。有鉴于此，诗韵改革应尊重已有成果，而不应倒退，否则已依"十三辙"押韵多年的散曲、歌词、新诗以及戏剧曲艺等就都不合《中华通韵》了，已使用《中华新韵》（十四韵）十多年的新韵诗词也不合《中华通韵》了。另外，2016 年由湖北省荆门聂绀弩诗词研究基金会编、华中师范大学出版社出版的《诗词通韵》（十三部二十一韵）分韵也与"十三辙"基本相同，只不过将"鱼 ü"并入"姑 u"，这在"平水韵"中通，在普通话中这两个韵的读音相去甚远，以将"鱼 ü"并入"衣 i"部较好，因为它们的读音相近，而且从古韵"十三辙"到秦似《现代诗韵》（十三韵）再到《中华诗词》编辑部《中华新韵》（十四韵）等，均如此合并。

综上所述，对于诗韵改革，提出以下意见：

（一）由教育部和国家语委发布的《中华通韵》（征求意见稿）只是按汉语拼音的十六韵母分韵，是汉语的十六个"元韵"。而"通韵"应包括韵母不同而读音相近特别是韵腹韵尾也相同可以通押的"韵"。《现代诗韵》的编著者秦似先生认为："所谓通韵，就是超出韵部范围去押韵的一种办法，也就是使用更宽的韵。"（《现代诗韵·前言》广西人民出版社 1979 年版）从古至今被用来通押的韵有："声"与"根"、"衣"与"飞"、"飞"与"开"、"姑"与"收"、"收"与"高"、"山"与"根"等。"十三辙"和秦似《现代诗韵》则将"歌"与"波"、"衣"与"居"与"儿"各合并为一个韵部。所以，这"十三辙"也可名之为"十三通韵"。

（二）"十三辙"源于民间，"它从实践中来，在群众创作的基础上逐步形成，并且已由实践证明了普遍地为群众所接受。当前的新诗、歌曲、说唱文学，多是运用十三辙的韵部"（见秦似《现代诗韵·前言》）。而与"十三辙"韵部相同的秦似《现代诗韵》仅 1975 年到 1979 年四次印刷就已达 68 万册，加上与"十三辙"分韵基本相同的已实行十五年之久的《中华新韵》（十四韵），这"韵"不仅为戏剧界、曲艺界、新诗界、诗词界等广泛使用，而且使用多年，故不宜将宽韵变窄，走回头路。

（三）韵要方便使用，特别是"国标"通韵。像《中华通韵》（征求意见稿）中的十六儿（er）的平声只有一两个常用字，怎么使用？三鹅（e）中的"鹅 e"与"耶 ie""约 üe"怎么通押？所以，建议现已发布的《中华通韵》（十六韵）调整为十三韵，或改名叫《中华元韵》。

关于《中华通韵》（征求意见稿）中的"三鹅 e, ie, üe"韵，在我们读过的古今诗词中从未见如此用的，倒是"二喔 o，uo"与"三鹅 e"通用的例证较多。试举几例：

例一、唐·皮日休的《汴河怀古》："尽道隋亡为此河，至今千里赖通波。若无水殿龙舟事，共禹论功不较多。"其中"河"是"鹅"韵，"波""多"是"喔"韵。

例二：宋·杨朴《七夕》："未会牵牛意若何，须邀织女弄金梭，年年乞与人间巧，不道人间巧已多。"其中的"何"是"鹅"韵，"梭""多"是"喔"韵。

例三：陈毅《梅岭三章》之一："断头今日意如何？创业艰难百战多。此去泉台招旧部，旌旗十万斩阎罗。"其中的"何"是"鹅"韵，"多""罗"是"喔"韵。

例四：毛泽东《送瘟神二首》之一："绿水青山枉自多，华佗无奈小虫何！千村薜荔人遗矢，万户萧疏鬼唱歌。坐地日行八万里，巡天遥看一千河。牛郎欲问瘟神事，一挥悲欢逐逝波。"其中"多""波"是"喔"韵，"何""歌""河"是"鹅"韵。

例五：刘征《赠王洛宾老友》："曾谱卢沟水，长思'遥远'歌。年华归误会，君子意如何！雨沃龙沙绿，风惊鬓发皤。弦声满天下，众爱报君多。"其中的"歌""何"是"鹅"韵，"皤""多"是"喔"韵。

例六：袁行霈《石林》："底事天公块垒多，磐石林立竟嵯峨。从来胜境非夷境，元气淋漓涌大波。"其中的"多""波"是"喔"韵，"峨"是"鹅"韵。

在《中华新韵》（十四韵）公布后的十几年间，"喔""鹅"通押的诗词不胜枚举。至于《中华通韵》（征求意见稿）中的"十四英 eng, ing, ueng"与"十五雍 ong, iong"本是同一个"∠"韵，而且用这个"∠"押韵的诗更是不胜枚举，例如：

（一）唐·虞世南《蝉》："垂緌饮清露，流响出疏桐。居高声自远，非是藉秋风。"

（二）唐·王维《过香积寺》："不知香积寺，数里入云峰。古木无人径，深山何处钟。泉声咽危石，日色冷青松。薄暮空潭曲，安禅制毒龙。"

（三）唐·李白《清平调词》："云想衣裳花想容，春风拂槛露华浓。若非群玉山头见，会向瑶台月下逢。"

（四）唐·卢纶《塞下曲》："林暗草惊风，将军夜引弓。平明寻白羽，没在石棱中。"

（五）唐·崔护《题都城南庄》："去年今日此门中，人面桃花相映红。人面不知何处去，桃花依旧笑春风。"

（六）唐·杜牧《江南春绝句》："千里莺啼绿映红，水村山郭酒旗风。南朝四百八十寺，多少楼台烟雨中！"

（七）宋·王安石《江上》："江水漾西风，江花脱晚红。离情被横笛，吹过乱山东。"

（八）宋·苏轼《题西林壁》："横看成岭侧成峰，远近高低各不同。不识庐山真面目，只缘身在此山中。"

（九）宋·陆游《梅花绝句》："闻道梅花坼晓风，雪堆遍满四山中。何方可化身千亿？一树梅花一放翁。"

（十）毛泽东《为李进同志题所摄庐山仙人洞照》："暮色

苍茫看劲松，乱云飞渡仍从容。天生一个仙人洞，无限风光在险峰。"

（十一）刘征《参观珍珠港事件纪念馆》："国殇历历记英名，巨舰沉没触目惊。回首故乡千劫在，岂宜唯解孔方兄！"

（十二）袁行霈《飞经戈壁作》："玉鹤飞戈壁，乘风上紫穹。沙平天映地，云淡日当空。巨翅凌虚境，烘炉默运中。澄明心似镜，直欲探鸿蒙。"

上述例诗均为"英""雍"通押，至于已改押普通话声韵的自然也就通押了，又何必强行分开呢？另外，"迁"韵与"衣"韵读音极其相似，"儿"韵字又极少无法单独使用，所以都可并入"衣"韵。前者如习近平的《念奴娇·追思焦裕禄》就是"迁""衣"韵通押。后者如叶剑英元帅的《登祝融峰》："四顾渺无际，天风吹我衣。听涛起雄心，誓荡扶桑儿。"是"衣""儿"通押。再加上"英""雍"合二为一，中华诗词通韵还是以"十三韵"更为实用。也许是考虑到这一点吧，《中华通韵》（征求意见稿）在《关于制定＜中华通韵＞的说明》中指出："在诗词创作中，《中华通韵》与当前流行的旧韵书并存。在双轨并行原则下，提倡使用《中华通韵》，但尊重个人选择。"这就是说不但古韵"十三辙"，可以照用，秦似的《现代诗韵》和中华诗词的《中华新韵》（十四韵）也可以"并行"。这样一来，中华诗词多韵并行的局面还将继续下去。在这样的情势下，如果中华诗词的十六个"元韵"称之为《中华通韵》，那末"十三辙"和《现代诗韵》则可称之为《实用中华通韵》。

四、华语诗词的"格律"

从带有入声字的汉语格律诗词转为没有入声字的华语格律诗词（普通话格律诗词），原格律仍可沿用，但应有所变通。早在上世纪五十年代毛泽东就曾指出："譬如律诗，从梁代沈约搞出四声，后又从四声化为平仄。经过初唐诗人的试验，到盛唐才定型。形式的定型不意味着内容受到束缚，诗人丧失了个性。同样的形式，千百年来真是名家代出，佳作如林。固定的形式并没有妨碍诗歌艺术的发展。"（见臧克家《毛泽东同志与诗》，1984 年《红旗》第二期）又说："旧体诗词有许多讲究，音韵、格律，很不易学，又容易束缚人们的思想，"所以"旧体诗词要发展，要改革"（见《毛泽东轶事》昆仑出版社 1989 年版）。旧体诗词从使用"平水韵"和"词林正韵"转为使用普通话声韵的华语诗词，就是一大发展，一大改革。改革后的新韵诗词仍可沿用"老格律"，但不宜过严以减少其对人们思想的束缚。为此马凯同志强调的格律诗"求正容变"，就是解决问题的便捷方法。

格律诗的"求正容变"并未明确规定那些能变那些不能变，这就给诗词创作留下了足够的自由空间。但变，固定的格式不能变，即格律诗的"格"不能变，只是声律可灵活掌握。如果格律诗的"格"变了，就不再是格律诗了。格律诗的"格"，包括：五绝——五言四句偶句押平声韵，七绝——七言四句偶句押平声韵；五律——五言八句偶句押平声韵；七律——七言八句偶句押平声韵。无论绝句还是律诗奇句尾字都是仄声（如首句入韵可平声）。上述这些都不可变，变了就不是正体格律诗了。能变的只有诗句中字词的平仄声律，过去有"一三五不论，二四六分明"之说，但即使这样，仍多有不便。不如按平仄相对和平平、仄仄相黏规律自行调整，并力求与旧格律诗平仄声律相契合，即"求正容变"，也包括容"孤平""三平调""三仄尾"的"合法"存在，而不算"诗病"。

进入 21 世纪以来，贺敬之等倡导的"新古体诗"多有与上述"求正容变""守格自律"不谋而合者。而今韵（新韵）诗词其实也都是创新诗词。樊希安、丁国成主编的《中国新古体诗选》和尹贤主编的《今韵诗词三百首》中就收有大量符合"求正容变""守格自律"的新韵诗词。这些诗词大多鲜活明快、琅琅上口，且多为"主旋律"诗词，故选少许例诗以证新韵自律诗词之生机与活力：

丁　芒

荷池茶亭赏雨（自由曲）

天外扑来一股风，水上跳出几朵红。翡翠正铮琮，珍珠滚成龙。荷池夏雨最动容。

元旦咏怀（自律词）

猴年过，鸡年来，鬓未添丝眼未呆。夕阳注两颊，赛似菊花开。

耳方顺，愁去怀，思接千载童心在。秃笔蘸长河，云笺写天外。

马　凯

登泰山

玉皇顶上拂云去，老丈石前揽日来。
布子排峰棋信手，挥毫抹绿画由才。
九霄大殿通天地，万仞摩崖论盛衰。
又送千江东入海，无垠宇宙尽收怀。

满江红·腾飞

大地回春，天解冻、江河蓄势。洪流涌，樊篱冲破，千帆争驶。绝处逢生更旧法，审时适变开新制，再启程、直上九重霄，凭天翅。

百年耻，从此逝；成真梦，于今始。铸民康国富，和谐新世。未敢忘圆三步曲，更难永续千秋史。全赖有、别样路通天，旌旗赤。

王子江

夜行军

悄悄出北塞，瑟瑟夜风长。
铁脚穿秋色，钢盔戴月光。
旗沾原野露，刀淬昊天霜。
万里谁行速，回头雁两行。

夜宿小兴安岭

落叶纷纷怨不休，一年日子已出头。
云凝墨色仍无雨，草换黄衫能认秋。
梦里残阳红上树，林间苍柏绿从游。
潮声入耳春传递，明月隔窗未进楼。

尹　贤

游草堂瞻杜甫塑像

草堂重建已翻新，井碓房厨不染尘。
碍日修竹迎鸟度，餐风野草伴溪吟。
四围广厦高楼立，大道香车宝马奔。
夫子为何眉紧蹙，岂知寒士未欢心？

水调歌头·白方礼蹬车捐助贫困生

脱下红绸带，藏好亮金杯。依然破旧衣帽，劳碌事低微。伛偻蹬车载客，风里雨中来往，暮夜始家回。清点零钞币，灯下笑舒眉。

嚼干馍，饮凉水，裹尘灰。耄耋老汉，积攒私款竟何为？亲叩黉门恳请，要改穷乡旧貌，桃李细栽培。小巷燃熠火，皓月吐清辉。

注：白方礼（1913－2005），天津退休老工人，靠蹬三轮车和办售货亭辛苦攒钱。14年间向各级教育单位累计捐款35万元，资助了300余名贫困大学生的学费与生活费，被评为天

津市劳动模范、全国支教模范。

刘　征

采桑子·家庭旅馆

海滨街角招牌亮，小小房间；随意三餐，只要花销几个钱。

往来天下重重客，金鬓苍颜；酒畔灯前，宛似一家共笑谈。

南乡子·贺《臧克家全集》问世

《烙印》耀诗坛，唱彻神州风雨寒。自许精魂拥大地，悲欢；诗卷长留天地间。

引领望高山，儿辈风流跻顶巅。笔蘸黄河无尽浪，滔天，高唱"生活"一百年。

刘　章

偶成

故里山村访旧亲，几家铁锁守房门。
院中簇簇红芍药，依旧一年一度春。

忆王孙·有味人生是看书

粗茶淡饭避风屋，有味人生是看书。经典诗词细品读。乐何如？汲取涓滴月满湖。

刘庆霖

垂钓吟（自律词）

河流黑土地上，人在青纱帐里。水面浮云，竿头蜻蜓，忽被芦风吹起。夕阳下，三尺童谣，二斤笑容，一篓情趣。

趟过自然，觅个心湾，钓个话题。有道是，直钩弯钩谁留意。缘何江海无龙？想必那，月钩在天，早已钓得蛟龙去。

戍边情（自律词）

卅年戎马已消磨，岁月未蹉跎。人间几个能够，陆上枕戈，水上枕戈，天上枕戈。

摸爬滚打俱经过，莫问意如何。以身许国无悔，流汗也歌，流泪也歌，流血也歌。

李文朝

观大清国钦州界碑感赋

北仑河口忆沧桑，手抚石碑思绪长。
注目纷纭南海事，涛声发奋唤图强。

红船咏

开元兴事变，党帜起红船。
破浪航程远，凌云视野宽。
前行凭舵手，历险靠风帆。
载覆全由水，民心大过天。

李树喜

致野百合

此地君居久，遥遥多少春。
吾来筑茅舍，搅扰且为邻。
香冽君情性，孤拙我不群。
莫言谁主客，旦暮共芳芬。

清平乐·山中溪流

渐行渐远，曲曲还款款。寒暑圆缺全不管，涂抹山光浅浅。

时而隐匿潜行，时而欢跳奔腾，精彩只一小段，看来好似人生。

李增山

解甲戏作

横刀立马人，学作持竿叟。
身在池塘旁，心飞烽火堠。
鱼儿不上钩，边诗喜裁就。
收拾空篓归，斜阳笑我后。

新兵上岗

迢迢千里风尘路，汪汪一双渴望目。
急问哨所有多高，老兵上指白云处。

彤　星

黑龙江秋色

江流万里一条龙，山色五花千座峰。
秋风原不识疆界，遍染层林两岸同。

国耻石

萝北太平沟黑龙江畔有一卧牛石，上刻"此石可烂，倭匪之仇不可忘九一八"。

江流淘不尽，石刻恨深深。
本事谁能考，斯人气尚存。
相知松作伴，见证史翻新。
激励后来者，长为义勇军。

张桂兴

夜宿捧河湾

岭上一钩月，山村几处灯。
白河屋后唱，入梦伴蛙声。

卜算子·夜观雁荡情侣峰

雁荡月清圆，剪影来天半。情侣重逢欲掩盖，扯片云遮面。

相视诉衷情，永世青山恋。风雨沧桑不染尘，日月星相伴。

易　行

故宫

宏伟庄严问太极，如何营造此威仪？
朱门金殿呈羞色，曾为皇权作虎皮。

海南掠影

赶浪追风跨海行，南天一线露峥嵘。
山伸五指梳云鬓，水涌万泉织锦屏。
娘子军歌犹在耳，亚龙潮咏换新声。
博鳌载酒夕阳醉，绿岛妆成玛瑙红。

岳如萱

黄浦江之夜

明珠一颗闪苍穹，乱云飞过琼塔东。
波涌天空溶溶月，云看地面点点红。
条条彩舟绕琼厦，栋栋华屋接清风，
辞别昆仑万里涛，头是上海长江龙。

鸭绿江

浩荡江上旋海鸥，尽陪我上泛轻舟。
广厦直耸波北岸，白云空压浪南头。
断桥漫步心沉重，当年志愿人风流。
同在一片蓝天下，几人欢喜几人愁。

郑欣淼

竹枝词十首之五

近年西宁植物园引进郁金香，"五一"节前后花开娇艳，观者如堵。

苦寒更自重春光，五一柳杨轻染黄。
忽见合城奔走告，公园新绽郁金香。

竹枝词十首之六

西宁供暖半年，"五一"后不少人家利用节假日远郊踏青，自带炊具，沿河搭帐篷，甚至现宰羊只。

挈妇将雏去踏青，炊烟漫送肉香浓。
且看云淡风和日，湟水河边尽帐篷。

赵日新

中国梦

开启中国梦，幸福指数升。
唯勤小康近，崇志巨龙腾。
博取正能量，少吟无字经。
春雷唤春晓，阔步向复兴。

写在长征七号火箭成功发射时

擦亮寂寥夜，长征又远征。
壮怀携梦想，寰宇送国风。
浸染雪山暖，葱茏草地青。
霞铺七彩路，红旅太空行。

赵京战

采桑子·早操

曙光初照晨风冷，口令声声；口号声声，四面群山也动情。

集合更显军威壮，队列成城；众志成城，千载长歌细柳营。

定风波·紧急集合

晓月如钩晓梦沉，忽听军号震山林。跃起穿衣三两下，披挂，背包枪弹称腰身。

坦克军车方列阵，休问，敌情料已到前村。口令回答如爆豆，先后，铁流滚滚卷烟尘。

项宗西

澳门回归

神州鼓乐佳期迎，耻雪百年一日靖。
喜看新荷亭亭立，南海波涌万顷风。

京西初冬
——香山访红叶未获感赋

欲寻红叶问秋踪，一抹寒霜燕岭冬。
栖月崖前凝翠柏，碧云寺外敛丹枫。
枯荷残梗携寒雨，衰柳疏条掠晓风。
删尽繁英落清瘦，来年烂漫报春浓。

贺敬之

富春江散歌二十六首（选一）

壮哉此行偕入海，钱江怒涛抒我怀。
一滴敢报江海信，百折再看高潮来。

咏黄果树大瀑布

为天申永志，为地吐豪情。
我观黄果瀑，浩荡共心声。
怒水千丈下，破险万里征。
谁悲失前路，长流终向东。

顾　浩

多丽·雅丹地貌行

似天国，哪知南北东西？似阆苑、异物他景，惹我情思淋漓！似彩霞、常悬半空，似云锦、初出千机。似黄龙腾，似金浪滚，百看百感百般奇！似火山、日日喷涌，碧霄挂烟霓。斜阳下，似仙灯张。似神马啼。

似入梦，似骑鲲鹏，游遍琼楼高低。似红毯、十里迎宾。似赤帝，双手挥旗。似丹凤飞，似倩女舞，一举一动一串谜。似画图，世世展示，何怕风霜欺！曙光中，似歌堆积，似诗成集！

大江情
——漫步在长江岸上

九霄长河，九州大江，总道是、神牵魂系。千古奔流，千般激越，翻腾着、炎黄浩气。万重波澜，万行诗赋。对蓝空、抒发凌云意。一心如初，一志直前，梦汇太平洋里！

四顾寰球，四伏危机，洪潮怒、挺身而起。五洲风雨，五内民情，颠不了、高天厚地。百姓安康，百折无回，东去也、满怀希冀。七彩缤纷，七弦昂扬，盛日浪飞更壮丽！

高　昌

过函谷关咏老子像

东来紫气出函谷，函谷西行即乐土？
秦岭崎岖汉水宽，羌笛悱恻胡笳苦。

红尘惊梦又城狐，青史翻篇多硕鼠。
终处不知何所终，老君心内如汤煮。

女娲山下

《康熙字典》载："女娲山在郧阳竹山县西，相传炼石补天处。"夜宿此山下，遥想娲祖抟土造人、炼石补天诸般艰辛，心中浮现一位慈祥的母亲形象……

补天抟土想当年，娲祖千难与万难。
双袖祥云随梦起，满怀瑞气绕情旋。
长河作酒峰未醉，圣火成霞树欲燃。
一片慈心播热土，九州共仰母亲山。

高洪波

长江杂咏之三·第一滴水

壮士从容倚冰川，虔诚顶礼大江源。
第一滴水入瓶内，料比初乳更甘甜！

长江杂咏之七·三峡坝上

千秋伟业百代功，大江截流蓄雷霆。
一坝巍然立天地，从此后人不抗洪。

路焕京

车过大庆有怀

内忧外患两肩扛，为甩贫油战大荒。
钻塔裹冰心里热，窝棚漏雨梦中香。
泥池一跳惊天地，刹把久持识栋梁。
今日更怀王进喜，只缘实干可兴邦。

九门口怀古

锁钥幽燕几万重，九江汹涌九门横。

山来脚下列严阵，城向云端挽硬弓。

叛将终留千载耻，闯王空有半生雄。

敌楼遥望钓鱼岛，三尺龙泉吼作声。

臧克家

题菊畔小照（自度曲）

北国秋光，无风无雨近重阳。不去西山看红叶，来对丛黄。人依疏离，花傍宫墙，浥英红幛，门楼仰天望。

惜芬芳只独尝，念天涯分飞雁行。不须持螯把酒，默诵佳句"分外香"。人影瘦，神清扬，昂首向东、天一方。

迎春思亲

攀山千条路，共仰一月高，

东流归大海，江河日滔滔。

思亲逢佳节，台湾众同胞，

勠力结同心，祖国气正豪。

樊希安

情人节感怀

情人节里飘零身，素菜薄酒独自斟。

寡欲清心家居士，芒鞋竹杖岭头云。

神女相思几多路，杜鹃啼声带血痕。

往事浑然杯中物，饮到深处泪盈襟。

眺月

推窗眺月见半轮，冬来始觉寒气侵。

书里倘徉消永日，网上徘徊至更深。

玉兔澹然岂可近，情诗妙哉久不吟。

更无友好在歧路，相与谁人共沾巾。

霍松林

泰山南天门

休夸已过十八盘，一入天门眼界宽。
更上日观顶上望，始知天外有青天。

赞西部山川秀美工程

唐宫汉殿掩黄埃，植被摧残万事乖。
生态岂容长破坏？家园真要巧安排。
嘉禾遍野夺高产，绿树连云献异材。
山秀河清财路广，南飞孔雀又归来。

（以上作品选自《中国新古体诗选》《今韵诗词三百首》）

韩怀诚

迁西景忠山秀色

灵山秀色誉雄峰，拔地凌云切穹冥。
佛刹儒祠清虚观，禅心忠节道德经。
一山三教各称道，万岁九重独有钟。
善信虔诚委运命，皇家治世靠神灵。

潘家口水库

殿阁楼台作龙宫，悬崖峭壁入波平。
摩天大坝揽云雨，飞瀑长流落彩虹。
浩渺洋洋藏星月，浪花点点溅苍穹，
江南湖色风光好，北国西子妆正浓。

（韩怀诚，诗人，中共迁西县委原宣传部长）

高立元

参观双清别墅毛主席办公室

灯前漫品雨前茶，万缕霞光透碧纱。
书写春秋一支笔，蓝图绘出大中华。

话务兵

愿将战甲易红裙，三尺机台志贯云，
传令千军吞莽岳，挥戈一马破天门。

（高立元，中华诗词学会顾问，解放军红叶诗社副社长，解放军少将）

胡成彪

写太行山村

岭下桑榆老，清阶向日斜。
清风无贵贱，径自到山家。

沛县射戟台即景

风闲池水静，倒影照亭台。
芳煦催杨柳，不邀春自来。

（胡成彪，诗人，沛县人大常委会原主任）

赵俊德

山村见闻

改革暖人心，敲开致富门，
种粮粮囤满，植树树成阴。
猪是摇钱树，鸡当聚宝盆。
三中全会后。二次得翻身。

捣练子·塞上

荒漠上，牧人家，赶走贫困赶走沙。连片绿洲天际去，树阴深处响鸣蛙。

（赵俊德，诗人，地质工作者）

林 阳

三清山

雨意阑珊谒女神，三清千载绝风尘。
天公恰值轮休日，雾重空山不见人。

忆西湖品茶

西湖游罢上狮峰，云白松青茗事浓，
满眼繁花花艳艳，几竿翠影影重重，
新芽龙井观春色，老树虬枝换旧容，
禅语投机驹过隙，晚霞万道漫天彤。

（林阳，全国政协委员，人民美术出版社总编辑）

范国甫

访张良故里有感

周得姜尚灭商国，白起襄秦统六合。
弱汉若非谋圣助。刘邦怎唱大风歌。

参观杜甫纪念馆有感

每唱茅屋所破歌，心寒意冷泪如梭。
当今广厦千千座，百贾炒房叹奈何？

（范国甫，河南诗词学会副会长，河南九州诗词研究院院长）

陈文玲

踏莎行·富春江

昨日东吴，门泊惆怅，风霜雪雨四时往，烟波千里送归舟，行人苦旅催双桨。

春水清江，一川梦想，山居沙堵凭窗赏。枝头新韵旧篇章，丹青含露情流淌。

浪淘沙·长沙

抖落几千年，渲染江川，湘风楚雨孕峰峦。流淌古昔屈子梦，盛满非凡。

沧浪曲轻弹，国远情牵，贾谊凭吊写诗篇，朗朗乾坤谁转动？正领心弦。

（陈文玲，女，国务院研究室原司长，中华诗词学会副会长）

沈华维

北戴河观日出

独立晨风里，朝阳知我来。

微曦带凉意，羞色扑入怀。

出水波多彩，痴情上九垓。

初心终不老，无畏破云开。

暮春乘高铁出行

翠涨田园秀，晴云吻远岑。

红肥增一寸，绿瘦让三分。

车过寻常景，诗传时代音。

与侪同注目，共借好风吟。

（沈华维，解放军红叶诗社副社长，《红叶》原主编，解放军大校）

李玉平

楷模（自律词）

在全国精神文明建设表彰大会期间，习总书记邀请93岁的院士和82岁的村支书坐在自己身边合影……

笑意盈盈健步来，椅子拉开。亲切相邀让前排。

端坐前排肩紧挨，鹤发颜开。关爱无声暖心怀。

记首届黄河诗会

一路春风下太行，诗词曲韵绘风光。

前波后浪黄河水，饱蘸豪情续九章。

（李玉平，山西省诗词学会副会长，黄河散曲社社长）

叶志深

丽水千佛山

漫山翠绿韵交融，漱石清流醉细风。

人旅此间无杂念，穿行千佛眼神中。

千峡湖

万峰千峡换新装，渡口烟村势激扬。

僻地花开成锦地，畲乡歌浪接侨乡。

天清飞瀑云端落，波静游船水上航。

四面风光来眼底，谁裁一角到钱塘。

（叶志深，浙江省丽水市人大常委会原副主任，浙江省诗词与楹联学会副会长）

上述十位按姓氏笔画多少排序（多在前）的诗人系笔者为之作过序或作过短评的，他们的这些诗词都合新韵，亦可视为守格自律诗。而"守格自律诗"之格律亦可参照"老汉语"之格律"自律"。汉语格律诗的格律如下：

绝句

绝句又名绝诗、断句，分律绝和古绝。律绝又分五言律绝和七言律绝（还有六言律绝，但极少见）。五言律绝简称"五绝"，每句五字，共四句，逢偶句押平声韵。也有第一句入韵的，但比较少见。七言律绝简称"七绝"，每句七字，共四句，也是逢偶句押平声韵。七绝以第一句入韵者多见。律绝的主要特征：一首四句，一句五或七字；逢偶句押平声韵，但尽量避同音字；句内用字平仄声调相间，奇句与偶句间平平、仄仄声调相对，偶句与奇句间平平、仄仄相黏。

五绝

五绝由以下四个基本平仄句式排列组合而成：

1 仄起仄收句式：仄仄平平仄

2 平起平收句式：平平仄仄平

3 平起仄收句式：平平平仄仄

4 仄起平收句式：仄仄仄平平

其"1"代表五绝第一基本句式，"2"代表第二基本句式，"3"代表第三基本句式，"4"代表第四基本句式；"仄"代表仄声字，包括古之上、去、入三声（今之上声、去声）；"平"代表平声字，为古之平声（今之阴平、阳平声）；"仄"，表示应仄可平；"平"，表示应平可仄；"平"为平声韵脚；"仄起"，由首句第二字为仄声得名；"平起"，由首句第二字为平声得名；"仄收"，由首句尾字为仄声得名；"平收"，由首句尾字为平声得名。

五绝第一式：1 仄仄平平仄 白日依山尽，

（仄起仄收）2 平平仄仄平 黄河入海流。

3 平平平仄仄 欲穷千里目，

4 仄仄仄平平 更上一层楼。

——王之涣《登鹳雀楼》

五绝第二式：2 平平仄仄平 花枝出建章，

（平起平收）4 仄仄仄平平 凤管发昭阳。

1 仄仄平平仄 借问承恩者，

2 平平仄仄平 双蛾几许长？

——皇甫冉《婕妤怨》

五绝第三式：3 平平平仄仄 林中观易罢，

（平起仄收）4 仄仄仄平平 溪上对鸥闲。

1 仄仄平平仄 楚俗饶词客，

2 平平仄仄平 何人最往还？

——韦应物《答李浣》

五绝第四式：4 仄仄仄平平 落日五湖游,

（仄起平收）　2 平平仄仄平 烟波处处愁。

　　　　　　　3 平平平仄仄 浮沉千古事,

　　　　　　　4 仄仄仄平平 谁与问东流。

　　　　　　　　　　——薛莹《秋日湖上》

从以上四式不难看出,只要记住五绝的四个基本句式,就很容易排列组合成五绝四式。其规律是:四个基本句式均可作第一句,其中的第一句式还可作第三句,第二句式还可作第四句,第四句式还可作第二句。即:

五 绝	第一式	第二式	第三式	第四式
第一句	1	2	3	4
第二句	2	4	4	2
第三句	3	1	1	3
第四句	4	2	2	4

七绝

七绝的基本句式也是四种:

　　1 平平仄仄平平仄

　　2 仄仄平平仄仄平

　　3 仄仄平平平仄仄

　　4 平平仄仄仄平平

这四个基本句式是在五绝的四个基本句式前分别加平平、仄仄、仄仄、平平,即:

七绝第一式：1 平平仄仄平平仄 丝纶阁下文章静,

（平起仄收）　2 仄仄平平仄仄平 钟鼓楼中刻漏长。

　　　　　　　3 仄仄平平平仄仄 独坐黄昏谁是伴?

　　　　　　　4 平平仄仄仄平平 紫薇花对紫薇郎。

　　　　　　　　　　——白居易《直中书省》

七绝第二式：2 仄仄平平仄仄平 爆竹声中一岁除,

（仄起平收）　4 平平仄仄仄平平　春风送暖入屠苏。

　　　　　　　　1 平平仄仄平平仄　千门万户瞳瞳日，

　　　　　　　　2 仄仄平平仄仄平　总把新桃换旧符。

——王安石《元日》

七绝第三式：3 仄仄平平平仄仄　两个黄鹂鸣翠柳，

（平起仄收）　4 平平仄仄仄平平　一行白鹭上青天。

　　　　　　　　1 平平仄仄平平仄　窗含西岭千秋雪，

　　　　　　　　2 仄仄平平仄仄平　门泊东吴万里船。

——杜甫《绝句》

七绝第四式：4 平平仄仄仄平平　天街小雨润如酥，

（平起平收）　2 仄仄平平仄仄平　草色遥看近却无。

　　　　　　　　3 仄仄平平平仄仄　最是一年春好处，

　　　　　　　　4 平平仄仄仄平平　绝胜烟柳满皇都。

——韩愈《初春小雨》

七绝基本句式的排列组合规律同五绝，即：

七 绝	第一式	第二式	第三式	第四式
第一句	1	2	3	4
第二句	2	4	4	2
第三句	3	1	1	3
第四句	4	2	2	4

五绝、七绝的上述四式为正格，但正格是可以打破的，也就是说律绝可以变格。

五绝的"平平平仄仄"句式，可变格为"平平仄平仄"，其变格可用于第一句和第三句，变格后其第一字必须是平声。例如刘禹锡的《秋风引》：

何处秋风至，萧萧送雁群。

朝来入庭树，孤客最先闻。

其第三句，正格为"平平平仄仄"句式，变格成"平平仄平仄"。

七绝的"仄仄平平平仄仄"，可变格为"仄仄平平仄平仄"，其变格也可用于第一句和第三句，例如林稹的《冷泉亭》：

> 一泓清可沁诗脾，冷暖年来只自知。
> 流出西湖载歌舞，回头不似在山时。

其中的第三句，正格应为"仄仄平平平仄仄"，变格成"仄仄平平仄平仄"（流出的"出"为入声字）。变格后其第三字必须是平声。除此以外，变格还有其他样式。

律绝，无论是五绝还是七绝，其诗句是否对仗，没有硬性规定。也就是说可对可不对，可一二句对，也可三四句对，更可以一二句、三四句均对。四句均对的诗如前面引用的杜诗。

另外，律绝的一、二句，三、四句需要平仄相对；二、三句之间则要"相黏"。

"相黏"即律句的偶句（律绝的第二句）与奇句（律绝的第三句）间的平仄声调要平黏平、仄黏仄。例如，五绝第一式（律句间的"｜"表示相对，"‖"表示相黏）：

1 仄仄平平仄
对　｜｜｜
2 平平仄仄平
黏　‖　　‖
3 平平平仄仄
对　｜｜｜
4 仄仄仄平平

在五绝中，奇句与偶句间除尾字外应有三个以上平仄相对的字；偶句与奇句间除尾字外应有两个以上平平、仄仄相黏的字。

再如，七绝第一式（"｜"为对，"‖"为黏）：

1 平平仄仄平平仄
对　｜　｜｜｜｜
2 仄仄平平仄仄平
黏　‖　‖　‖
3 仄仄平平平仄仄

对　│　│││

4 平平仄仄仄平平
　　　·　　·

同五绝一样，七绝也是奇句与偶句相对，偶句与奇句相黏。不同的是七绝的对句除尾字外应有四个以上平仄相对的字，七绝的黏句除尾字外应有三个以上平平、仄仄相黏的字。

律诗

律诗是格律诗中最"正规"的一种，有五言八句律诗（五律）、七言八句律诗（七律）和十句以上的长篇律诗（排律）。还有五言六句和七言六句的小律，但极少见。

律诗与律绝一样，也是逢偶句押平声韵（避同音字），句内用字平仄声调相间，奇句与偶句间平仄声调相对，偶句与奇句间平平、仄仄相黏。律诗与律绝不一样的地方，除诗句多少不同外，主要有：律绝不要求诗句对仗，律诗则要求诗句尽可能对仗；律绝可不避重字，律诗则尽量避重字（叠字除外）。

律诗的第一、三、五、七句（排律的所有奇句）为"出句"，第二、四、六、八句（排律的所有偶句）为"对句"；律诗的第一、二句称为"首联"，第三、四句称为"颔联"，第五、六句称为"颈联"，第七、八句称为"尾联"。五律、七律按常规，其颔联、颈联应对仗，排律除首联、尾联外均应对仗。例如：

次北固山下

王　湾

客路青山外，行舟绿水前。
潮平两岸阔，风正一帆悬。
海日生残夜，江春入旧年，
乡书何处达，归雁洛阳边。

该诗颔联"风正"对"潮平"，"一帆悬"对"两岸阔"；其颈联的"江春"对"海日"，"入旧年"对"生残夜"，对仗工整。又如：

江村

杜　甫

清江一曲抱村流，长夏江村事事幽。
自去自来堂上燕，相亲相近水中鸥。
老妻画纸为棋局，稚子敲针作钓钩。
多病所须惟药物，微躯此外更何求！

该诗颔联的"相亲相近"对"自去自来"，"水中鸥"对"堂上燕"；颈联的"稚子"对"老妻"，"敲针"对"画纸"，"作"对"为"，"钓钩"对"棋局"，也很工整。再如：

学诸进士作精卫衔石填海

韩　愈

鸟有偿冤者，终年抱寸诚。
口衔山石细，心望海波平。
渺渺功难见，区区命已轻。
人皆讥造次，我独赏专精。
岂计休无日，惟应尽此生。
何惭刺客传，不著报仇名！

该诗的二、三、四、五联均对仗且较为工整。排律的对仗较五律、七律宽松。

五律或七律的平仄格式，是五绝或七绝四个基本平仄句式的排列组合。

五律

五律第一式（是五绝第一式的重叠，仄起仄收）：

1　仄仄平平仄　见说蚕丛路，
2　平平仄仄平　崎岖不易行。

3 平平平仄仄　山从人面起，

4 仄仄仄平平　云傍马头生。

1 仄仄平平仄　芳树笼秦栈，

2 平平仄仄平　春流绕蜀城。

3 平平平仄仄　升沉应已定，

4 仄仄仄平平　不必问君平。

————李白《送友人入蜀》

五律第二式（是五绝第二式与第三式的重叠，平起平收）：

2 平平仄仄平　凄凉宝剑篇，

4 仄仄仄平平　羁泊欲穷年。

1 仄仄平平仄　黄叶仍风雨，

2 平平仄仄平　青楼自管弦。

3 平平平仄仄　新知遭薄俗，

4 仄仄仄平平　旧好隔良缘。

1 仄仄平平仄　肠断新丰酒，

2 平平仄仄平　销愁又几千。

————李商隐《风雨》

五律第三式（是五绝第三式的重叠，平起仄收）：

3 平平平仄仄　君王行出将，

4 仄仄仄平平　书记远从征。

1 仄仄平平仄　祖帐连河阙，

2 平平仄仄平　军麾动洛城。

3 平平平仄仄　旌旗朝朔气，

4 仄仄仄平平　笳吹夜边声。

1 仄仄平平仄　坐觉烟尘扫，

2 平平仄仄平　秋风古北平。

————杜审言《送崔融》

五律第四式（是五绝第四式与第一式的重叠，仄起平收）：

4 仄仄仄平平　太乙近天都，

2 平平仄仄平　连山接海隅。

3 平平平仄仄　白云回望合，

4 仄仄仄平平 青霭入看无。

1 仄仄平平仄 分野中峰变，

2 平平仄仄平 阴晴众壑殊。

3 平平平仄仄 欲投人处宿，

4 仄仄仄平平 隔水问樵夫。

——王维《终南山》

七律

七律第一式（是七绝第一式的重叠，平起仄收）：

1 平平仄仄平平仄 去年花里逢君别，

2 仄仄平平仄仄平 今日花开又一年。

3 仄仄平平平仄仄 世事茫茫难自料，

4 平平仄仄仄平平 春愁黯黯独成眠。

1 平平仄仄平平仄 身多疾病思田里，

2 仄仄平平仄仄平 邑有流亡愧俸钱。

3 仄仄平平平仄仄 闻道欲来相问讯，

4 平平仄仄仄平平 西楼望月几回圆。

——韦应物《答李儋》

七律第二式（是七绝第二式与第三式的重叠，仄起平收）：

2 仄仄平平仄仄平 油壁香车不再逢，

4 平平仄仄仄平平 峡云无迹任西东。

1 平平仄仄平平仄 梨花院落溶溶月，

2 仄仄平平仄仄平 柳絮池塘淡淡风。

3 仄仄平平平仄仄 几日寂寥伤酒后，

4 平平仄仄仄平平 一番萧索禁烟中。

1 平平仄仄平平仄 鱼书欲寄何由达？

2 仄仄平平仄仄平 水远山长处处同。

——晏殊《寓意》

七律第三式（是七绝第三式的重叠，仄起仄收）：

3 仄仄平平平仄仄 佳节清明桃李笑，

4 平平仄仄仄平平 野田荒冢只生愁。
1 平平仄仄平平仄 雷惊天地龙蛇蛰，
2 仄仄平平仄仄平 雨足郊原草木柔。
3 仄仄平平平仄仄 人乞祭馀骄妾妇，
4 平平仄仄仄平平 士甘焚死不公侯。
1 平平仄仄平平仄 贤愚千载知谁是，
2 仄仄平平仄仄平 满眼蓬蒿共一丘。

——黄庭坚《清明》

七律第四式（是七绝第四式与第一式的重叠，平起平收）：

4 平平仄仄仄平平 春风疑不到天涯，
2 仄仄平平仄仄平 二月山城未见花。
3 仄仄平平平仄仄 残雪压枝犹有橘，
4 平平仄仄仄平平 冻雷惊笋欲抽芽。
1 平平仄仄平平仄 夜闻归雁生乡思，
2 仄仄平平仄仄平 病入新年感物华。
3 仄仄平平平仄仄 曾是洛阳花下客，
4 平平仄仄仄平平 野芳虽晚不须嗟。

——欧阳修《答丁元珍》

五、七言律诗与五、七言律绝一样，也以上述四式为正格，正格也可以打破，成为变格。

五、七言律诗除词语对仗外，声调也要对，除正对外还要黏对。律诗的正对，是平对仄、仄对平的平仄相对；律诗的黏对，是平黏平、仄黏仄的平平、仄仄相黏。"正对"运用在律诗的第一句与第二句（出句与对句），第三句与第四句，第五句与第六句，第七句与第八句等奇偶句上；"黏"则用于第二句与第三句，第四句与第五句，第六句与第七句等偶奇句上。例如：

五律第一式（"｜"为对，"‖"为黏）：

1 仄仄平平仄
对　｜｜｜
2 平平仄仄平

黏　‖　‖

3 平平平仄仄

对　｜｜｜

4 仄仄仄平平

黏　‖　‖

1 仄仄平平仄

对　｜｜｜

2 平平仄仄平

黏　‖　‖

3 平平平仄仄

对　｜｜｜

4 仄仄仄平平

五律奇偶句间除尾字外应有三个字以上平仄相对，偶奇句间除尾字外应有两个字以上平平、仄仄相黏。

七律第一式（"｜"为对，"‖"为黏）：

1 平平仄仄平平仄

对　｜　｜｜｜

2 仄仄平平仄仄平

黏　‖　‖　　‖

3 仄仄平平平仄仄

对　｜　｜｜｜

4 平平仄仄仄平平

粘　‖　‖　‖

1 平平仄仄平平仄

对　｜　｜｜｜

2 仄仄平平仄仄平

粘　‖　‖　‖

3 仄仄平平平仄仄

对　｜　｜｜｜

4 平平仄仄仄平平

七律奇偶句间除尾字外应有四个字以上平仄相对，偶奇句间除尾字外应有三个字以上平平、仄仄相黏。

（以上节选自易行《中国诗学举要》，中国书籍出版社2013年版）

诗词格律，如果固守则过于严苛，束缚思想和才情。而语言从"老汉语"改为现代汉语即普通话后，"老格律""老词谱"就更加难以固守。即使按普通话声韵严守，在"平水韵"者看来也多为"出律""离谱"，所以不如改被动固守"老律""老谱"为"守格自律"。

五、华语诗词的"守格自律"

华语诗词即普通话声韵诗词，依格律诗"求正容变"原则，可"守格自律"。因为"求正容变"不好确定"容变"的底线，即诗句中的那些平仄可变，那些不可变，可变多少？是"一三五不论，二四六分明"，还是只不许"孤平""三平调""三仄尾"？实际上"求正容变"应该是求"格"正而容"律"变。格律诗的"格"是指其框架格式和主要特征。如前所述，五言律绝的框架格式是五言四句，主要特征是偶句押平声韵，奇句句尾为仄声，第一句可平可仄，但用平声需入韵。五言律诗的框架格式是五言八句，主要特征也是偶句押平声韵，奇句尾字为仄声，第一句可平可仄，但用"平"声需入韵。另外，五律的中间两联（三四句、五六句）宜对仗。七言绝句与七言律诗是每句七字，其他与五绝五律同。

其实"守格自律"古已有之，例如：

李白的《静夜思》：

床前明月光，疑是地上霜。
举头望明月，低头思故乡。

杜甫的《江畔独步寻花七绝句之六》

黄四娘家花满溪，千朵万朵压枝低。
留连戏蝶时时舞，自在娇莺恰恰啼。

王维的《送元二使安西》

渭城朝雨浥清晨，客舍青青柳色新。
劝君更尽一杯酒，西出阳关无故人。

上述人们耳熟能详的诗，都是根据内容和表达的需要灵活运用格律，使诗鲜活生动。其中的《送元二使安西》二三句之间不黏反对，"公然"违律，由于此诗大受好评，后人便"美其名"曰："折腰体"，或将其归入竹枝词，名之为《渭城曲》。王维的这首诗被中华书局出版的《唐诗排行榜》列为第二。《唐诗排行榜》列为第一的是崔颢的《黄鹤楼》：

昔人已乘黄鹤去，此地空余黄鹤楼。
黄鹤一去不复返，白云千载空悠悠。
晴川历历汉阳树，芳草萋萋鹦鹉洲。
日暮乡关何处是？烟波江上使人愁。

此诗的前四句显然不合律，其中的"不复返"是"三仄尾"，"空悠悠"是"三平调"。对这样一首诗不仅普通人赞赏，诗仙李白也佩服。据说李白到黄鹤楼也想题诗一首，但看到崔诗，大为惊异，叹道："眼前有景道不得，崔颢题诗在上头！"后来李白竟仿写了两首，一首名为《鹦鹉洲》，一首名为《登金陵凤凰台》。特别是后一首《登金陵凤凰台》与崔颢的《黄鹤楼》难分伯仲：

凤凰台上凤凰游，凤去台空江自流。
吴宫花草埋幽径，晋代衣冠成古丘。
三山半落青天外，二水中分白鹭洲。
总为浮云能蔽日，长安不见使人愁。

对于这样一首句法和用韵与《黄鹤楼》都相同的诗，古今评论不一。例如刘辰翁说白诗"出于崔颢而特胜之"；方回则认为二者"格律气势未易甲乙"即不分上下；王世贞认为白诗不及崔诗。清代乾隆敕编的《唐宋诗醇》则对上述评论不以为然，认为："崔诗直举胸情，气体高浑；白诗寓目山河，别有怀抱，其言皆从心而发，即景而成，意象偶同，胜境各擅。论者不举其高情远意，而沾沾吹索于字句之间，固已蔽矣。"（转引自《唐诗排行榜》，中华书局 2011 年版）这就是说，好的诗词各有擅长，没必要强分一二。俗话说："文无第一，武无第二"，因为"文"无法真刀真枪比试，加上欣赏者的眼光、好恶以及水平的不同，会仁者见仁，智者见智。但有一点，真正高水平的评判者决不会死抠格律，决不像当下有些诗词评奖那样，凡出律的诗那怕只有一两处，也一票否决。实际上崔诗比白诗"出律"，但都是唐诗中最好的诗。古诗应作如是观，今诗更应作如是观。

作为诗人的陈毅元帅在上世纪六十年代初《诗刊》举办的一次座谈会上说："不按着近体诗五律七律，而写五古七古，四言五言六言，又参照民歌来写，完全用口语，但又加韵脚，写这样的自由诗、白话诗，跟民歌差不多，也有些不同，这条路是否走得通？"陈毅元帅这样说也这样尝试，他早在战争年代所写的《梅岭三章》中就开始尝试。新中国成立后所作《青松》："大雪压青松，青松挺且直。要知松高洁，待到雪化时。"已成典范。而类似陈毅元帅《青松》这样的名诗还有很多，例如朱德元帅的《寄语蜀中父老》："驻马太行侧，十月雪飞白。战士衣正单，夜夜杀倭贼。"吉鸿昌烈士的"恨不抗日死，留作今日羞。国破尚如此，我何惜此头。"夏明翰烈士的《就义诗》："砍头不要紧，只要主义真。杀了夏明翰，还有后来人。"和方志敏烈士的"雪压竹头低，低下欲沾泥，一朝红日起，依旧与天齐。"等，这一些铿锵有力、掷地有声，可以传之久远的壮烈豪放诗，有的还基本合律，为什么不能叫"五绝"呢？还有像前面提到陈毅元帅《梅岭三章》中的"南国烽烟正十年，此头须向国门悬。后死诸君多努力，捷报飞来当纸钱。"和杨超烈士的《就义诗》："满天风雪满天愁，革命何须怕断头？留得子胥豪气在，三年归报楚王仇！"这样可以上中小学生课本的好诗难道就因为它们不完全"合律"就不能叫"七绝"吗？还有启功先生的"绮思馀春水一湾，流将残梦出关山。王孙早惜鹅黄缕，留与今朝荡子攀。"明明是一首很好的七绝，因"偶有出律"无奈标为"杨柳枝"词。还是贺敬之先生来得干脆，他把自己不固守格律的诗称为"新古诗"，例如他的《游崂山》："黄山尽美恐非真，山川各异似才人。崂山逊君云入海，君无崂山海上云。"这样一首饱含哲理的诗也只好叫"新古体"诗。贺敬之先生为此还解释说：这样的诗并非不要格律，只是并非严律而属于宽律罢了。而这样的宽律诗完全符合鲁迅先生的主张，即："诗须有形式，要易记、易懂、易唱、易听，但格式不要太严。要有韵，但不必依旧诗韵，只要顺口就好。"也符合毛泽东主席的看法，即："将来趋势，很可能从民歌中吸引养料和形式，发展成为一套吸引广大读者的新体诗歌。"

综上所述，现当代的一些卓有成就的大诗家，从鲁迅到毛泽东、陈毅，从霍松林到贺敬之、刘征都是主张放宽格律、减少束缚，写言简意深，易记、易懂、易唱、易听，但要有一定格式的诗。而一些宽律"新古体诗"，一些"求正容变"的守格自律诗，以及普通话新韵诗，也就是说前面列举的革命烈士诗和当代新韵诗，不都可以并入五七言格律诗的大家族吗？这又有什么不好呢？

至于词，就更不应死守词牌词谱了。能按词牌依谱填词固然好，但不宜死守，不仅句子的长短用韵等可以根据内容和表达的需要而微调，词句中字的平仄亦可"容变"。这在宋词鼎盛时期就已经很普遍了。从《中华词律辞曲》的词调统计数字看，其共收词调2566个，但又体竟高达4186个。从其中十个常用词牌看，《念奴娇》共有12个体式、《水调歌头》8个、《沁园春》14个、《声声慢》14个、《洞仙歌》39个、《水龙吟》28个、《贺新郎》11个、《青玉案》11个、《临江仙》14个、《摸鱼儿》11个，这还是不完全统计。也就是说词的"求正容变"有太多的先例可寻。当然如果变化太大，完全不是原词谱的"模样"了，就不要再标词牌名了，标自律词（或自作词）岂不更好？

已故霍松林教授认为，不按词谱而按词的框架、特点和格律自作新词也是创新，是应该鼓励赞赏的。而有些内容、有些题材用固定词谱填是很难填出来的。虽然已知有两千种以上词牌，但再多也不够用。何况写一首词要在成百上千词牌中选适合的词谱呢？例如在 2013 年毛泽东主席诞辰 120 周年时，中国毛泽东诗词研究会与中华诗词学会联合举办了一次以"毛泽东诗词诗论对当代诗词创作的启示"为主题的学术研讨会。研讨会的组织者安排我针对当时的一篇贬损毛泽东诗词的文章作一大会发言。我即写了一篇《毛泽东诗词是当代诗词创作的典范》，并在研讨会上作了发言。会后我觉得意犹未尽，便想填一首词，但选了不少词牌都觉得难以达意，更难以尽兴，便决定"自律"一首。于是便写了《自律词·诗人毛泽东》，而且是"一气呵成"：

你倚天抽剑，裁昆仑，换日月，平天堑。挽狂澜于既倒，领乾坤以自转，将九万里山川秀色，全化作、词锋诗眼。

沁园春、渔家傲、念奴娇、菩萨蛮。令同好拍案叫绝，让来者望洋兴叹，胸罗雄兵百万，怎能不、气冲霄汉！

为了加强这首自律词的力度，我当时还在词题下引用了郭沫若先生评论毛泽东诗词的话："经纶外，诗词余事，泰山北斗。"这首自律词曾在《诗刊》首发，中华诗词学会《三十年诗词选》和《诗国特辑》收录，并刻入"黄河诗墙"和"将军山诗墙"，我还在中国毛泽东诗词研究会 2018 年年会做总结时朗读了它。之后由著名音乐家赵小也先生为之谱曲，刊登在《中国乐坛》杂志 2018 年第九期封二上。也就是说这首自律词得到了广泛"认可"。由于这首词的上下片多处引用毛泽东诗句和词牌名，故难以填入任何已有的词牌，只好自律。另外一首《变格鹧鸪天·公仆周恩来》则是应中国书画收藏家协会等主办的"纪念周恩来诞辰 120 周年书画作品展"约稿所作，因为要写成书法作品，作长短句较复杂的词难以阅读，作绝句又难以表达心意，而有杜甫的大作《蜀相》在前，不好再写七律。想来想去，便决定写一首《鹧鸪天》。但写出来一看，正好与"正规"《鹧鸪天》的声律相反，只好标为《变格鹧鸪天·公仆周恩来》（该词见本书《卷首语》第6页），后来作《杂交水稻之父袁隆平》和《文坛巨擘金庸》均用这个"变格鹧鸪天"为"词牌"名。至于自律词《中国梦里人》《神驰开封府》《永远的邓稼先》《难忘钱学森》等都是为谱曲由绝句扩写成双调"自律词"的。总之，为了更好地抒怀达意，或选择最适合的词牌，或离谱自律，都是无可厚非的。词可以自律，曲则可以自度。写有自度曲《某公三哭》的赵朴初先生说："既然不再是为'配曲'而写曲，既然摘开了种种为'合乐'而制定的传统'曲律'，那么又何必一定要沿用传统'曲律'不可呢？于是，我尝试着自定调式，自定调名，姑名之曰'自度曲'。"也就是说，诗词曲都可以守格自律。"守格"即鲁讯所说"诗须有形式""要有韵"，有形式、有韵才"易记""易唱""易听"。而尽可能参照"老诗词格律""自律"，不凑词、凑句、凑韵，诗词才"易懂"，才有可能成为"一套吸引广大读者的新体诗歌"。

以诗论诗

古人早有以诗论诗的先例，其中大都精彩、精到。

例如唐代杜甫的《戏为六绝句》中的其二、其五，说的就是创新：

王杨卢骆当时体，轻薄为文哂来休。
尔曹身与名俱灭，不废江河万古流。

不薄今人爱古人，清词丽句必为邻。
窃攀屈宋宜方驾，恐与齐梁作后尘。

例如元代的元好问《论诗三十首》其四、其二十一，论的是创新：

一语天然万古新，豪华落尽见真淳。
南窗白日羲皇上，未害渊明是晋人。

窘步相仍死不前，唱酬无复见前贤。
纵横正有凌云笔，俯仰随人亦可怜。

又如清代赵翼的《论诗绝句》其一、其二，论的也是创新：

满眼生机转化钧，天工人巧日争新。
预支五百年新意，到了千年又觉陈。

李杜诗篇万口传，至今已觉不新鲜。
江山代有才人出，各领风骚数百年。

而宋代的陆游说，要学诗不能只有纸上功夫，要有实践，即要源于生活，才能高于生活而出新出彩：

> 古人学问无遗力，少壮工夫老始成。
> 纸上得来终觉浅，绝知此事要躬行。
> ——《冬夜读书示子聿八首》其三

杨万里则说：

> 山思江清不负伊，雨姿晴态总成奇。
> 闭门觅句非诗法，只是征行自有诗。
> ——《下横山滩头望金华山》

要想诗词出新出彩，光有书本知识和实践经验还不够，还要淡泊名利，洗尽铅华，包容四野，生报国为民之心。所以，清代张问陶《论诗十二绝句》中的第十二绝句说：

> 名心退尽道心生，如梦如仙句偶成。
> 天籁自鸣天趣足，好诗不过近人情。

诗如此，词又何尝不如此呢？宋代姜夔在作了两首新词（自律词）后"自鸣得意"地写道：

> 自作新词韵最娇，小红低唱我吹箫。
> 曲终过尽松陵路，回首烟波十四桥。

可见宋代离谱自律词的现象十分普遍，哪一首新牌子的词不是自律自创的呢？

学习了以上论诗"十绝"，笔者获益非浅，也陆续写了一些，选录于后：

诗

诗是王冠顶上珠，千评万注可达乎？
一人自有一人式，世上绝无索骥图。

诗宜精

删繁就简千秋诵，领异标新万古风。
不怕人嘲斤两少，拔山一句便成雄。
注："拔山一句"指西楚霸王项羽"力拔山兮气盖世"句。

诗须易

平白晓畅给人听，字字珠玑句句精。
唐宋诗词传百代，都由口语缩写成。

诗可狂

诗人狂气与生来，敢与歌王唱对台。
为把豪情一泻尽，摘星揽月追李白。

诗应放

词要婉约诗要工？大江依旧卷长空。
远征更要开新路，地阔天高好纵龙。

诗要雄

千山万水又长征，古韵翻新壮远行。
谁让此身逢盛世，诗心一片鼓雄风。

诗须入时

韵要入时声要通，别跟平水绕迷宫。
此身合是诗人未？盖世拔山唱大风。

诗要励志

李杜煌煌两巨星，苏辛并峙似双峰。

为诗不作摩天想，怎可成为展翅鹰？

诗莫言穷

尊唐且漫说绝顶，崇宋无须叹岱宗。
咱比谪仙大千岁，见多识广莫言穷。

诗应自信

不自骄狂不自轻，群星璀璨已升空。
攀唐莫把珠峰让，学杜须将怕字扔。

诗当避俗

好诗不过近人情，表意抒怀各不同。
一语天然出肺腑，避俗当似避毒龙。

诗可速成

如今学古不需萤，电脑点击能速成。
眼界已非苏子比，胆识不让陶渊明。

注："不需萤"指不需要像古人那样"囊萤取亮"读书学习了。

诗无止境

唐宋凭啥作顶峰？毛词不比宋词轻。
剑门蜀道再多路，难挡诗国百万兵！

诗之格律

诗是天风岭上云，词如涧水奏琴音。
诗格词律无他用，迫水推云去入神。

新诗与旧体四首

一

新诗旧体为啥争？同在中华第一峰。

我是冰凌你是雪，太阳一照都晶莹。

二

一源二水莫西东，泾渭分明走向同。
都是象形方块字，横排竖放弟和兄。

三

你是西服我汉装，同行何必争短长。
天生一体真肤色，万变谁能改其黄？

四

诗要创新新要变，同根切莫成冰炭。
互学互动唱和声，异曲同工求震撼。

诗人二首

一

寡欲清心再舞文，残云褪净是真纯。
苦思冥想无他事，难怪诗人尽傻人！

二

无魂怎敢做诗人？有种才能立玉林。
傲骨雄风生万象，柔肠侠胆见精神。

诗贵创新

为诗何必楚山孤？万里江天一览无！
对句无须太白李，开篇已忘大江苏。
清新雨过三春树，飘逸舟游万古湖。
天降我材何所用，一生求索半生输。

注："输"，指"输出"。

诗由己出

写罢雄奇写壮观，从心所欲写河山。
自知句句无诗圣，何必篇篇有老聃？
量地全凭身下脚，排山不仗手中权。
纵横驰骋唯一笔，既补蜗居又补天。

诗法自然

桃源遗梦已千年，问路还须法自然。
下海莫学陶令隐，登峰却要辋川闲。
清泉石上流新月，深树花间听暮蝉。
不用河图及韵谱，随心一泻便惊天。

诗求真纯

字字铿锵句句新，小诗作罢自长吟。
才得西岭千秋雪，又镀东篱半日金。
花镜不觉天欲晓，流星却报夜深沉。
老来伏案唯一事，留片真心给后人。

诗之家国情怀

开怀好把中华赞，五岳三山歌不断。
秦岭巍巍上九霄，长江浩浩夺天半。
北国风雪舞雄浑，南地飞花飘烂漫。
吟咏熬红夜尽灯，平明只作朝霞看。

信至

长安信至看从头，拍案惊呼快哉周。
锐笔直击阿是穴，微言顿解律中囚。
新诗业已撒缰去，旧体还须裹脚游？
世上谁知镣铐舞，舞于妙处胜吴钩。

注：长安信至，指收到远在西安的霍松林先生手札。"周"
为笔者姓。

答友人

灵运渊明与太白，王维亦打自然牌。

清泉石上流音去，明月林间照韵来。

真意直抒震山岳，实心妙解壮胸怀。

为诗不敢夸珠翠，只带原形上玉台。

注：此诗为答谢轩子《读易行〈踏歌集〉》："先生万里踏歌来，抱得珠玑上玉台。自打元和人唱过，清新又见碧荷开。"

自励诗

世上无山不可登，拨云踏雾且前行。

南临衡岳谐竹韵，北抵天池和水声。

万象从心皆特立，千峰入目自相融。

狂歌莫落诗仙后，死去方能作鬼雄。

注：此诗为答谢中国辞赋编辑刘煜立先生的鼓励诗"万水千山健步登，荆荒辟路嘱易行。新诗古律和谐唱，唐韵欧风旖旎声。砚畔骚魂追李杜，炉中冰炭话相融。豪情涌动歌天下，万象欣荣盛世雄"而作。

下卷：创新诗作

北国风光

——华北、东北、西北采风记游

自律词·雨后登长城感赋

雨后登城送目，看江山如画，碧空如洗，流云如注。想千古一帝，横空出世，已逾两千寒暑。平六国、定九州，焚经书、坑鸿濡。勃然一怒。气吞万里如虎。问世间，功过谁能比附？

有长城万里高筑，震古烁今，环球独步；有兵马彩俑无数，耀武扬威，惊世骇俗。更何况，书同文、车同轨，一统天下路。真个是，功也千古，过也千古。千古无人可确评，千古无笔能胜诉。

破阵子·八达岭长城

山似云涛雾海，墙如卧虎盘龙。更似千军征塞上，破雾劈云踏浪行。神州万里城！

昔日烽烟俱净，杀声梦里遥听。大路条条通海外，旗展关雄化彩虹。开怀迎远朋。

长城行四首

一

花红柳绿又清明，雨过关山分外晴。
回首当年激战处，大旗依旧舞东风。

二

山下已无枪炮声，欢歌笑语满长城。
至今仍忆赵登禹，碧血凝成万古峰。

三

倚城远望暮云红，万水千山入画屏。
我与雄关并肩立，层峦似海涌豪情。

四

石阶再上一千重！来看神州踏浪行。
英烈在天多喜事，飞船往返送乡情。

长城颂三首（选二）

其二

从秦到汉至明清，多少边关血染红。
一道高墙横万里，八方后土驻千营。
南征北战年年演，东裂西分代代缝。
今日五湖归一统，长城依旧鼓雄风。

其三

当年鼓舞报国情，万众齐心抗日凶。
燕岭杀声昨日落，雄关浴血至今红。
翻身不忘病夫痛，崛起当防祸海风。
迅跑还须认准路，长城激励再长征。

（其一收在本书 16 页）

北国

不仅云凝大雪天，雨落京华也壮观。
燕玲一横千嶂绿。黄河九转百川嫣。
花环渤海春歌里，月隐长城夜话间。
品味当然秋日爽，风清云淡好高瞻。

自律词·北国春早

雪压千山，冰封万水。望神州，依然隆冬景象。

村寨里，城头上，早已龙飞狮舞，金鼓咚咚擂响。问春回大地，谁能阻挡？

雷声短，风声长，红了千家万户，绿了百川千嶂。柳行里，平湖上，早将这无限春光，交与天籁唱。想世外桃园，又能怎样？

望海潮·京华

两千寒暑，依次造就，长城紫禁明陵。人大会堂，国家剧院，长街地铁纵横。北海踏歌行，让我们荡起、双桨轻轻。白塔凌云，并连景山万年松。

谁能道尽历程？看天安宏伟，革博壮观，丰碑肃穆，卢沟晓月空灵。御苑数圆明，断壁仍愤愤，怒火难平。崛起当然不忘，防腐御阴风。

京门远眺

八达岭上阅秋冬，万里长城似卫兵。
北海风平成宝鉴，故宫浪静变闲庭。
巍巍央视插云翼，静静会堂吹世风。
广场群情迎旭日，朝霞飘作五星红。

永遇乐·广场抒怀

十里长街，千重楼宇，万家灯火。仰望天安，纵观金水，云涌心头热！百年奋斗，七十求索，多少汗浇血沃？看今朝，大旗一展，亮出万千秋色。

神舟往返，凯歌频奏，奥运声明赫赫；五谷丰登，六神安定，姮女从天落。群情振奋，长城上下，红了千山万壑。凭谁问、熊罴虎豹，还能挡么？

登景山

旌旗万里涌神州，奥运神七唱不休。
健步登高迎旭日，金阳化作一城秋。

永遇乐·再登景山

郎朗晴空，天蓝似海，海平如镜。观景亭南，故宫内外，不见龙和凤。朱门金殿，熙来攘往，都是寻常百姓！看京城，千红万紫，金风唱响秋颂。

长安街上，大旗飞舞，玉宇琼楼辉映。央视东兴，鸟巢鹊起，广场花如梦。无须指点，天安门下，早已万民同庆。凭谁问、金融海啸，中国独胜？

故宫秋望

车似流云树似洲，无穷金碧染中秋。
大旗猎猎迎红日，广厦巍巍映角楼。
笑语喧天金水上，欢歌震地景山头。
远观心有雄风过，一洗清廷万世羞。

阮郎归·诗会万柳堂之一

二〇一一年九月十九日晚，马凯国务委员在钓鱼台万柳堂会见诗界朋友，畅谈中华诗词研究院成立的目的、任务和意义。

金风玉露宴诗坛，畅吟万柳前。论今说古话和弦，协调棋一盘。

言诚诚，意拳拳，笑声远近传。诗人兴会胜从前，共迎盛世天。

画堂春·诗会万柳堂之二

钓台深处浴秋风，柳青荷绿花红。主人宴客话繁荣，远胜兰亭。

书圣诗仙同贺，吟坛又树新旌。超唐越宋有雄兵，无限前程。

永遇乐·神游金台

一路鲜花，两厢碧树，数十商厦。寻访多年，金台胜迹，依旧心头挂。子昂走了，纳兰去了，唐宋明清叹罢。看今朝，嫣红姹紫，京城依旧华夏！

建国伊始，残垣断壁，远景如何描画？从毛到习，七十寒暑，接力安天下。卫星放了，神舟回了，月背首先登罢。凭谁问、龙腾四海，友邦惊诧？

风入松·金台二首

一

唐陈子昂《登幽州台歌》唱道："前不见古人，后不见来者。念天地之悠悠，独怆然而涕下。"幽州台即黄金台（招贤台），遗址在今北京朝阳门外。

都城何处觅金台？雪后重来。东风劲舞朝阳醉，牵七彩、一扫阴霾。鸟瞰北京全貌，千门万户齐开。

花团锦簇树成排，宇宙情怀。喜迎四面八方客，友谊重、重过金牌。长叹古人不见，云集尽是雄才。

二

当年一步一蹒跚，涕泪难干。萧条满目寒鸦落，西风紧、败柳残垣。高筑金台何用？神州唯有心酸！

雄鸡一唱凯歌还，霞满关山。高楼万座冲天起，新华夏、凤翥龙蟠。携友登高把酒，百年复兴频谈。

御街行·圆明园

残砖断瓦伤心壁，看老树、摇新绿。当年王梦已灰飞，空锁一园清气。无须重建，无须覆盖，不怕风吹去。

悲情已作黄花地，将怒火、锻动力。琼楼玉宇壮京华，铁骨钢筋凝聚。卢沟晓月，长城旭日，俱会圆明意。

诉衷情·晨登万寿山

每临御苑叹清廷，万寿梦成空。而今我看天下，旭日正东升。

喷晓雾，越长城，照群峰。百年一笑，顷刻迎来，满目葱茏。

巫山一段云·游京郊古寺

空刹依山起，我佛何事愁？香烟袅袅磬悠悠，欲火几时休？

拥堵回城路，相迎尽塔楼。红枫悟语劝回头，人类已深秋！

谒金门·香山秋夕

夕照里，山似万旗高举。红叶黄花连一体，绿蓝留谷底。

仰望云峰传语，人老更应知己。大紫大红已过去，晚霞仍可喜。

对坐香山

八十年后颂长征，万里新天日照红。

我与香山相对坐，双双沉浸画图中。

北京南站送钟振振教授之钟山

万里如今只瞬间，分别不再泪潸潸。

热天相送惜无酒，冷饮两杯一碰干。

忆秦娥·春夜过卢沟

卢沟夜，天边高挂团圞月。团圞月，一桥横跨，几人无寐？

桥头多少英雄血？回眸遥望心肝裂。心肝裂，恨深似海，志高如岳。

鹧鸪天·夏夜过卢沟二首

一

又是晴天夏似秋，风驰电掣过卢沟。万千星斗如青眼，穿越时空看九州。

心猛跳，恨难收，一桥横架载国仇。如今睡狮梦已醒，雄视全球不忘忧。

二

无论卢沟与冀东，当年枪炮已无声。长城屹立连天下，燕岭横眉对海风。

华夏夜，月如弓，钩沉忆旧照征程。愿将八载英雄血，化作新天万丈虹。

乙未正月与军旅众诗友重走卢沟桥二首

一

岁月匆匆似水流，一桥横跨近千秋。
风来犹带八年恨，云走难消两世仇。
逐日已随夸父志，强军更解杞人忧。
长城万里如山立，不怕天塌压九州。

二

中华岂可忘卢沟，五百雄狮共一仇。
浴血曾经千万里，疗伤也已数十秋。
富国我等无旁贷，御外军们有远谋。
圆梦天天说速度，复兴早已过桥头！

在卢沟桥展望二首

一

转眼七十寒共暑，神州又是一春秋。
长城依旧顶天立，黄水重新入海流。
喜看嫦娥携月舞，欣闻航母带山游。
昂扬一曲中国梦，唱到九霄天上头。

二

迎面一群红领巾，说说笑笑稚还真。

不知倭寇昨天恶，却晓明星今日新。

十四五年难已过，三千多万死无痕。

老师怒讲卢沟事，但愿都成后备军。

参观通信兵陈列馆及通信兵营房四首

一

总说枪炮定输赢，今日才识通信兵。

军队若无千里眼，岂能完胜到京城？

二

纵然围困万千重，我有神通耳顺风。

预知蠢蠢敌行动，先手为强战必赢！

三

仰望王诤像似真，丹心尽献铸国魂。

电波亦解将军志，总以实情助战神。

四

肃然起敬访军营，飒爽英姿尽女兵。

通信相关国事大，青春无悔亦无争。

注：王诤将军生前既是我军通信兵功勋卓著的创始人，也是治军有方的领导者。

龙年恭王府雅集咏海棠四首

一

谁惹春风舞欲狂？花枝俏丽泛崇光。

海棠岁岁开无价，偏向诗家送异香。

二

世上几人识异香？千年清冷对寒窗。

自从苏子高烛照，红遍九州十万方。

三

吟诗作画赏春光，一曲高山意韵长。

今晚雅集心大醉，来年笑握手犹香。

四

来年欢聚再说香，花界从头论短长。
堪赞海棠真妙谛，不卑不亢立朝阳。

恭王府雅集再咏海棠四首

因苏轼《海棠》诗有"只恐夜深花睡去，故烧高烛照红妆"句，故作《再咏海棠》四首以应恭王府癸巳海棠雅集之约：

一

不争头彩不争时，一夜映红苏子诗。
我爱海棠真本色，千年不改傲春枝。

二

玉树临风能自持，无须点染便应时。
红妆不用高烛照，自会嫣然入颂诗。

三

秀色怡人入睡迟，清香四溢夜难失。
恭王府外花千树，都与海棠一般痴。

四

繁花烁烁入春诗，不向恶风开半枝。
国色只宜欣者赏，天香只有爱人识。

北京奥运会开幕式观感

奥运开篇好壮观！银花火树映高天。
千人击缶全城振，一字维和举世安。
更有明星歌灿烂，岂无神曲颂婵娟？
李宁迅跑如逐日，夸父旁观泪潸潸。

北京残奥会感言

静观残奥已多天，泪眼望得秋水穿。
惊叹飞人无一目，痛惜铁汉少双肩。

身残难挡摘金愿，志壮能除问鼎难。

胜负均如天上月，信心可塑美梦圆。

京城七夕有怀

举头久久望青天，银汉无声月上弦。

织女牛郎来聚会？七仙董永把家还？

瑶池静美王母恶，圣境清幽玉帝残。

世上有情皆眷属，做人惬意做神难。

中秋问月

云开天镜月如盘，我看中秋别样圆。

不是金牌光耀眼，亦非玉宇绕飞船。

五洲竞技蓝天下，四海欢歌燕塞边。

今日庆功分彼此，何时风顺同一帆？

中秋祝酒

大难兴邦却也难，千难万险几十年。

难得劫后人犹壮，所幸雪压胆未寒。

虎跃龙腾夺两胜，栉风沐雨闯三关。

月来把酒遥相祝，天下有情共一圆。

注：劫后，指二〇〇八年五月十二日汶川大地震后。雪压，指二〇〇八年早春江南大雪成灾。两胜，指中国健儿在北京奥运会上夺得金牌第一和"神七"载人航天飞船顺利返回。三关，指二〇〇八年的江南雪灾、拉萨"三·一四"暴乱和汶川地震。

国庆感赋二首

一

大喜大悲戊子年，江南川北刻心间。

秋来处处逐三鹿，灾后人人话食安。

奥运北京才问鼎，神舟玉宇又摘冠。

百折不断长江水，一过三峡浪似山。

二

中秋国庆自年年，老友新朋贺一番。

短讯频来由网络，长途快去坐航班。

穿山跨海宏图起，奔月登天美梦圆。

科技兴国多少事，佳节无话不飞船。

注：三鹿，指导致婴儿结石的三鹿奶粉；食安，指食品安全。飞船，指"神七"。

毛泽东诞辰一百二十周年问山

自古诗人数楚人，倚天仗剑问昆仑：

太白蜀道全开放？苏子大江已库存？

奔月嫦娥又起舞？追风夸父再夺金？

神舟百转太空上，华夏腾飞日万寻！

水调歌头·仿东坡《丙辰中秋》贺乙未中秋

乙未中秋夜，在国子监辟雍诗会上，我应邀朗诵新填《水调歌头》词。时天阴欲雨，朗诵毕，国学研究交流中心李文亮副主任说：这首词可改名为"与东坡时空对话"。说罢，阴天竟云开一缝，露出十五的月亮！但转瞬即阴云闭合，并下起毛毛细雨。这虽为巧合，但还是让人感到特别的神奇……

明月此时有，何必问青天？欣闻中岳南北，今岁又丰年。航母巡游远去，神九翱翔天宇，痛快！不觉寒。姮女当空舞，胜似在人间。

照五岭、耀四海、映无眠。怎能不恨？东邻今又搅团圆。中美畅谈合作，习奥直言解惑，台独梦难全！华夏与欧亚，万里共婵娟。

天津

天津北枕盘山，东临渤海，西卫京城，是我国四大直辖市之一。当年周恩来（字翔宇）曾在此鼓荡革命雄风。

盘山渤海卫津门，昔日狼烟不可寻。
夙愿如云翔宇宙，丹心似火铸雄浑。
塘沽船阵连欧亚，劝业商城映古今。
老外不知租界事，穿街走巷买奇珍。

八声甘州·津门揽胜

襟河抱海望月观星，高塔挂朝霞。看桥横碧水，楼接燕塞，船下非拉。多少风花雪夜，歌咏万千家。有老人说古、租界伤疤。

说到津门失守，让法英炮队，直取京华。御苑成灰烬，国宝丧伦巴。且扬眉，回眸四望，食品街，老外品麻花。只一笑，转身询问，劝业凭啥？

注：伦巴，指伦敦、巴黎。劝业，指天津劝业场。

回南开大学赠书有感

挥泪一别数十年，不堪回首是从前。
求学五载红楼梦，毕业十耕大寨田。
壮岁已成青杏子，苍头却喜菩萨蛮。
老来不怕时光短，逐日还能越万山。
注：作者于"文革"后期毕业于南开大学。

盘山吟

盘山系"京东第一山"。清康熙曾九上，乾隆则二十七游。首游竟惊呼："早知有盘山，何必下江南！"

楼台近水不争先，奇景众多数此山。
七十二寺十三塔，三百石刻万余言。

康熙游幸曾九度，乾隆吟诗近两千。
虽然难与珠峰比，骨硬腰直也柱天！

唐山，唐山！

一

慷慨悲歌赵与燕，悲歌最甚是唐山。
一天失去人多少？纪念碑墙百丈宽！

二

严冬酷夏有多难？抗震一棚住数年。
暴雨狂风都顶过，感天动地是唐山！

三

全城苦战举国援，奋力走活棋一盘。
因地制宜创奇迹，人间伊甸是唐山！

四

当年一震万楼塌，今日新楼乐万家。
不用细问楼内事，窗台户户向阳花。

回唐山

二〇一〇年九月九日，随"中华诗词名家唐山行"采风团赴我的第二故乡唐山采风。一路所见，恍如隔世！作诗数首，第一首步毛泽东《回韶山》韵。

故地重游叹逝川，登高追忆卅年前：
楼塌日碎霞如血，雷打烟飞雨似鞭。
谁引绿茵铺废地，复修广厦置新天？
回眸鸟瞰南湖水，岛似瀛台柳似烟。

唐山南湖

腐朽神奇摆眼前，矿坑转瞬变林园。
碧水映得万柳绿，玉荷举起一天蓝。

登南湖凤凰台感赋

星移物换三十年，画意唐山梦一般。
翠柳飘飘秋雨细，琼楼烁烁晚风甜。
矿坑改蓄平湖水，废地辟成生态园。
惊异万分说震后，苏杭美景绕煤田。

凤凰台上忆吹箫·唐山凤凰台秋望

唐山大地震后三十四年，重回故地，游由塌陷区改建的南湖风景区，登新筑凤凰台四望……

再访唐山，重温故地，壮观震后新城。看晓风吹月，霞染云层。柳浪湖光泪眼，当年事、依旧心疼！何时起，高楼广厦，立地凌空？

匆匆，虽然一瞥，如石刻金雕，全印心中。回首伤心处，笑语欢声。游客三三两两，频指点、万绿千红。和风畅，凤凰涅槃，精卫重生。

自律词·唐山南湖秋晚

云淡淡，水蓝蓝，绿树依依映眼帘，薄雾微微寒。直把南湖当湖南！

高楼林立生态园，唐山巨变忆当年。震难扛过人更坚，凤凰已涅槃。

唐山曹妃甸新区远望

曹妃当日眼难瞑，万顷荒滩做墓茔。
今岁壮观楼百座，油轮往返送激情。

曹妃甸千米钢铁码头

太宗多少强国梦，几梦得圆几梦空？
故地重游应震撼，曹妃新甸胜唐城。

游遵化清东陵二首

一

湖照山围万树依，皇陵风水冠东西。

失德同样失天下，留座空坟供鸟啼。

二

气势恢弘立翠微，坚如堡垒固如堤。

地宫纵有门千道，难挡国军一炮击。

注：清东陵地宫被国军孙殿英部炸开，将内存宝藏悉数盗走。

迁西塞上海

闻说塞上海如渤，万里长城卧碧波。

两岸连山如锦绣，一湾库水似洪泽。

游船满载巡天乐，快艇直播动地歌。

谁料当年激战地，血河翻滚变银河！

注：塞上海：即塞上的海，系河北省潘家口水库的别称。因潘家口古名"松亭关"，故亦可称潘家口水库为松亭湖。

丁酉夏畅游喜峰口松亭湖

有诗有酒壮哉游，最壮松亭关上楼。

曾助大刀杀恶鬼，复拥库水载飞舟。

长城影落如龙舞，旭日光投似铁流。

波浪不惊人振奋，平湖万顷映千秋。

探访龙城

戊戌春随李运昌将军之子李惠仁部长和红叶诗社社长李东恒将军乘船探访喜峰口卢龙塞。卢龙塞即唐·王昌龄《出塞》诗"但使龙城飞将在"中的龙城，其遗址已淹没在潘家口水库中，但雄踞在喜峰上的城墙遗址还在。

劈波斩浪画中行，一口三关四五峰。
库水轻描秦代月，诗人长叹汉时城。
断头不死将军李，殒命永垂王昌龄。
今日我来访故地，乘船出塞万山迎。

题喜峰口大刀园

一上雄峰气转豪，杀声犹在谷中飘。
为防鬼子重来此，华夏千秋祭大刀。

注：大刀园是为纪念当年的抗日大刀队而建。

登迁西青山关长城

当年一将镇三关，把总朝朝抱剑眠。
今日雄城迎雅客，烽台高耸似征帆。

念奴娇·青山关长城怀古

万山捧日，箭楼下，一片欢声笑语。斜倚城堞，西北望、犹见当年劲旅。是戚家军，旌旗猎猎，挺进谁能比？蓬莱沿海，抗倭何等壮丽！

更忆登禹杀敌，大刀挟怒吼，形同霹雳。血染滦河，喜峰口、义勇悲歌又起。八路游击，冀东尤壮烈，震惊天地。光移峰转，乐观华夏崛起。

注：登禹杀敌，指抗日名将赵登禹率军在喜峰口等地与日寇血战。

丁酉夏登将军山

迁西将军山因唐兵部尚书李勣将军曾在此拥兵护驾而得名，后明蓟镇总兵戚继光、民国二十九军军长宋哲元、八路军冀东军分区司令李运昌等将军在此坐镇或指挥抗战而声名远播。

顶天一立脸微寒，往事如潮涌眼前。
李勣屯兵因护驾，唐宗暂驻为晕船。

戚家军演如排海，宋氏刀操胜赶山。
更有冀东司令李，八年抗日战犹酣！

登将军山鸟瞰大黑汀水库

远看长城近看船，山如笔架库如盘。
人行岸上如棋走，将帅兵卒齐向前。

登将军山感赋

老树苍岩伴我还，栗花惬意栗风甜。
滦河水驻成天鉴，库坝云停似战船。
才问当年夜袭队，又迎眼下旅游团。
路边这井谁凿就，可是戚家掘的泉？

谒四将军纪念亭纪念碑后仰望将军山

万树青如碧，一碑白似帆。
相看两不厌，又一敬亭山！

四上景忠山

笔者大学毕业分配到河北迁西县，先是在景忠山附近的大黑汀插队劳动，后到戚继光曾镇守过的三屯营任教，故得空儿便去登山。因山上不仅有碧霞元君殿，还有诸葛亮、岳飞、文天祥之三忠祠，故山名为"景忠"。

远看似风帆，登临更壮观。
景因诸葛亮，忠令文公坚。
岳穆声传远，戚军威震边。
碧霞一圣女，偏爱在人间。

仰观迁安平顶山砾石熔岩

有缘又见一奇观，海底冲天变砾山。
鹅卵熔岩呈五彩，如诗似画挂云端。

在白羊塔长城感受盛夏

骄阳如火地如炉，万物焦灼烤欲煳。
我等敢迎天下热，登城挥汗洗三伏。

山海关杂咏四首

一

千秋国是史千篇，守土从来靠政廉。
山海岂能关得住，大潮涌起浪翻天。

二

人生自古尽忠难，冷箭时时射后边。
可叹袁公含恨死，但凭山海记奇冤。

三

史书千页任人翻，山海关失为哪般。
李闯骄奢人气尽，吴三一怒为红颜？

四

刀剑封库马不鞍，边陲早已断烽烟。
慕名万里来游客，山海关成人海关！

注：袁公，指明末被崇祯皇帝冤杀的抗金将领袁崇焕。

秦皇岛怀古三首

一

远观人海与人山，绿树黄沙白浪翻。
秦皇慨叹人间换，悔不托生在今天。

二

无须魏武写新篇，十里沙滩尽笑颜。
下海且随游者乐，管他刘备与孙权！

三

突然大雨落幽燕，万顷黑云压倒山。
转眼风平白浪静，举杯笑祝换新天。

三祖堂

写史原应树此风，不由成败论英雄。

如今三祖并肩坐，更显炎黄万世功。

注：涿鹿之三祖堂塑有黄帝、炎帝和蚩尤像。被唾骂了几千年的蚩尤，终于在这里恢复了中华始祖的形象。

蚩尤寨

只因一败便成凶，冤案难将此寨平。

假使当年黄帝败，千秋功罪怎说清？

注：在涿鹿还保留着与黄帝、炎帝对垒的蚩尤寨遗址。

桑干河

当年向往此河何？为看桑干日上波。

千里波澜多少话，官厅注满对谁说？

注：原来只是从丁玲的长篇小说《太阳照在桑干河上》认识那条在土地改革中风波迭起的桑干河，却不知桑干河还是最早哺育人类繁衍的母亲河。现在其水流入官厅水库，是北京的重要饮用水源。

官厅水库

俯瞰平湖百里波，远观林海没长河。

京城千万人心里，库水无声入脉搏。

热河

水流千载热名扬，手抚热河似热肠。

冬日云蒸槐季冷，也随世态送炎凉。

注：热河，在承德市境内，很短，冬暖夏凉。

保定

保定乃首都南大门，是抗日战争中的英雄城市。

倚太行而卫北京，新城不见旧时风。
南通九省路三纵，北控三关道九横。
督署赋闲民宅里，莲池忙碌世风中。
当年烽火连八载，今日霓虹亮一城。

清直隶总督署衙观感
——写于官员吃喝风最盛时

三进三出尺寸间，比今市府小十圈。
江山百里中堂握，马步三军署外盘。
暴敛横征千古恨，精兵简政万民安。
今观酒绿灯红里，多少官员在坐班！

易水

可惜易水已无波，燕赵独存壮士歌。
河去名留千古恨：秦王一剑刺荆轲！

邯郸

邯郸乃赵国故都，有铜雀台等古代遗存。发生在这里的《将相和》等故事家喻户晓。而蔺相如避让廉颇的"回车巷"、寿陵少年学邯郸人走路而失去本步的"学步桥"，均发人深省。

千秋战史到今朝，往日征杀恨已消。
铜雀春深悬朗月，丛台雾退涌新潮。
参禅可进回车巷，创业莫停学步桥。
坦荡人生无坦路，直行切莫绕千遭。

太原

　　以双塔为市徽的太原，地灵人杰，不仅以"汾水安澜，汾酒飘香"遐迩闻名，而且以王维、白居易、米芾、罗贯中、赵树理等古今名流出此而著称于世，更有制造堪称世界之最的龙门桥式起重机和神威火箭……

　　巍巍双塔擎西天，汾水清清酒正酣。
　　树理文风拂万柳，米芾墨宝醉千山。
　　龙门开启三峡壮，火箭升腾四海欢。
　　再入晋祠邀圣女，人间妙曼胜仙班。

在恒山悟道

　　北岳神仙路，真能上九天？
　　空山观莽莽，深谷悟潺潺。
　　细草峰巅立，苍松壁下悬。
　　落花随水去，欲唤竟无言。

定风波·恒山

　　壁立千寻百代雄，岂能垂首向西风。伟岸冲天谁可比？东岳。更多东岳一悬空。
　　截取八分西岳险，高耸。复移南岳半山松。一岳独横屏北地，如岭。也无开始也无终。
　　注：悬空，指恒山下的悬空寺。

自律词·恒山谣

　　东跨太行山，西衔雁门关。恒山称北岳，一峰冲九天。
　　受过舜帝封，领过秦皇鞭。五岳列第二，在高不在巉。

五台山禅机

五台平顶树无多，庙里玄机不可说。
准是文殊来点化，诸峰剃度进佛国。

二上五台山菩萨顶

岭上苍松身未退，路边野草已更新。
横穿佛顶三千界，来证青山不老因。

自律词·登永济新修鹳雀楼

作为"鹳雀楼杯诗词大奖赛"评委，我有幸出席永济市政府举办的颁奖仪式，也就有幸登新修鹳雀楼对唐贤王之焕、元贤王实甫两位老先生说：

千里访遗踪，也登鹳雀楼。看白日依山尽，黄河入海流；一天云胜火，满城车似舟。无须问、永济正金秋。

鹭鸟唱，汽笛鸣，歌乱哼。当年普救寺，狂想有张生。一部西厢记，唱断赤县冰。男女随心爱，今日自由风。

黄河岸边重建鹳雀楼感赋

因诗重建梦中楼，白日依山水照流。
千里目中天地换，一颗心上古今游。
当年万口责黄祸，时下百词夸绿洲。
待到秋来金浪涌，豪情稻海两丰收。

夜览《吕梁赋》颂吕梁

儿时曾在《吕梁英雄传》中仰望吕梁，今夜则在《光明日报》刊登的《吕梁赋》中拜读吕梁，欣赏毛泽东《沁园春·雪》所咏北国风光。

半入晴川半入云，隔山远远望龙门。
黄河浩浩英雄传，沃野葱葱美酒汾。

广厦连天真壮市，杏花盈邑更提神。

吕梁赋里回眸看，瑞雪纷飞沁园春！

谒忻州元好问墓有感四首

一

身逢金没号遗山，抑愤含悲立世间。

且作诗词修野史，并推散曲进尧天。

——著名元曲专家罗忼烈说："变宋词为散曲，始于遗山。"（任中敏编《元曲三百首》）

二

书生与雁本无关，却立坟丘在世间。

不仅金银财宝贵，真情实善大于天。

——十六岁的元好问在赶考路上为两只殉情大雁造坟，并作《雁丘词》传颂至今。

三

情为何物让人癫？梁祝化蝶飞世间。

元也有莲开并蒂，一直辉映到今天。

——二十六岁时，元好问还为一对殉情儿女作《摸鱼儿》词，也流传于世。

四

遗山高耸入云端，人月圆圆照世间。

白朴亦得其救助，共撑元曲半边天。

——白朴七岁时因战乱与家人离散，得元好问救助抚养，后成为"元曲四大家"之一。

盛夏大同朝圣行吟四首

题赠大同华严寺俏笑菩萨

大同华严寺有一尊被誉为"东方最美维纳斯"的"行露足、笑露齿"反常规旧俗的俏笑菩萨……

莫道本尊菩萨蛮，露足露齿露香肩。

开怀一笑惊天下，颠覆千年审美观。

写给云冈佛国的蒙娜丽莎们

因云冈石窟的佛像大多面含蒙娜丽莎式的神秘微笑，故有"世界最美微笑在云冈"之说。

天湛风清万象新，佛门欣慰看当今。

若说微笑云冈美，更比丽莎美几分。

为云冈石窟工程点赞

云冈石窟山壁雕像成百上千，看似劳民伤财之举，却又有劝世向善作用，不仅是惊天艺术，也是德育工程。

别笑祖先心不明，云冈石窟天地惊。

多少佛像说慈善，多少游人在静听？

为塞上明珠大同"证名"

漫步大同街头，真有步入大同社会之感：街清、人诚。你问路，路人甚至会把你送到你要去的地方。

名不虚传人与城，诚实待客似亲朋。

我知菩萨缘何笑，童叟无欺是大同。

内蒙古印象

东西走向气如虹，马壮羊肥唱大风。

身处边陲担重任，形同龙脊向天横。

远望呼伦贝尔大草原

驱车直入野茫茫，又见风吹百草长。

忽现一城如海市，波涛滚滚见牛羊。

昭君墓随想

青冢至今仍质疑，昭君自愿嫁单于？

苍天有眼白云走，碧野无垠鸿雁飞。
曲曲牧歌传跌宕，群群骏马供驰驱。
和亲结下千秋好，何必再究三二一！

向晚飞抵科尔沁

飞天早已不惊魂，转瞬横穿万里云。
我到草原观壮阔，一轮红日正西巡。

科尔沁望远

同样楼群同样人，最为特色马头琴。
城头一望三千里，草是外衣鹰是魂。

秋游康熙赐名大青沟

寻幽解惑几回眸，我步康熙旧迹游。
绿海茫茫知圣意，大青沟是大清沟？

仰观孝庄图感怀

历史还能轻女流？女人屡屡震环球。
孝庄慈禧评高下，成事败国两巨头。

车进科尔沁山地草原

树如绿雾车如飞，一路阳光紧追随。
我觅诗情真境界，悠然喜见牧牛肥。

科尔沁山地草原一瞥

日落牛归北复西，牧民笑里浴金晖。
胜地远观真性感：山如母乳草如衣。

沈阳

　　沈阳系清入关前皇宫所在地，也是日军发动九一八事变处。

　　国人难忘九一八，多少生灵被虐杀？

日寇凶残如饿虎，国军败退是丧家。
今天早市开八面，明日新区放万花。
游览巧逢关内友，故宫殿下一哈哈。

沈阳故宫观感

最喜此宫八柱龙，十足野性逞威风。
既然志在夺天下，心不张狂怎么行？

千山

百里绵延只一山，山名虽大不虚传。
千峰拔地迎朝日，万笏朝天送暮岚。
寺有清风拂远客，台无雅座供游仙。
大佛隐隐神工造，不向人间讨半钱。

注：辽宁的千山有三十八座古寺，还有仙人台、天然大石佛等奇观胜景。

营口街头远望二首

一

老街老庙又秋风，新树新楼齐望东。
甲午风云虽过去，炮声依旧撞前胸。

二

河也欢腾人也腾，繁华营口唱辽宁。
一城豪气说巨变，满面春风论复兴。

甲午秋登营口西炮台二首

120年前深秋，日军侵入营口，炸毁营口西炮台。今西炮台遗址仍存，登台远望，感慨万端。

一

甲午风云去不留，却遗一世百年仇。
中华崛起如山立，雄视阴晴两半球。

二

都有炮台都有仇，虎门营口各千秋。

扬眉不忘当年耻，吐气羞说日美欧！

旅顺万忠公墓感赋

甲午风云去不还，万忠公墓供菊鲜。

国强雪浪雄如虎，民富祥云暖胜棉。

广场接天铺锦绣，新楼遍地簇花团。

当年泪尽杀声里，今日笑吟山海间。

注：甲午战争中，日军侵入旅顺，屠杀两万余平民。事后，人们将尸骨收集起来丛葬于白玉山下，是为万忠墓。

长春

长春曾是侵华日军导演伪满洲国闹剧之地，今天则是我国科技文化中心之一，已拥有"电影城"、"汽车城"、"森林城"、"科技文化城"等美誉。

难得北地有长春，雪映冰封万象新。

净月潭南林似海，佛门寺北鸟如云。

若从电影城中过，海港渔村俱乱真。

伪满皇宫今尚在，任由访者笑东邻。

长白登顶

冰融雪隐访长白，梦里天池要我来。

浪静波平峰倒映，车挨人挤雾全开。

遥听瀑布三千韵，俯揽松花万里怀。

登顶悟得无上法：至柔才可跳高台。

长白山天池

一

好山好水俱入怀，难得一见是长白。

天池秀色重云锁，万唤千呼始出来。

二

群峰环视水纯纯，不向人间染一尘。

心在九霄云雾外，只随春夏送甘霖。

哈尔滨

哈尔滨因北靠俄罗斯，故俄式建筑和北欧风情是这里的一大特色。这里也曾是抗日战争时的敌后战场，小说《夜幕下的哈尔滨》曾风靡全国。抗日英雄李兆麟将军在解放前夕被国民党军统特务杀害于此，故哈尔滨建有李兆麟烈士墓和兆麟公园。

夜幕历经哈尔滨，北欧风物映至今。

太阳岛上江风劲，极乐寺边人气纯。

跃进多年天照旧，改革数载地更新。

欢欣鼓舞说开放，告慰当年李兆麟。

大庆赋

"大庆"这个名字早和"铁人"、"干打垒"等一起深入人心，难以忘怀。几十年过去，大庆因铁人精神和科学管理而依然年轻，生机勃勃。

朝思暮想几十年，大庆忽然到眼前。

代代铁人怀旧梦，层层楼塔绘新天。

荒原巨变非童话，钻井飙升似寓言。

今日喜会大庆面，光明一片是油田。

镜泊湖三首

一

回眸一望九千年，火铸石封水一湾。

欲向汶川说堰塞，镜泊无语对熔岩。

注：镜泊是几千年前火山爆发形成的熔岩堰塞湖。

二

明镜西沉月在山，轻云淡雾散如烟。

激情撩起平湖水，既洗风尘又洗天。

三

人如山耸意如泉，澄澈真纯到百年。

常使诚心明似镜，不容污水染清涟。

镜泊湖远眺毛公山三首

一

凭栏隔水望湖山，能不惊呼造物玄？

定是人人心上有，才得处处览奇观。

附记：据说镜泊湖之毛公山是最像毛公之山，远远望去，果不其然！

二

身系风雷八万里，手扶社稷九千天。

如今安卧平湖上，依旧雄图作远观。

注：毛公山平卧镜泊湖边，似仍在沉思默想。

三

功过还须作远观，镜泊湖畔忆当年。

开天扭转乾坤易？辟地安排日月难！

游火山口地下森林咏林中枯树

登峰鸟瞰绿如洋，深入才识地下王。

枯木一株顶天立，英雄树死也风光。

自律词·五大连池

火山一举千年叹，五大连池顿现。遍地焦黑，漫山青紫，湖水连天暗。夕阳一抹，彩珠一串，都是印花宝鉴！

夜深人静轻声唤，万古风云变幻。地覆天翻，桑田沧海，谁主霄汉？看寒星点点，冷月弯弯，霓虹片片。

自律词·今日北大荒

别哈城，进三江，驱车千里揽秋光。一天彩云连碧树，遍地金黄送芬芳。今日北大荒！

车巨新，人巨洋，手机一点即开张。实验室里听神话，科技馆外看辉煌。国有大粮仓！

注："三江"指北大荒垦区之"建三江"。

自律词·三江恋

相识恨晚建三江，一片雄城万里香。真想辞家常住此，尽掏老本置新房：好听稻子黄时雨，好看沃野白时霜。

水清清，路长长，机声笑语绕边疆。农村明日何处去，请看门边样板墙：左手全程机械路，右手科技大暖房。

自律词·在北大荒抚今忆昔

当年雪满冰河路，辟地开天有万难。赤手战春寒，汗水没农田。

如今歌满三江路，拔地摩天有何难？温室笑春寒，无土胜良田。

自律词·北大荒农垦人

关东汉子都似兵，说了当年说远征。老将拳拳意，新手故人情。都把农垦当一生！

一如兴凯界湖鹳，落在中方不肯行。难离三江水，不舍密山风。乐与黑土伴一生。

访北大荒七星住宅新区

老兵新传忆当年，手种镐刨难上难。
今日搬迁说喜悦，峥嵘岁月苦犹甜。

青玉案·参观海林农家别墅

桃源千载穷人梦。梦醒后，心忧痛！土炕茅屋谁
与共？凄风苦雨，饥肠冷磬。冻饿农民命！

乡间别墅诗人梦。万绿丛中百家幸。十里湖光楼
倒映：门高厅阔、窗明几净。车库独家用！

鹧鸪天·海林湖畔

万绿千红水映楼，人居别墅鸟居洲。牛听音乐田
听话，公路弯弯绕金秋。

红日落，暮云游，诗家自愧锦囊羞。农民已作神
仙乐，背靠夕阳甩钓钩。

解佩令·致北大荒农垦老兵

大军十万，同时解甲，把华年、热力都捐献。苦
战荒原，写就了、老兵新传。到如今，老而无憾！

言传身教，带孙携子，再冲击、科研前线。晾水
浇田，育良种、勇夺高产。垦荒兵，千秋师范。

自律词·致北大荒留场知青

当年一腔蓬勃血，辞父母，别京城，把汽笛当作
口号声，一路热气腾。荒原竟然不领情，一片冰雪，
两袖寒风。多少次，梦中哭醒？多少次，快意冲锋？
让青春在冰天雪地激荡；让生命在密林阔野充盈。终
成就，一代、旷世精英。

有姜昆、师胜杰、聂卫平！有张抗抗、濮存昕、
梁晓声！还有李龙云、贾宏图、肖复兴！文艺界立时
卷起、大荒旋风。却没有羡慕嫉妒恨，只有鼓舞兴奋
冲！留下来的，在龙江雁岛上，笑傲群雄。把青春子
孙都献给、北国秋冬。也是明星！

注：从北大荒走出来的"知青"名人有：著名作
家张抗抗（女）、肖复兴、陆星儿（女）、贾宏图、

梁晓声，著名相声表演艺术家姜昆、师胜杰、赵炎，著名话剧表演艺术家濮存昕，著名剧作家李龙云，著名画家冯远和"棋圣"聂卫平等。

赠留北大荒农场"知青"

难忘从前北大荒，青春无悔换秋香。
新楼窗外风如水，高产田间梦似霜。

自律词·致北大荒下放"右派"

不思量，自难忘，北大荒，宽厚样。左派右派都豪放！斗冰雪，战荒野，赶饿狼，建农场。还让艾青当场长！忙了聂绀弩，累坏吴祖光，艰难困苦，丁聪、瘦石难名状。

谈炼狱，叹冤枉，大荒支起青纱帐。聚到土屋成一统，推磨、搓绳，不用辨方向。把坏心思磨粉碎？挽住红日不下降？落难蒙羞气反壮，作诗作画作文章，大师多历大跌宕。任谁说，丁玲曾蹚龙江浪。

注：在北大荒下放的部分错划右派有：著名女作家丁玲，著名漫画家丁聪，著名诗人艾青、聂绀弩、梁南，著名剧作家吴祖光以及下放劳动的著名画家尹瘦石等。

参观北大荒现代农业发展中心

一尘不染是农田？无土栽培似寓言。
万绿千红惊望眼，诗人慨叹胜从前。

"建三江"现代大农业观后

三江万里暮云垂，稻海连天鹳雀飞。
烟雨江南无此景，轻车戴月载诗归。

乘船畅游乌苏里江遇雨

船到中流气转昂，豪情满腹望邻邦。
一江两治分南北，雨打双方一样凉！

北大荒即景

机种机收北大仓，金秋闲话忆农忙。
村民今日皆白领，自驾名车走四方。

记农垦二代世说新语

美景桃源想百年，桃源怎比我家园？
机声唱罢丰收曲，山秀水清天湛蓝！

咏北大荒现代农业园之奇花红掌

万绿丛中掌掌红，熊熊似火映苍穹。
真如农垦实心汉，敢对高天唱大风！

咏北大荒现代农业园之香蕉树

农业园中唱速成，香蕉百日就凌空。
身高不让千秋树，叶阔平铺可宿营。

咏北大荒现代农业园之巨型南瓜

无土栽培不自夸，凭空结果育奇葩。
南瓜已有车轮大，来日翻番可做家！

秋夕重游乌苏里江四首

一

落日匆匆洒金辉，二三白鹭跨国飞。
船歌一曲乌苏里，岁月奔流叫不回。

二

都说人弱被人欺，国弱真如斗败鸡。
今日高歌无顾忌，船头飘着五星旗。

三

裂土分疆气不平，书生无奈恨清廷。
且将余怒收拾起，化作烛天万丈虹。

四

回眸诚谢垦荒兵，血汗凝成北大屏。
我与红旗如壁立，夕阳如火照黑龙。

注：黑龙，指与乌苏里江血脉相连的黑龙江。

千鸟湖湿地纵目三首

一

漠漠荒原映远山，苍鸥白鹭舞翩跹。
难得一片千秋绿，既染诗心又染天。

二

农垦人心大似天，为国辟地造良田。
还留一半蛮荒着，分给鸟们作乐园。

三

野鸭野鹤俱芳邻，白鹭一行入青云。
似画如诗真悦目，大荒大美大胸襟！

雁窝岛秋意三首

一

千沟万汊柳如烟，野草一地鸟一川。
大雁飞来又飞去，留窝在岛育春天。

二

当年苦战垦荒田，今日退田复荒蛮。
生态平衡人有道，众生共享碧云天。

三

人间本是地球村，万物俱备才缤纷。
呵护自然当克己，蓝天碧水赠儿孙。

在海林奶牛场与牛共享轻音乐有感

登天今日有飞船，割稻如神不用镰。

科技奇闻君莫笑，高山流水对牛弹。

水龙吟·夜观兴凯湖

北疆月下迎风站，碧水滔滔浪漫。岸接中外，神驰今古，仰天长叹。一湖分两半！清政府、丢光脸面。割河山、忍看沙俄笑靥。恨无门、空扼腕！

兴凯绝非泛泛，携三江、一同璀璨：丰田万顷，雄图千卷，渔歌一片。更忆拓荒者，怎能忘、老兵新传。沁园春、十亿神州唱遍。珍宝岛，英雄赞。

西安

西安古称长安，系华夏十三朝古都。其周边有泾、渭等八条河流，故有"八水绕长安"之说。现为我国高科技重镇、教育名城。

夏日登楼望远东，难得八水送清风。

举头欲揽秦初月，侧耳遥听汉末钟。

御路涌来学万子，新城崛起岭千重。

西安事变寻踪迹，满街霓虹照太平。

又见长安

白也醉别才几天？长安已越万重山。

鼓楼鼓舞迎新月，雁塔雁然辞旧年。

百里秦风吹广厦，千秋汉水映雄关。

可惜妃子唐时梦，没有荔枝空运甜！

自律词·西北行

阳春西北一行，高原形同折皱。百里桃花相随，两边嫩柳竞秀。天高地也厚！

楼偏宽、地偏黄、水偏瘦！哦，山也浑厚，人也浑厚，信天游儿、听不够。

在西安慈恩寺大雁塔前

远观雁塔近观人，满面春风论古今。
昔日取经唯印度，如今处处有慈恩！

游大雁塔前新建不夜城感赋

不用雕龙不用金，大唐气势赫然存。
夜来漫步灯齐放，更比贞观亮万分。

大明宫遗址公园远眺

皇宫远望已无痕，辟做公园惠万民。
御道竟然宽百米，重修正好放诗魂。

出席诗词大奖赛启动仪式口占

在大奖赛启动仪式上，主办方要我与一小学生"互动"。遂仰视满天细雨教小朋友背诵王维《渭城送元二使安西》："渭城朝雨浥轻尘，客舍青青柳色新。劝君更进一杯酒，西出阳关无故人。"后又依韵口占一绝：

又是一年风与尘，家国景象几更新。
西安今日诗如雨，点点滴滴都沁人。

自律词·华山

华山天下险！峰似刀削，岭如斧剁，路若天悬。朝阳东、莲花西。云台北、落雁南，峰峰壁立，雾卷岚翻，鹰飞足下，日落耳畔，人在云边。一声长啸，隆隆回响五千年。

想老子犁沟、韩愈投书、陈抟避诏、宋祖手谈。都说世事如棋，你赢我输皆是缘。有劈山救母，有智取华山，有百万雄师下江南。天安一呼人站起，国门一开胜从前。不怕远征难。

与诗词研究院诸同事乘缆车上华山北峰

遥想神舟绕地行，英雄与我意相通。
一心都想软着陆，好为强华再立功。

壮游华山

莫道华山天下险，险峰登顶有何难？
一条百转盘龙路，指顾之间已走完。

观华山论剑碑有感

华山论剑想金庸，香港文豪写异经。
谁道武侠均俗物？读得满汉一齐疯！
注：异经，指金庸武侠小说。

过苍龙岭韩愈投书处

一岭似刀切两渊，罡风摇撼觉天旋。
山高何止三千仞，难怪韩公胆吓寒。
　　注：传说唐大诗人韩愈登上苍龙岭后，心惊胆
战，不敢下山，曾投遗书于苍龙岭下。

登华山东峰望远

七十不信古来稀，敢上凌云百丈梯。
脚踏巅峰观世界，这山望着那山低。

华山挑夫

可笑六十便言老，人家七秩仍挑脚。
肩头挑到夕阳红，脚底磨得华山小。

过骊山

当年烽火戏诸侯，一笑嫣然社稷丢。

从此骊山成历史，年年岁岁演春秋。

二过骊山

骊山远望已无烟，女子祸国案可翻。
褒姒焉知烽火戏，玉环难正帝王偏。
马嵬坡下游人叹，绣岭台前宿鸟喧。
不晓秦川八百里，错埋多少美人棺？

注：骊山西绣岭上筑有周幽王举火戏诸侯之烽火台。

仰观骊山兵谏亭

两过骊山都绕行，终于今日喜登峰。
新朋指顾说捉蒋，旧迹铺陈颂谏兵。
华夏已然龙凤舞，中东犹自虎狼争。
追思万古人间事，能不仰观兵谏亭？

壶口即景

万马奔腾到此间，纵身一跃浪滔天。
惊雷轰响银花溅，裂地崩云炸雪山。

谒黄帝陵

万里风云聚一堂，圆天方地正中央。
从前纵有千般怨，至此也都化凤翔。

自律词·黄帝陵

巨柏冲天起，黄陵气象森。千里来谒始祖墓，无论男和女，虔敬一颗心。

不必跪地拜，无须买香焚。只要人有种，举国上下都能做，感天动地人。

访玉华宫

无心山水有心人，半借风光半借神。

重建玉华迎远客，荒川突变快活林。

注：唐玄奘当年取经东归后，大部分经书译自陕西铜川之玉华宫。今在荒废多年的玉华宫遗址上建起玄奘法师纪念馆。

寻法门

佛骨缘何假乱真，法门寺内寻法门。

门前游子天边客，都是如来梦里人。

注：法门寺地宫藏有佛指骨舍利。为防盗，古人仿造多只假指，以假乱真。

远望乾陵

一山撑起半天红，落日回眸望远东。

千古龙庭唯一女，照得俗子愧如虫！

注：武则天名"曌"（同"照"），死后以山作墓（与唐高宗合葬），名"乾陵"。

铜川药王山览胜

闻名已久药王山，今日登临览大千。

石路飞白穿雾岭，玉阶领翠上云烟。

满坡侧柏如织锦，半壁雕楼似筑坛。

触景遥思医圣邈，恩泽若水润晴川。

游薛家寨红军谷二首

一

我心如醉亦如痴，西北山山似故知。

刘谢红军多少事，如何写进一篇诗？

二

登山忽见日痴痴，洞顶谁插杏一枝？

淡淡清香飘远近，胜如李杜咏花诗。

注：刘志丹、谢子长红军谷中的山洞当年或驻军或为军品生产基地，为中华民族的解放作出过极大贡献。

仰视延安宝塔

前靠延河后靠山，巍然矗立自庄严。
高超碧落三千尺，俯视红尘数百年。
昔日蛮荒如漠北，如今富丽赛江南。
往来多少悲欢事，尽在风吹雨打间。

自律词·延安枣园

辞别黄帝柏，来访枣园春。简朴亲切如宅院，主人何处寻？

都在天国里，深情望后人。和谐实干成大业，莫再乱弹琴！

过杨家岭

也曾梦里访延安，宝塔依然驭云天。
今日杨家岭下过，豪情似火写诗篇。

今日南泥湾

两山夹峙一湾春，草色追随柳色新。
乡里仍说三五九，战旗猎猎雨纷纷。

注：三五九，指八路军三五九旅。抗日战争期间，该旅曾在南泥湾从事大生产运动。

自律词·龙年清明后七日登榆林镇北台三首

一

驱车游塞上，欲览长城魂。忽见万里彤云起，大雪满榆林。

回眸来时路，重现沁园春：山岭隐约银蛇舞，原似蜡象奔！

二

登台南北望，陡然起雄心。百代英豪皆去也，风流何处寻？

自有经纶手，从容论古今。咏雪一词平五帝，胸罗百万军。

三

神州多劫难，至今未沉沦。江山多娇如画里，已有接班人。

虽然千里雪，毕竟已阳春。雪消雾化须晴日，惊喜待明晨。

自律词·耀州三首

一

玄奘传经地，药王济世楼。至今说柳骨，能不励壮志，能不耀神州？

注：柳骨，指出生在耀州的唐代大书法家柳公权之书法。因为中国书法史上有"颜筋柳骨"之说。

二

此地陶瓷好，名传两半球。千年窑火旺，能不出精品，能不耀神州？

三

古朴陈炉镇，窑屋叠似楼。层层罐罐壁，能不惊人目，能不耀神州？

观统万城遗址有感二首

一

万顷荒沙掩故城，当年大夏去无踪。
残墙说尽凄凉事，统万难圆日照空。

二

环顾亚欧千百城，凯歌谁不唱英雄？
中华崛起惊英美，赫赫东方日照红。

注：统万城系大夏朝都城，后夏灭城毁，现仅有部分城墙遗存。

参观杨家沟扶风寨革命旧址有感二首

一

万绿山中一寨红，大名恰巧叫扶风。
开国更要依民众，没有风扶事不成。

二

杨家沟里太阳升，大地隆隆一片红。
戒躁戒骄真大事，前车之鉴李自成！

注：明末农民起义领袖李自成兵败，其骄躁是失败的重要原因之一。

题麦积山真佛洞

麦积山一三三号洞塑有释迦牟尼成佛还乡突见其爱子眼含热泪的感人情景……

何必天天苦坐禅，多愁善感也神仙。
真佛亦有真情泪，只是矜持不肯弹。

观麦积山偷笑小沙弥有感

讲堂何事笑出声？定是师尊念错经。
见此无人能忍俊，佛门也有调皮生。

河西走廊行

磅礴千里大河西，祁连山影紧相依。
走廊一品丝绸路，荒漠万竿风电机。
奔月飞天图破壁，治沙铺绿盼归一。
阳关吟唱逾千遍，千遍阳关热泪滴！

注：破壁，指被国外反华势力合围之壁；归一，指海峡两岸和平统一。

酒泉

酒泉的敦煌壁画，彩绘着人类飞天的梦想。酒泉的卫星发射基地把这一梦想变成了现实。双飞天，就是酒泉。

今生谁不想登仙？也上敦煌舞一番。
先驾神舟登月去，再携仙女采云还。
春风得意左公柳，劲旅扬威嘉峪关。
但愿酒泉都是酒，好来痛饮庆飞天。

河西走廊采风诗草二十八首

登皋兰山观兰州夜景
两山夹峙一天星，十万琼楼百万灯。
滚滚黄河流异彩，如诗似梦看兰城。

登皋兰山摘星楼感赋
摘星楼上晚风清，夜色兰州别样明。
不似天津光灿烂，恰如诗境月朦胧。

在皋兰山钟院撞钟抒怀
饮罢香茶意转浓，河山令我血翻腾。
一腔感慨诗难诉，撞响隆隆夜半钟。

月夜登皋兰山归来
钟也隆隆心也隆，踏歌人在梦中行。
遥知皓月八千里，更比隋唐两宋明。

兰州黄河吟
黄河是我意中神，万里胸怀古与今。
越岭穿城能九曲，奔腾到海不回心。

兰武路上

车行高速势如飞，欲带新风到武威。
一路欢声加笑语，放歌不用琵琶催。

到武威

凉州词诵百千回，大漠荒沙万骨堆。
今晚古城迎远客，华堂美酒夜光杯。

从武威到甘州

时值盛夏陇西行，水送山迎又一程。
绿柳飘飘皆画意，黄花烁烁尽诗情。

甘州

百里甘州丽日悬，湖光塔影映新天。
公心一片居延海，弱水三千让两千！

注：甘州人宁愿自家少用黑河水（古称弱水），
也要保下游、保居延海用水，并以此为荣。

甘州焉支山近景

一山自有一山魂，千里焉支万里人。
幽谷能容天下客，翠峰可挂五洲云。

在甘州湿地公园戏赠芦花

芦花相违已多年，今日重逢两笑颜。
我笑花痴花笑我，白头更笑黑头闲。

游张掖国家湿地有感

走走停停冒雨游，芦荻菖蒲鸟啾啾。
无边湿地城市肺，难怪居民尽风流。

张掖滨河新城远眺

张掖奇思百代无，能于戈壁起宏图。
陇西凸现江南景，一片新城万顷湖。

题张掖沙漠公园

人类已能飞九天，驱车沙岭有何难？
开发全赖安排巧，不费一钱建乐园。

张掖大佛

张掖大佛天下奇，枕山高卧眼迷离。
犹思万物人间事？环保难题列第一。

咏张掖平湖丹霞地貌奇观

河西处处有奇峰，张掖丹霞自不同。
山地飘出云万朵，层层叠起太阳红。

喜观嘉峪关市容

依关建市简而明，楼整街直映古风。
不似他城争热闹，整洁平静度人生。

登嘉峪关

朝想暮思嘉峪关，今晨窃喜会真颜。
重楼高耸云天里，丽日近人风不寒。

咏天下第一雄关

嘉峪无须改旧颜，古城古貌自承前。
雄关耸峙连山雪，铁壁横绝大漠边。

咏嘉峪关"左公柳"

边城早已罢刀兵，关外关中尽暖风。
最喜如今逢盛世，左公杨柳胜青松。

咏酒泉戈壁光电

酒泉借酒早出名，更有风车昼夜行。
戈壁喜充无限电，太阳来做小时工。

谒酒泉，改古句

千里驱车谒雄才，汉将清官俱壮怀。

醉卧酒泉君莫笑，人生能有几回来？

注：汉将指霍去病，清官指左宗棠。

赠酒泉卫星发射基地

中华自古几飞天？异代嫦娥去不还。

今日神舟游地外，酒泉有酒庆超前。

夜宿敦煌

几回梦里访敦煌，想与飞天话短长。

今晚真来城外宿，飞天竞舞梦中央。

倾听鸣沙山

竖耳且听沙子说，长河大漠亦如昨。

欢呼只为人间变，绿水青山都是歌。

天鉴月牙泉

沙丘沙岭绕一圈，沙柳沙杨立半边。

不用回头双向看，风光尽入月牙泉。

壮观碧泊沙漠长城

登高一望莽苍间，大漠长城立似山。

湖水映得边塞绿，风沙难过碧泊关。

游阳关遗址

芦笛声里忆从前，遥看孤城万仞山。

黄沙莽莽烽台下，还有王维立路边。

注：阳关遗址塑有唐大诗人王维立像。

忆江南·宁夏银川三首

一

银川美，山水似江南。古塔新楼相对映，黄河两
岸尽丰田。还有百湖莲。

二

银川美，沙岭胜金坛。落日长河都豪放，漂流冲

浪像飞天。红柳似孤烟。

三

　　银川美，芦苇满湖湾。快艇风驰卷巨浪，欢声惊动水中仙。快乐在人间。

宁夏吟草十首

一

黄河九曲入田园，更有贺兰如护栏。
宁夏若从天上看，银楼银塔映银川。

二

千里来寻大漠烟，谁知塞北已江南。
平湖片片珍珠色，稻地方方碧玉盘。

三

高原圣地好庄严！南寺祥和北塔玄。
商厦凌云惊望眼，清风一路到承天。

　　注：银川西有承天寺塔，南有清真寺，北有海宝塔。

四

出城西望一山横，破雾穿云万马腾。
落日如珠含谷口，贺兰更似倚天龙。

五

誓踏贺兰多少重？岳军齐唱满江红。
可惜皇蠢权臣佞，枉费将军满腹忠！

六

贺兰今日罢刀兵，叠嶂层峦静似钟。
岩画画出千古梦，人间最好是和平。

七

入水但觉湖面小，重重苇荡似围城。
若寻当年知青梦，都在层层绿意中。

八

鸥鹭二三才入镜，银机一架又升空。
飞舟带着浪花跑，留下满湖惊叹声。

九

当年国事秘不传，西夏于今两默然。
唯有东方金字塔，孑然矗立对苍天。

十

西夏王陵业已残，远观依旧势如山。
当时若不宫廷乱，国运焉能二百年？

沙坡头怀古四首

　　宁夏腾格里大沙漠南端的沙坡头一带，据说是唐代大诗人王维"单车欲问边"构思创作"大漠孤烟直，长河落日圆"之地。现有王维铜像矗立于此。

一

红柳黄沙古道边，王维离去已千年。
我今直入腾格里，来看长河落日圆。

二

又闻大漠绝人寰，风卷黄沙入昊天。
远看直直如巨柱，误传误诵是孤烟。

三

昔日凄凉去不还，滑沙冲浪且尽欢。
古人若问今朝事，边塞改为游乐园。

四

黄河远上白云间？不见孤城只见山。
千里绵延如壁垒，威严胜过玉门关。

登六盘山毛泽东吟诗台三首

一

也是天高云淡时，登临能不赋新诗？
满山嫩绿舒心色，一曲清平慰故知。

二

锦线绣出山六盘，高峰谁教入云端？
主席那日精神好，心有清平乐一篇。

三

清平乐奏数十年，多少诗情涌似泉。
路有几盘无大碍，凌云只要肯登攀。

六盘山凉殿峡随想二首

一

一代天骄勇似神，弯弓揽月叱风云。
走时也像油灯灭，只有殿名传至今。

注：据说六盘山凉殿峡乃成吉思汗疗伤养病逝世
之地。

二

此峡虽僻客来勤，只为一观凉殿神。
神去谷空唯有绿，教人切莫负良辰。

须弥山神思三首

一

须弥山上久盘桓，举目频频叹壮观。
古路依然如丝带，大佛却已到更年。

二

大佛端坐望长天，机往车来为哪般？
香火近来犹看好，只恐票价要翻番！

三

又是求佛又看签，菩提虽好不摇钱。
只须心静如秋水，爽爽清清过百年。

西宁望远

唐蕃古道一线穿，高铁遥遥入云端。
日月山横碧草地，清真寺立艳阳天。

一城玉宇说街绿，满岛银鸥唱海蓝。

公主重游不识路，错将青藏当秦川。

注：青藏铁路是全球最高的铁路，也可简称"高铁"。

走近塔尔寺

远望群楼立似崖，摩天拔地万千家。

心离塔尔十分近，山现庄严树现花。

赠塔尔寺跪拜者

不是贪痴不是闲，投身在地亦庄严。

抛开人世千般怨，十万头磕变少年。

注：磕长头是藏传佛教礼仪中普及面最广也较有益的一种礼仪。它既有利于净化心灵、也有利于身体健康。

平视佛陀金身

佛前不跪意无他，另有金身万丈霞。

映在心中如日月，也于昼夜放光华。

注："另有金身"指马列主义、毛泽东思想。

过日月山倒淌河

文成远嫁事如昨，昔日悲欢且正说。

我看一河西去水，绝非珠泪可流得！

注：据说日月山上的倒淌河系文成公主的泪水汇聚而成。

三江源

浩浩来天半，滔滔总向前。

激流千万里，滴水是江源。

青海湖

空灵百里水接天，更有白云绕雪山。
翠草金花托碧浪，五湖之首不虚传。

注：青海湖被《中国国家地理》评为中国最美五大湖之首。

青海湖鸟岛奇观二首

一

盖地铺天只一抛，万千鸥雁射云霄。
莫愁岛小多难住，十亿人心做鸟巢。

二

似有一声命令颁，万千鸥雁共飞天。
人间若果齐如此，倒海排山可瞬间。

遥望天山

何须问鼎第一山，冰雪雕成塞外天。
千里绵延人不见，万峰矗立在边关。

走进天山

匆匆跋涉岭和峰，回首征程画卷中。
风雨人生无坦路，一山放过一山迎。

驻足天山

春山放过夏山迎，我与天山共葱茏。
雪峰鼓荡凌云志，涧水欢腾唤远征。

心在天山

不恋荣华不恋权，宽松简朴度年年。
自从心在天山上，静水盈池总湛蓝。

天山怀古

穆王万里赴天山，雪铸冰雕梦一般。
幽会情投多半日，相约苦等数千年。
金刚亦有连心锁，神女能无渡海船？
耿耿痴心王母泪，瑶池何日能流干？

自律词·登天山

幼读蜀道难，豪气已冲天；复读北国雪，壮志鼓心帆。人生只一世，岂能空手还？

走正道，登极顶，回首远望只云烟。不为失去恼，不为得到癫，愿做岭下清清水一湾。

登天山望昆仑

漠北疆南入我诗，李白苏轼同一痴。
壮游未抵昆仑莽，才与天山共仰之。

火焰山

冲天烈焰一煽休，只剩孤独紫色丘。
早悟虔诚无可挡，当年何必阻西游？

拜会火焰山

酷热难敌好胜心，也来拜会悟空孙。
只因一部西游记，荒岭变成百乐门。

魔鬼城

一天静谧笼狰狞，猛兽凶禽土刻成。
雨剑风刀齐努力，雕出万象启人蒙。

穿越沙漠公路

大漠天低路入云，孤悬一线系晨昏。
驱车顶戴朝阳去，入夜披星进店门。

克拉玛依之歌

当年一曲绕神州，意远情长五十秋。
今日我来寻广漠，花香鸟语万千楼。

游喀纳斯湖

大呼小叫画中游，恨不投身做绿洲。
守住斯湖千古碧，留于后世洗闲愁。

谒红山林则徐立像二首

一

景然肃立望林公，铁骨铮铮倚太空。
纵使充军仍不悔，雄风两袖到边城。

二

若非傲骨真国士，怎敢横眉对美英？
虎口销烟海也沸，至今依旧鼓雄风。

与新疆生产建设兵团首长一席谈

大漠孤烟过去时，长河落日自迟迟。
新城高耸将军梦，沃野青翻战士诗。
辟地屯田兼守备，摇鞭放牧带轮值。
安宁赖有兵团在，万里边陲铁打之。

石河子军垦博物馆观后

军号声声震远村，天山雪水洗征尘。
肩拉铸铁犁戈壁，镐辟荒滩种绿阴。
铺地盖天风当扇，爬冰卧雪草遮身。
英雄最是援疆女，双手织出大漠春。

军垦新城石河子

登楼远眺绿如云，谁领春风度玉门？
千顷条田腾细浪，万方喷灌浴清晨。

纵观不见荒滩面，深问才知将士心。

难怪当年王震部，英雄尽做垦荒人。

注：一九五〇年七月二十八日，新疆军区代司令员王震将军指着荒漠中的石河子说："我们就在这里开基始祖，建一座新城留给后世。"

飞离大西北二首

一

天路哪如心路宽，沉吟片刻岭八千。

风云变幻无常态，绿水青山写不完。

二

自愧无缘仗剑游，骑驴纵马走神州。

今朝且坐波音去，来日悬浮绕地球。

南国秀色

——华东、华中、华南采风记游

南国

南国说秀美，不作等闲观。

若解西湖瘦，先量北海宽。

细雨山阴路，微风岭北川。

谁用钱塘水，洗蓝江浙天？

自律词·江南雪

2008 年早春，一场突如其来的暴雪袭击了南中国。一时间，山清水秀的江南春，顿时银装素裹……

谁能料想，锦绣江南，让这雪，搅得天昏地暗。钢筋折，铁塔崩，树倒屋塌路断。水乡闹水荒，坦途成天堑。神州，又是一场"空难"。

乾坤手擎，日月肩担。军与民，打响惊天雪战。任他山舞银蛇，任他玉龙百万。难敌我，群情振奋，举国应变。抬望眼、迎来春光一片。

上海

上海既是中国共产党成立并宣告改天换地的地方，也是中国改天换地最成功的地方。

黄浦匆匆鼓浪行，外滩如画映清明。

琼楼玉宇星云上，车水马龙霓彩中。

铁臂挽来新世界，和风吹绿浦江东。

最是上海黄昏后，欧亚人约不夜城。

上海朱家角

斗拱檐飞岸柳飘，粉墙倒映影随涛。
漫游乐似渔家傲，浅唱声如玉女娇。
老店灯红迎远客，古桥风绿送新潮。
朱家典雅诗难尽，把酒当歌步步高。

上海珠溪印象

烟雨家家梦，珠溪处处幽。
江从心上过，笑在水中流。
人踏云图走，船携画意游。
清风无限意，绿柳系归舟。

珠溪月夜

雨后登楼看晚晴，新城旧镇共葱茏。
一轮灿灿团圞月，镶在珠溪远景中。
注：珠溪系上海朱家角镇的别名。

珠溪放生桥远望

长桥横卧枕漕河，五孔心连万里波。
为善无须歌百遍，放生一念抵千佛！

珠溪赏雨

古镇深沉且漫游，漕河细雨系归舟。
银丝尽向诗人洒，花伞撑出夏日秋。

珠溪夜饮

凭栏畅饮碧螺风，彩舫长桥带笑迎。
两岸欢声醇似酒，一江灯影晃荧屏。

上海市外桃源

高楼林立彩虹间，上海特长宜远观。

今日一瞻溪镇面，才知市外有桃源。

南京

南京乃中华十代都城，中有六朝繁华，但均无法与今日之南京媲美。

三江首府六朝华，山似青铜树似麻。

虎踞昔别玄武雪，莺歌今唱紫金霞。

春风吹暖乌衣巷，红雨飘香百姓家。

总统府前寻旧迹，一城笑语半城花。

注：玄武，即玄武湖。紫金，即紫金山，又名钟山。

苏州

苏州城传为战国高士伍子胥设计建造，现已发展为工业重镇、旅游名城。

阳春又浴水城风，细雨苏州绿映红。

红缀新区楼百幢，绿围古迹六七亭。

漫游人问枫桥路，入梦船泊夜半钟。

潮涌太湖掀热浪，寒山带笑给佛听。

注：寒山，指寒山寺。

苏州记游三首

一

飘如蝉翼细如绸，烟雨穿城润似油。

胜景名园观不够，魂牵梦绕是苏州。

二

千载城郭万载愁，东门犹挂伍员头。

忠臣自古多横死，直教今人带泪游。

三

日登三岛阅春秋，慨叹高明懂进休。

不见范公携越女，太湖浩渺泛扁舟。

寒山寺

一寺吟出百代名，寒山夜语谢张生。
荒凉意境实难写，却有豪情胜旧情！

注：唐诗人张继一首《枫桥夜泊》使苏州寒山寺一夜成名。

周庄

桥拱人流水拱船，粉墙垂柳钓飞檐。
存真不改周庄路，美到村头是自然。

初识吴江

辞京一夜到江南，烟雨新城绿亦蓝。
水巷琴音声细细，小红清唱近千年。

注：宋姜白石在这里曾写有："自作新词韵最娇，小红低唱我吹箫"。

吴江

五湖游罢到吴江，棋布星罗水未央。
同里镇中烟雨绿，静思园外豆花香。
垂虹不二桥虽断，伟业唯一路更长。
妙笔难得学者画，兴来泼墨写诗乡。

吴江雨后

街树亭亭复翩翩，乱红点水泛清涟。
借得南岳千重绿，来染吴江岸上田。

登垂虹断桥

两宋词人过眼空，百年南社去匆匆。
神思难补垂虹断，反向新桥问旧城。

在吴江华严塔前拍照

远望巍巍塔数重，太湖助兴补清风。
镜头不避长桥断，旧迹新城相映红。

在静思园听评弹

一曲骄杨举座惊，眼湿心热雨濛濛。
高音卷起千重浪，更在千重浪上行。

游同里古镇

神往心驰已数年，三桥印水梦终圆。
真如一卷清明画，我走我观画中间。

退思园怀古

古今有几真退思？伴虎将军不自知。
踊跃复出成泪史，空留一壁劝休诗！

注：退思园于清末建于同里镇。园主曾任职清朝兵备道，因过革职，建此园取"退而思过"意，后又复出被杀。

参观陈去病故居有感

也曾冷眼对刀兵，敢唱豪歌灭大清。
遁入空门难自许，英雄末路已无争。

谒柳亚子旧居

登堂一览大家风，柳子精神自不同。
正气能驱妖雾散，豪言掷地仍有声！

扬州

明月依稀玉女箫，泪花吹落桂花娇。
湖开明镜千秋瘦，柳带轻云四季飘。
商贾齐集三月路，群贤毕至五更潮。

扬州何处寻八怪，画店声声卖板桥。

注：板桥，指扬州八怪之一郑板桥书画仿制品。

采桑子·扬州夜游

烟花三月扬州路，柳也青青，舟也青青。丽鸟啾啾和桨声。

板桥边上听箫鼓，店也层层，人也层层。八怪沿街看视屏！

瓜洲古渡游

魂牵梦绕荆公渡，千里迢迢访古游。
半岛突出如虎口，一亭肃立似雕楼。
江船络绎笛声远，路树葱茏鸟语稠。
难舍难分天渐暗，万家灯火照瓜洲。

注：瓜洲由宋王安石（荆公）瓜洲诗而名传千古。

沁园春·瓜洲古渡

邗江诗词学会来信嘱和一首咏邗江（沟）瓜洲的《沁园春》词，盛情难却，草成一首应命。

千载传名，万里传书，古渡瓜洲！虽一方林地，三五云燕，百尺青丘。观浪台东，长桥飞架，隐隐勾连万户楼。真辽阔，想当年车马，欲过何愁？

而今携侣来游，登高望、长江照旧流。问安石何在，原诗可改？李白狂放，一句难求。艘艘江轮，笛声阵阵，满载而归唱不休。夕阳下，论沧桑变化，当属邗沟。

登镇江北固楼

京北小别仅一天，远隔何止万重山！

大江似练飘云际，小岛如梭傍日边。
桥架长虹挑重镇，楼怀绿意写芳园。
古今都道江南好，可否带回结百年？

南乡子·登北固楼

华夏正金秋，放眼长江万里流。千古英雄皆去也，何愁？五岳三山共神州！

稼轩喜回眸，高铁长桥永固楼。航母神舟说快速，无忧！电掣风驰超美欧。

淮安采风诗草十首

一

尧帝之乡自不凡，植荷种柳辟桃源。
域中有水先治水，湖上无山不造山。

二

三皇五帝是传说，无祖无魂怎立国？
史证唐尧生此地，建园明志倡公德。

三

尧帝礼贤重谐和，顺从民意治家国。
家国今日和谐甚，能不临园唱赞歌？

四

一湖自有一湖鲜，金稻银荷伴月眠。
林网重重织绿意，鹅群阵阵似兵团。

五

登高远眺绿无边，紫燕翻飞入碧烟。
正像东坡西子句：望湖楼下水如天！

六

戮力深植柳万千，又开莲苑靠城边。
一河荡漾如黄浦，两岸清幽似外滩。

七

先贤曾作爱莲说，我辈爱莲说更多。
莲茎莲蓬说不尽，亭亭玉立荡清波。

八

凌波仙子意如何？比罢昭君比嫦娥。
纯似玉雕青似翠，一尘不染自高格。

九

孤枝独立也卓然，不抵万株荷壮观。
自打古贤说爱后，神州处处有莲园。

十

茫茫大地似棋盘，将相兵卒各领先。
细柳能生千片叶，不及荷荡一株莲。

金湖印象二首

一

七月南来作远观，金湖处处可流连。
荷田万顷惊天碧，林网千重映水蓝。
故里尊尧接帝脉，新村翔宇坐飞船。
腾龙人唱和谐调，风顺雨调年复年。

注：金湖在淮安境内，是尧帝故里，也是周恩来
（字翔宇）的故乡。

二

初来恰逢雨绵绵，云涌风拥绿映蓝。
鸟瞰三湖夸锦绣，神游百镇赞珠联。
安居地利真伊甸，创业人和更桃源。
江北竟然如此好，回京不只忆江南。

初识昆山

驱车一路日陪行，水送云迎唱大风。
一入昆山天变小，高楼林立似鹏城。

丁酉春登昆山望远

山怀美玉玉怀泉，登顶壮观心豁然。
春色满城来眼底，一峰独秀万千年！

咏昆山琼花

花开如雪又如云，朵朵清香朵朵纯。
若使人心都似此，世间何处惹红尘。

访千灯古镇顾炎武故居

匆匆穿过延福寺，快步来参炎武厅。
天下兴亡多少事，亭林一语亮千灯。

注："亭林"系顾炎武的尊称。顾当年曾提出"天下兴亡，匹夫有责"的响亮口号。

阳澄湖近景

遥想近思年复年，至今方始见真颜。
昔时智斗成光影，阿庆嫂说今变甜。

昆山采风回京得句

丽水昆山先后行，江南处处让人疼。
打衣不湿清晨雨，拂面微寒傍晚风。
柳暗花明江似练，峰回路转岭如龙。
只怪身无移海手，未把钱塘带进城。

自律词·诗在江南四首
——昆山采风归来记感

一

不必浅酌低唱，无须壮语豪言。只一把花伞，便撑出烟雨江南。

春山醉，春水沸，春潮退。春来不舍昼和夜，诗家心领神也会。

二

当年小聚吴江边，妙语连珠不夜天。如今白发对苍颜，还是欢乐篇！

山难倒，树难跑，水难老。青春永驻？诗在江南绿，梦在江南找。

三

小红低唱近千年，还写忆江南？亲临实地看，春水真的绿如蓝。

鱼翔浅底，燕飞高天，群楼隐隐，高铁翩翩。依旧横塘路，依旧柳如烟。

四

还是阳澄湖，还是朋友圈，还是昆山路，还是相见欢。

在文言文不一般，心意悠然对月谈，日落星移又一天。

五

不仅木瓜甜，草莓也不酸。老友说笑地与天，共敲诗一篇。

白石吟，诚斋叹，石湖圈，惜无苏子壁上观。共对南天月一弯。

六

春眠无寐左右翻，晓风弯月到窗边，难得一丝冷，睡意已全删。

欲把江南写成山，红花满地绿满山。江涛阵阵流不尽，诗行柳浪一线牵。

苏浙途中

此生也爱入山游，不在征途在旅途。

百岭千峰都看过，才知万象是真书。

杭州

杭州如梦。后味无穷的是龙井水，前瞻不尽的是凤凰山。而凤凰山东麓的南宋皇城遗址，虽已片瓦无存，却依旧有春有秋。

流年似酒梦杭州，三聚三醺意未休。
后味无穷龙井水，前瞻不尽凤凰楼。
苏堤柳老仍吹絮，灵隐门开便荡舟。
百转车行苏小墓，隔湖坐看宋城秋。

远望杭州飞来峰

远观如鹫又如龙，跃跃欲飞天九重。
我欲随之灵隐去，人生作业未完成。

注：灵隐寺前的飞来峰，因印度僧人慧理认为是天竺灵鹫山之小岭飞来而得名。

灵隐寺佛疑

泥做金身木做桩，佛陀不解问同乡。
天竺果有神灵在，何必焚香拜土方？

赠灵隐寺进香客

婆心苦口劝烧香，求富求官求寿长。
彩币纷纷出素手，青烟滚滚入孔方。
春风得意商家富，秋雨薄情寺院凉。
佛祖慈悲无远近，不收贿赂不窝赃。

钱塘观潮四首

一

人头攒动水天摇，万里疆开线一条。
海啸山呼突拱起，浊流过后是新潮。

二

地覆天翻奈我何？万峰摇荡把魂夺。

前潮涌起如山立，后浪追来似海折。

三

雪炸山崩万马奔，怒龙摆尾扫乾坤。

风云际会千军动，海滚雷惊日月昏。

四

奇景壮观胆气豪，心如海绞涌诗潮。

胸中有水深千尺，助浪推波万丈高。

再观江潮

江心突现一丝白，滚滚潮头动地来。

夺路狂奔如烈马，卷身一撞海天开。

大明山

山如彩塑千秋画，峰似刀削嫩笋尖。

瀑布高悬穿紫雾，索桥飞架入蓝天。

一方湖映三方树，十里洞观百里田。

景换神移脚下路，江南领秀大明山。

注：大明山乃朱元璋屯田藏兵之地，上有千亩田、万米洞。洞系二十世纪五十年代后采矿开凿，现已改作游山通道。

从大明山到天目山

向往此山秋复冬，猛然一见更情钟。

我心无垢澄如水，她意率真纯似风。

幽谷诚心怀旧日，深潭平静映明星。

登峰或可开天目，看破红尘几万重。

庚寅中秋翌日冒雨登天目山

山自高洁水自清，登临不怕雨淋腥。

身微何必遮天伞，雾重则须引路亭。

举目先分南北道，投足且上前后峰。

心明即便无天目，亦可隔云看日升。

冒雨独行天目千年古道

冒雨登高兴更浓，千峰默立我独行。
林间笑傲群英醉，溪畔长吟众水惊。
五里亭前说絮雨，半山桥上等微风。
漫游还是单人好，全意全心入画屏。

天目山涉险

一路独行到顶端，人间万象俱宏观。
虚心竹可高十丈，震耳蝉能唱几天？
阶上苔滑无意踩，路边花俏有心怜。
我今涉险登绝境，来解佛家面壁禅。

减字木兰花·登天目山

一山二目，仰望高天无尽处。巨树凌云，神道蜿蜒千万寻。

我来叩问，仙界果真无爱恨？举步登攀，爱恨全都带上天。

谒钱王陵

千年史唱尽吴钩，一剑霜寒十四州。
江浙至今思具美，钱塘潮涌到今秋。
注：具美，吴越王钱镠的字。

过富春江严子陵钓台

隐者避官如避仇，藏身山野傍渔舟。
朝廷也有钓台筑，只是严陵不上钩。

千岛湖

岿然一坝捧千桃，浅绿深红映碧涛。

水涨船高山变岛，人生际遇亦如潮。

禹庙

《史记·夏本纪》有"或言禹会诸侯江南，计功而崩，因葬焉，命曰会稽"的记载。在今绍兴会稽山建有禹陵和禹庙。

治水赢得盖世功，庙堂高筑稽山中。

禹王若问江河事，五谷香飘四季风。

兰亭

兰亭乃越王种兰之所，后因王羲之在此手书《兰亭集序》而传名。

九曲流觞入墨池，鹅鸣新韵胜当时。

兰亭醉我唯一序，我醉兰亭万树诗。

沈园

钗词读罢断人肠，错莫还须放眼量。

今日沈园烟柳绿，自由风过旧宫墙。

注：宋陆游当年曾在沈园墙上手书《钗头凤》词。

鲁迅故居

在鲁迅故居里盘桓，心头涌出深深的遗憾。

先生运笔好传神！直刺天昏与地阴。

地覆天翻人也去，何时回赏故园春？

三味书屋

鲁迅先生幼读之三味书屋很小，且是偏房。

区区斗室胜林园，巨树参天荫万年。

三味书屋品三味，从来勤奋苦当甜。

乘乌篷船

在三味书屋前的老街水巷里，乘坐类似当年鲁迅乘坐过的乌篷船，感慨万千。

老街水巷荡乌篷，恍若时光隧道行。

闰土阿Q孔乙己，一一叩问故乡情。

题赠咸亨酒店

在绍兴咸亨酒店仍悬挂着"孔乙己欠十九钱"的账牌。

老酒何须饮再三，一勺足以醉三天。

不知赊账人何在，可否代还十九钱？

自律词·神游温州江心屿

屹立江心屿，独领盛世风。听狮岩唱、象岩咏，谢公亭！双塔昂扬迎旭日，一祠肃穆忆文公。喜登浩然楼，看霞映温州红。

将绿岛游遍，名胜览尽，诗心扣清。谒英雄纪念馆，读巍峨双连碑，想今日新长征。是谁说，罗浮不来雪，春水更鲜澄？

注：温州江心屿上建有纪念南朝诗人谢灵运的"谢公亭"、纪念大唐诗人孟浩然的"浩然楼"、纪念南宋丞相文天祥的"宋文信国公祠"和纪念红十三军英雄及一代名将粟裕等的"温州革命纪念馆"，还有以文天祥诗意命名的"来雪亭"，以谢灵运"云日相辉映，空水共澄鲜"诗意命名的"澄鲜阁"等名胜古迹以及靠近江心屿的狮岩、象岩，都令人心驰神往。

普陀山禅意

东南最爱普陀孤，海聚云集有亦无。

百步滩头观彼岸，千寻佛顶觅归途。

观音不肯留洋去，游客偏来住土屋。

若为祈福行万里，不如闭户看闲书。

注：普陀山有百步沙、佛顶（峰）和不肯去观音
院等景观名胜。

浪淘沙·千峡湖水库鸟瞰

放眼万千山！高路盘旋，风翻云卷绿如蓝。一坝
抚平千顷浪，似镜如天。

也就六七年，克险攻难，截流再造亚龙湾。俯看
新湖真的是：丽水青田！

注：千峡湖水库大坝就建在丽水市青田县。丽水
市原来并无一条江或河叫丽水，青田县多山原来也没
有一片平整像样的大块"青田"。水库修成后，能够
产生巨大经济效益的"丽水青田"就一并呈现在世人
面前，像是这里先人的预言得以神奇地应验！

浪淘沙·有感于千峡湖移民多有
成为水库管理者和从业人

湖揽一千峡，船过如滑，波纹摇荡镜中花。库区
移民何处去？天上人家！

不再捕鱼虾，不再桑麻，虽成白领亦无华。荒岭
成为益生地，丽水飞霞。

船行千峡湖

柳岸荷堤看到今，万山映水也怡心。
千峡自有千峡美，不与西湖比绿阴。

参观遂昌唐代金矿遗窟神驰

穿越时空到大唐，开山采矿汗流黄。
李白也许曾经过，才有千金散尽狂。

注：诗仙李白的族叔李阳冰曾在金矿附近的仙都
任过县令，故李白也许来过这里或梦游过这里，才有

了"千金散尽还复来"的豪迈与放浪。这当然是戏说。

赠明代大剧作家汤显祖

莫问人排第几名，世间绝唱牡丹亭。
悲声若与沙翁比，更加凄婉更煽情。

赞明代平昌县令汤显祖

死后谁说万事空？如今万口赞汤公。
为民敢冒杀头险，更把乌纱一怒扔！

注：汤显祖见本县所辖金矿已太过危险，便上书力谏停止开采。上不许。汤弃冠去后仅一两年，金矿便出现大塌方，压死百余矿工。所以，今天的金矿人才尊称汤显祖是他们的第一任好矿长。

与丽水诸诗友登遂昌汤显祖启明楼

当年一杵启明钟，传至今天仍有声。
勤政爱民民亦爱，登楼能不赞汤公！

注：明代大戏剧家汤显祖在平昌（今遂昌）当县令时，曾在县城中心的小山上建一启明钟楼，以便击钟报晓，催人早起劳作，以勤持家。

登遂昌启明楼后作

俯看直观耀眼明，星城棋布万山中。
清风爽爽传新韵，碧水幽幽映远朋。
细品杯杯茶胜酒，长吟首首曲如羹。
牡丹唱罢芳林醉，杜丽汤公带泪听。

注：杜丽，即汤显祖《牡丹亭》中的悲剧人物杜丽娘。

仰观仙都鼎湖峰与黄帝祠

云拥霞举五千秋，一指擎天看似孤。
帝宇连山成并列，不然怎敢叫仙都？
注：我国陕西建有黄帝陵，浙江丽水建有黄帝
祠。北陵南祠古已有之，并非今人虚构。难怪与祠并
连的山取名"步虚山"，特言此祠此山真实不虚也！

题青田印石

埋没从来未自轻，出山便使九州惊。
格高岂入俗人手，只刻英名不刻庸！

得龙泉宝剑后喜赋

霜刃曾赢百代名，而今转业伴书生。
倚墙一挂添豪气，身正能防左右倾。

龙泉青瓷吟

最是青瓷举世奇，晶莹剔透万人迷。
香茗一品连天碧，映性明心玉不及。

梦回丽水

或疑昆曲仙人教，牡丹一唱六神飘。
青田石美汤公印，瓷苑茶香杜丽烧。
高铁声开百岭雾，长堤力举千峡潮。
京城至此无多路，仅只区区一梦遥。
注：牡丹，指汤显祖之《牡丹亭》。

三访丽水二首

一

丽水缘何访再三？皆因其景耐观瞻！
仙都身入如仙境，龙寺神游似龙蟠。
千峡放浪千峡醉，万象抒怀万象欢。

更有石门迎远客，登临一步一重天。

二

去岁曾经借梦还，心随高铁越高山。

壮观古堰分银浪，遥感廊桥锁玉烟。

大木茶田说往事，云和梯地映今天。

动车真的来圆梦，绿水青山列两边。

注："龙寺"指龙泉寺，"千峡"指千峡湖，"万象"指万象山，"廊桥"指九龙湿地之廊桥。

仙都二问

一

上古众神来此聚，赐名所以叫仙都。

众神聚此缘何事，可是座谈黄帝书？

二

当年黄帝登仙去，此地空留一险峰。

拔地凌云千万载，至今仍在顶层中？

注："黄帝书"指《黄帝内经》，"险峰"指仙都鼎湖峰。

上丽水九龙湿地廊桥有感

远看重楼水上漂，近观万绿拱一桥。

上桥俯视云扑面，心在云中摇啊摇。

通济堰观感二首

一

中华难怪叫神州，一堰即除百代忧。

不必说长和道短，都江通济各千秋。

二

瓯江古堰会分流，流入农田解万愁。

生态建构都似此，家国一日一层楼。

从通济堰回莲城途中作

百里瓯江涨晚潮，千山影荡万峰摇。
一条新路通岭上，三五楼宇映春桃。

驱车上云和梯田二首

一

携风带雨到云和，满目青山似玉琢。
破雾驱车盘翠岭，年轮数到一千多！

二

梯田人造一千年，夸父精神代代传。
织女牛郎来问路，穷乡已变游乐园。

从莲城到龙泉

车行丽水绝尘烟，一路洞穿多少山？
多少山披云与雾，让人疑似上青天。

文房五宝龙泉剑

笔墨纸张和砚台，难得四宝镇书斋。
再加一宝龙泉剑，今日文人也壮哉！

再咏青瓷

真是精灵真是神，如冰似玉胜金银。
已得美誉惊天下，更以瓷名系国魂。

也在石门观瀑

真似银河落九天！飞流直下入深潭。
惊魂动魄只一泻，便与诗人结百年。

石门三问

人间真的有桃源？涉水穿林来问禅。
灵运诗接千载后？刘基神算到今年？

与欧洲华侨诗友同游千峡湖

刘基到此也流连，故里青田变水田！
诗友湖边传喜讯：家乡从此上飞船。

在习近平同志八次调研的丽水行吟

好溪看罢看孤峰，真像穿行水墨中。
黄帝祠前寻圣迹，石门洞里访仙踪。
说新喜遇画乡雨，忆旧恭迎古堰风。
书记调研曾数度，回回会见万山青。

自律词·登机回望丽水

瓯江之头，浙江之巅，温州义乌难比肩。为何名
落孙山后？至宝虽万千，路险难出山！

如今高铁一线穿，青瓷、宝剑各争先，香菇灵芝
也将秀出金银川。丽水出彩已惊天。

黄山

黄山胜境冠人寰，未见绝佳赋半篇。
飞瀑轰鸣惊碧浪，流云浩荡入银川。
奇松翠柏神工画，峻岭青峰鬼斧旋。
梦笔生花寻对句，竟无一句配黄山！

黄山云海

四海难得有此观，大潮澎湃没千山。
不知心伴流云走，还是流云伴我还。

过九华山

三过寺门都未参，也学李杜作高瞻。
远观九子芙蓉状，遥想众峰天柱般。
雾绕云遮甘露绿，松拥竹抱化城玄。
记得北宋荆公句，灵秀雄奇此山兼。

注：九华山原名"九子山"，后因李白"昔日九江上，遥望九华峰。天河挂绿水，绣出九芙蓉。"而更名为"九华山"。"甘露"即甘露寺；"化城"，即化城寺。

天柱山

爱在书中作远观，神游或可抵登攀。
奇峰七二插云表，峻岭十八睡日边。
料想雄奇如泰岱，权衡壮美胜兴安。
若无拔地凌空势，怎敢妄称天柱山？

重游榕城感赋

旗鼓二山南北分，榕城求正到如今。
三坊又起楼八面，七巷遗存梦百人。
商厦林林沿路立，公园总总画中寻。
世间转瞬山河变，店铺民居尽换新。

注：福州（别称榕城）的三坊七巷近一二百年内走出百余位名人。

武夷山

奇峰渺渺水潺潺，亮丽能夺日半边。
玉女亭亭梳秀发，大王愣愣望仙坛。
眼开九曲回肠路，篙点千重荡气天。
南北东西全走遍，独一无二武夷山。

注：玉女，指玉女峰。大王，指大王峰。

龙岩

穿山越岭访龙岩，无限风光印眼帘。
确是一川红土地，更兼百里艳阳天。
千楼并立新城树，万水争流早稻田。
好景入诗真似画，老区秋色胜桃源。

厦门

厦门别称鹭岛，其鼓浪屿曾是郑成功操练水军之地，"集美"则是爱国华侨领袖陈嘉庚筹资办学之所。现在的厦门已是令人心驰神往的花园城市。

探海观潮到厦门，长风鼓浪伴琴音。

日光岩下冰山炸，集美堂前细雨吟。

路树花开香入梦，江楼肩并燕回春。

和弦一曲诗心醉，欢唱权当鹭岛人。

在厦门集美大学湖畔三思

在集美大学瞻仰该校创办者陈嘉庚先生的立像后，与星汉、逸明在校园湖畔小坐。

一

白鹭亭亭立翠微，层楼叠映彩云飞。

诗人湖畔说集美，集美胜于千古碑。

二

人生至此已无亏，何必尽携名利归？

纵使嘉庚千载后，光泽依旧似春晖。

三

莫道终生土一堆，灰飞烟灭可逃谁？

鸿毛泰岱分轻重，人世谁能走两回。

乘厦门海警舰出海有感二首

一

随船出海觅雄浑，巨浪长风系一身。

以住苍茫抛脑后，眼前壮阔入胸襟。

远楼幢幢如积木，近日重重似红唇。

千顷波中观万象，才知一岛一乾坤。

二

岛礁无语立黄昏，警舰冲腾烈马奔。

舷后波翻千顷雪，船头旗挂一天云。
绿风已为胸襟舞，红日才跟海面亲。
华夏图强真似此，排山冲浪到明晨。

题古田会议旧址

十里清风百里云，群山默立祭英魂。
古田又种新竹木，再为后人添绿阴。

游古田县翠屏湖遥望溪山书画院

船到湖心不转头，推波助浪入金秋。
群峰捧红天边日，众鸟飞白月上楼。
门敞应合元晦意，花繁可解子昂愁。
今天我亦得辽阔，八闽风光一望收。

注：元晦，宋朱熹的字。他曾在古田建溪山书院。子昂，指唐陈子昂。他曾哀叹："前不见古人，后不见来者，念天地之悠悠，独怆然而涕下。"

访溪山书画院

群山环抱一庭秋，四面波光照彩楼。
朱子遗言墙上刻，毛公绝句画中留。
观涛不让丹江口，听雨胜如橘子洲。
今晚且随白鹭梦，明晨再作绕湖游。

参观洪坑客家土楼

寻诗觅句到洪坑，丹柿青竹带露迎。
岭下才和山鸟唱，门前又浴土楼风。

冠豸山阴阳二景观感

福建之冠豸山上有一巨石独立似男阳，水边有一岩洞似女阴。观者不以其俗，智者不以其异，一阴一阳乃生命之源，乃人类社会，故吟咏之。

千里来寻不老峰，奇山异水现神工。
一从盘古开天地，便把情缘贯始终。

逛福州东方古玩城竟生杞人之忧

石龙石虎复石仙，满目琳琅不忍观。
只恐好山都作古，雕成珍品手中玩。

听说福建寿山已作封山保护，喜作

欣闻福寿已封山，忙替儿孙谢老天。
真岭真峰留几座，物华未可都换钱！
注：寿山以出产寿山石而举世闻名。

南昌

共产当年举义旗，南昌刹那放光辉。
赣水长天同日绿，落霞孤鹜应时飞。
王勃一序今犹在，老蒋千军已化灰。
文可强国武可卫，营房晨号电声吹。

注："王勃一序"指《滕王阁庐序》，内有"落
霞与孤鹜齐飞，秋水共长天一色"句。

九江

九江有匡庐、鄱阳湖山水之胜，有甘棠、白水等
四湖之美，有吴城候鸟保护区鸟阵之壮观，有历代武
英文豪之高风，有用人墙勇堵决口之大无畏精神，九
江何愁不鹏举高飞！

破雾登庐望九江，鄱阳云涌更苍茫。
吴城鸟阵连星海，居易诗魂入甘棠。
一曲琵琶千载怨，满城翡翠万家香。
周郎点将谁曾见？堵浪军民筑铁墙。

庐山

秀甲东南五老玄，前朝诗赋越三千。

雄词丽句搜将尽，飞瀑流云写不全。

三笑趣闻说虎吼，一片久映证情缘。

当年泪洒庐山恋，恋到天荒泪始干？

　　注：五老，指五老峰。三笑，指"虎溪三笑"。
片：指影片《庐山恋》。据说《庐山恋》在庐山播放
至今，似无尽时。

庐山如琴湖抒怀

湖如明镜照庐台，多少风云镜底埋？

元帅将军甩臂走，主席总理并肩来。

平水无言成宝鉴，直松有志做良材。

俯身一捧忧民泪，来世还当彭德怀！

远观庐山汉阳峰

为民请命古今同，海瑞包公大帅彭。

处事做人无外欲，刚直胜似汉阳峰。

也题西林壁二首

一

宝刹名楼嵌玉林，灯红柳绿绕如琴。

匡庐早已沧桑变，不入其中怎鉴真？

　　注：如琴，指庐山如琴湖。

二

姹紫嫣红复杏黄，四时变化转阴阳。

谁人真解庐山意，敢与秋峰论短长？

登庐山望大江

匡庐有幸立江边，忍看惊涛没万帆。

潮涌若非亲眼见，怎知水阔浪如山？

与井冈山合影

千言难绘此山雄，云海茫茫裹万松。
踏浪澄心寻故地，倚天合影与群峰。

自律词·齐鲁青未了

泰山、崂山、梁山，山山鼎盛；趵突、漱玉、珍珠，泉泉超凡。更有一孔带千贤，齐鲁才俊频谈！篇篇辛弃疾，句句李易安。

青岛、威海、济南，海尔远近传。五谷丰登粮仓满，沂蒙小调唱不完。老歌翻新震撼，直掀东海滔天浪，直入黄河白云间。

济南

济南雅称"泉城"，有趵突、漱玉等七十二名泉，有远近闻名的千佛山、大明湖，更有辛弃疾、李清照等人杰出此。

千佛山下觅名泉，漱玉趵突涌绿潭。
细雨长吟清照句，明湖永荡弃疾船。
一城春色三分柳，满目楼台四面园。
商厦今连高架路，飞歌一曲绕城弹。

自律词·登岳

真的一览众山小！江河如丝峰如草。凌云一立比天高，俯首侧目观飞鸟。难怪秦皇汉武都拜服，求了国安求不老，转眼共和了。

看西风万里碰壁回，五湖四海清如扫。雨雪莫急雷莫吵，谁能推得泰山倒？朝迎红日暮迎星，登岳总比望岳好，绝顶登趁早。

过泰山南天门

一步登天太简单，俯身回望路三千。

若无步步层层上，哪有层层步步天？

登泰山孔子登临处

读史千篇慕涅槃，又从孔圣问超凡。
骋怀俯视千山小，始悟心高便是天。

泰山登顶

冒暑来参五岳尊，也从诗圣叩天门。
登峰顿解骄阳困，入殿难除玉帝昏。
才在松间寻往日，又临岱顶望明晨。
果然一览千山小，气贯东西万里云。

泰山极顶

泰山登顶我为峰？揽月拨云问众生。
不是重岩叠脚下，苍松怎可傲长空。

清平乐·登泰山望远

秦皇汉武，昔日登临处。地阔天高松簇簇，盛世拉开序幕。

丰田大路高楼，欢歌笑语悠悠。谁道之乎者也？神州亿万孔丘。

曲阜

曲阜乃圣城。孔子故居就在曲阜的阙里，杏坛则是其收徒授业处，这里还建有孔庙、孔府、孔林等。诗用"由求"、"姑苏"二邻韵混押。

古城小驻望春秋，孔子门前买旧书。
一部子云传圣意，满街绿韵咏新楼。
杏坛云起施春雨，阙里风吹渡海舟。
入室登堂无二法，百家经典用心读。

烟台

　　烟台素以蓬莱阁、"八仙过海"和海市蜃楼著称，以环境清新优雅和葡萄美酒传名。

　　昔从海市认蓬莱，玉殿金城俱入怀。
　　过海八仙携浪去，巡天百艇带风来。
　　桂冠已获人居奖，美酒早得国际牌。
　　雾散云消宜远望，水天一色是烟台。

崂山

　　沾尽崂山道士光，穿墙妙术让人慌。
　　我来登顶寻仙迹，树送花迎只有香。

自律词·中原

　　当年问鼎逐鹿，烽火连天中原。多少男儿性命，都付与恶水穷山。可怜千秋热血，染红顶顶皇冠。仰天问、谁愿马革裹尸还？

　　朝廷倒、壁垒平、鸿沟填！春风一绿似江南。嵩山夏月，武当秋雨，北岳冬岚，中原乘上顺风船。无须问、谁还抛家弃良田。

浪淘沙令·夜过嵩山

　　嵩岭月半弯，银汉高悬。达摩面壁问当年：谁叫群僧修此道，盖世神拳？

　　乱世命难全，佛也难安，从无禅定大罗天。哪像今天高速路，一马平川。

嵩山

　　东西横贯卧中原，形似盘龙睡万年。
　　突起千峰秦岭梦，风行天下少林拳。
　　今人已解开关意，后辈还参面壁禅？
　　中岳隆隆欲何往，鹏飞一举过江南。

东风第一枝·习词《念奴娇·追思焦裕禄》读后

斗转星移，云消雾散，京华又一春晓。霞墙柳浪车潮，风吹碧波浩淼。红旗猎猎，迎旭日，民心晴好。交口争说念奴娇，百字令人倾倒。

赞裕禄，心连兰考。魂仍在，精神不老。为民甘做公仆，为国甘当地脚。英雄本色，五十载，育人多少？会澄碧，共献涓滴，共向明天迅跑。

注：百字，《念奴娇》词又名《百字令》。

赴兰考采风途中，路径开封

开封乃七朝古都，以"铁面包龙图"和《清明上河图》闻名于世。

古都四月春意足，又见清明盛世图。
小店已由广厦换，木桥改用板钢铺。
宋城水寨包公案，繁塔龙亭阮籍庐。
文脉源源今胜昔，拜读最爱眼前书。

夜宿开封

一路说廉与复兴，入城备感惠风清。
开封一夜包公梦，不晓铡贪到几更。

在开封包公祠虎头铡前沉思

包公祠里想强华，干部贪廉减与加。
书记都学焦裕禄，正风不用虎头铡。

注：包公祠内展放着仿北宋开封府的龙头铡、虎头铡和狗头铡三种刑具，其中的虎头铡则是专铡贪官污吏的。

兰考采风纪行十五首

车进兰考

朝辞细柳上河园，午进桐香兰考田。

一望无际沙丘影，麦浪波翻车似船。

兰考县城春望

当年兰考有多穷？只有沙丘与幼桐。
今日我来亲眼看，县城竟似小开封。

遥望焦裕禄烈士墓

穷乡回望雾蒙蒙，书记寻查万里行。
三害未绝身竟死，沙丘埋骨誓终生。

谒焦裕禄烈士墓

生死沙丘生死盟，一腔热血付苍生。
今天更忆焦书记，不在荒滩在墓陵。

仰视焦裕禄当年手植泡桐

油路笔直宜速行，驻足久久望焦桐。
当年肆虐沙丘上，一树赢来万树荣。

“焦桐”风雅颂

诗人莫做玉花瓶，摆在案头当附庸。
风雅源于真善美，故来兰考访焦桐。

“焦琴”

参观兰考制琴厂，才知用泡桐制作的古琴、古筝音色纯美、供不应求。如将泡桐统统易名为“焦桐”，则所制之琴即可名之为“焦琴”。

不改品行只改名，焦琴也可鼓今声。
铿锵一曲公仆颂，涤荡神州万里风。

兰考印象

地盼富饶天盼晴，青天百代难一逢。
如今地壮天无垢，兰考年年绿映红。

在兰考东坝头黄河岸边肃立

河黄地绿天响晴，百里泡桐喜送迎。

欲赞千言唯肃立，诗人以泪祭英雄。

注：泡桐的"泡"字应读平声（pāo）。

在兰考毛泽东"要把黄河的事情办好"碑亭前，
忆毛词《沁园春》，咏习词《念奴娇》

不必低吟不必箫，豪情满腹咏今朝。
一词咏罢山河动，更有大旗天上飘。

在东坝头"和谐号"上吟诵习词

大河东去有何愁？兰考坝头吟念奴。
无限追思新韵里，英雄不朽总风流。

甲午清明为焦裕禄烈士扫墓有感

英雄不朽总风流，裕禄繁森与善洲。
倘若公仆都似此，复兴一日一层楼。

在兰考展望中华诗词界

诗界春来万物生，有花有草有东风。
东风更借念奴力，直上层楼最上层。

旧体诗词的新生面

也跟雷电也跟风，怀抱坚贞唱复兴。
为现中华千载梦，旧诗也可立新功。

从兰考采风归来

采风兰考势难收，创作从来靠自由。
纵笔一诗一境界，一吟一唱一神州。

题南阳武侯祠兼论新建景观

世间多少武侯居？诸葛归来眼也迷。
不认家门高紫禁，难识屋顶挂虹霓。
茅庐改建辉煌甚，洋草移植翠绿极。
慨叹当年丞相府，至多不过比基尼！

游云台山四首

云台山乃中原深藏之奇山也！向以飞瀑鸣泉甲冠天下，曾是汉张良（字子房）隐居处，也是唐大诗人王维"独在异乡为异客，每逢佳节倍思亲"处。

一

为上云台骋壮怀，穿山跨涧带风来。
子房湖种群峰翠，天瀑高悬动地白。

二

入谷休吟蜀道难，云台陡峭绝人寰。
举头唯见苍天小，退步惊呼水壮观。

三

雄如北岳秀如衡，为采茱萸上险峰。
异客王维今不在，云台何处觅诗宗？

四

云台不与众山争，一世飘然老子风。
头上无冠才烂漫，胸中有水自葱茏。

三门峡水库戏书二首

一

黄水澄清映昊天，荒滩如愿变良田。
禹王应悔当年误，只讲疏通不讲拦。

二

黄水澄清没几年，深深库底变高原。
禹王应悔当年误，未把疏通术下传。

小浪底水利枢纽四首

一

万里黄河又一观，拦洪坝耸势如山。
雪崩冰炸怒雷滚，浪底排沙震九天。

二

黄泛一词传百年，如今改写治黄篇。

一从浪底冲沙去，尽洗黄河百代冤。

三

冲沙冲浪似冲山，誓将黄河变绿川？

世上冲污亦如此，不到至清心不甘。

四

历来都咒黄河浑，浑水到头沙变金。

河口淤出地万顷，年年岁岁吐清芬。

注：据说黄河所带泥沙每年可在入海口淤地二公里。现在的河口湿地已成生态福地。

壮观邙山历代先贤石雕艺术园有悟

老话说：生在苏杭，葬在北邙。

生于苏浙已无缘，葬在邙山是戏言。

广场早成祭祖地，艺园已建仰贤坛。

炎黄威武承盘古，孔孟谦恭敬老聃。

大禹治河千古后，我来只为学前贤。

与逸明同登邙山北望

举足快步上高台，俯看黄河万里来。

激浪似从心底过，惊雷犹在耳边埋。

太白至此悲白发，苏子登临聘壮怀。

我等虽然出道晚，也能一唱把山排！

戊戌春冒雨访杜甫故里感怀四首

柴扉与朱门

杜甫《羌村》诗中有"歌罢仰天叹，四座泪纵横"句，《自京赴奉先县咏怀五百字》中有"朱门酒肉臭，路有冻死骨"句；对比今日之巩义市，不胜感慨：

当年挥泪写羌村，路骨诗人共断魂。

今日我来朝圣地，柴扉都已变朱门！

茅屋与广厦

杜甫的《茅屋为秋风所破歌》写道："安得广厦千万间；大庇天下寒士尽欢颜"，今日该理想得以实现。

茅屋虽破可遮身，广厦安得空自吟。

巩义新生楼百座，哪家还有苦寒人？

兵车与乐舞

杜甫《兵车行》中记有"牵衣顿足拦道哭，哭声直上干云霄"之惨状，现在则是另一番景象：

昔时泪诵兵车行，今看车行似玉龙。

马放弓藏天地换，公园日日舞升平。

诗圣与笔架山

诗圣杜甫就出生在巩义的笔架山下。

我问河南巩义天，才华风水可相关。

一支泣鬼惊神笔，的确出生笔架山。

诗圣

诗圣之名非浪得，三别三吏励山河。

登高不忘民疾苦，落难还求国复活。

下笔惊神天愤怒，归心似箭路曲折。

今人不忍高声唱，最是茅屋所破歌。

在荥阳诗豪刘禹锡墓前叹古说今

愿与诗豪把酒吟，冰心两片共温存。

白公盛赞皆诚语，刘子抒怀尽壮魂。

叹古难得忘情水，说今已是烂柯人。

千年过后谁曾想，古墓前头万木春。

在情圣李商隐墓前翻身道情

情圣墓前来道情，情真意切反难成。
放翁唐婉说长恨，玄宗环儿恨半生。
不求彩凤双飞翼，但愿灵犀一点通。
展望今天千万里，恋人何处不春风！

谒郏县谋圣张良故里改旧作颂留侯

刺秦未成暂避风，斩首改弦用战争。
帷幄运筹平项羽，鸿门设计救沛公。
功成本可权位重，身退皆因心镜明。
四海云游得自在，不留头颅给朝廷。

戊戌春谒三苏墓园

携风带雨谒苏园，园景洋洋可大观。
松柏参天新业态，碑林立地旧诗坛。
更加艺苑夸灵气，亦有展厅说不凡。
花木莫非也解意，牡丹变色祭坡仙。

　　注：据说在三苏墓园内种各色牡丹，三年后不论何色都变成白色。

苏园咏苏八首

一

耿直岂可入朝廷？流放虽难助大成。
名利无贪官病去，携山带水做诗雄。

二

与其官运总亨通，莫若为民当义工。
赤壁苏堤今尚在，无为将相已空空。

三

乐天知命便无愁，冤狱得脱唱自由。
赤壁一词为怀古，大江浩浩不空流。

四

贬官即使到天涯，竹杖芒鞋也可夸。
试看五洋千里浪，哪重没有大江花？

五

临终不是不思乡，葬在嵩阳为那桩？
站定中州说自信，吾生无恶利八方！

六

古往今来多少王，一陵数柏已堂皇。
苏坟守护千株树，那是民心筑的墙。

七

诗词文赋已空前，艺苑碑林万古传。
所幸江流截不断，毛公挥笔绘新天。

八

李杜苏辛代代传，诗词失意近百年。
今天我等来朝圣，继往更开新纪元。

武汉

昔日九省通衢的武汉三镇，今又获"东风汽车城"和"中国光谷"等雅号。

三镇一游眼欲花，林林总总数奇葩。
一江倩影迎晨练，百厦窗明印晚霞。
黄鹤飞天入雅韵，龟山排浪送芳华。
东风浩荡出光谷，直入千城亿万家。

神农登顶

万里江天唤我来，远游不计发丝白。
赏心最是登绝顶，无尽青山入壮怀。

赤壁颂东坡

惊涛依旧涌神州，赤壁无须赋再游。
一曲大江东去后，千秋碧水为公流。

荆州怀古

一部三国史，曹操与孙刘。
名随江水涌，身在墓中休。
功过后人定，名节难自求。
歌德可百代，错骂更千秋。

鄂西春行

鄂西空气好，千里送清芬。
楼挂珠帘雨，风横翠岭云。
春江流雅韵，古曲和今音。
转眼龙船调，山歌日日新。

恩施采风诗草十首

　　恩施土家族苗族自治州远在鄂西南的大山深处，有堪称世界之最的峡谷、暗河、地缝、溶洞，以及高耸入云形如"一炷香"的危岩石柱和骇世惊俗伟岸挺拔的"日天笋"独峰，更有驰名中外的伍家台贡茶和动人心魄的万人摆手舞等，让人目不暇接，因以绝句十首记之。

大峡谷印象

车行百里停复停，峭壁奇峰列队迎。
举目长天抛阵雨，春山隐隐又清清。

日天笋畅想

骇世何来一指禅？倚天并立两超然。
万劫不灭风云度，再度风云亿万年！

一炷香叹险

冲霄一柱起苍黄，绝壁谁插百丈香？
盘古开天无二意，却留万险让人扛！

千丈瀑雨后

雾绕云遮一瀑悬，银河倒挂水三千。
飞流不似风吹练，却像雪峰崩九天。

腾龙洞车行

蜿蜒百里话腾龙，竟是清江水刻成。
我若驱车穿洞过，鸣笛定叫万山迎。

落水洞奇观

清江一泻万峰惊，电吼雷鸣怒若龙。
夺路狂奔出险洞，摇身变作映天虹。

四洞峡口占

最是奇绝四洞峡，上观瀑布下观花。
飞泉奏响迎宾曲，乐手堪夸谷底蛙。

梭布亚石林神游

眼前胜景谁编著？湖北云南两地书。
同是石林形迥异，上天造物不凭图。

景阳关仰止

若论危乎与高哉，剑门无语景阳开。
雄居万仞绝岩上，虎豹魂飞鸟看呆。

伍家台贡茶饮后

夜宿茶乡伴雨眠，雄鸡唱醒梦犹甜。
一杯泡绿清江水，饮后飘飘不欲仙。

大冶铜绿山四首

二〇一一年八月，以产铜闻名于世的大冶约作铜绿山诗，草成四首以应命。

一

亦古亦今铜绿山，巨石耸峙向青天。
禹王九鼎秦王剑，全数出生在此间？

二

铜绿远非一座山，分身处处可观瞻。
铜钟铜鼎和铜镜，还有铜铸亿万钱。

三

山系长江万里澜，心连四海自非凡。
好铜用在关节处，大冶走活棋一盘。

四

铜山无憾亦无烦，光照世间年复年。
大冶如今仍大也，皇皇巨献胜从前。

与友人驱车壮游九宫山

九宫真我爱，急上势如飞。
山雾随车舞，天风伴雨吹。
险峰阴有影，落日静无辉。
诗者多贪念，猎奇到天黑。

九宫山雨后

九宫秋雨后，万木汗淋漓。
云打身边起，鸟在足下啼。
山泉流百道，涧水涌千骑。
喜泪随心洒，得诗一手机！

谒九宫山闯王陵有感

闯王来了不交粮，一语呼出万木狂。
顿作摧枯拉朽势，终成换代改朝王。
暴发所以根基浅，速败皆因傲气长。
故我谒陵疑自问，英雄到死也迷茫？

观闯王殉难碑感赋

孤坊隐隐暮云垂，独望青山血字碑。
毁誉诗书千百卷，假真坟地两三堆。
明陵日日仍人涌，雾岭年年只雀飞。
自古英雄多末路，揭竿而起几人回？

长沙

秋来二度访长沙，霜染层林艳似霞。
橘子洲头春有信，湘江岸上路无涯。
星城溢彩山前坐，岳麓芳菲鬓上插。
浪遏飞舟昨日事，万船共进是中华。

湘江夜色

最是可人橘子洲，金风滑过一江秋。
路灯摇曳千峰暗，湘水无声月下流。

洞庭秋韵

吞吐长江富两湖，烟波浩渺送归舟。
君山一点开心碧，绿透洞庭万古秋。

到洞庭

人生快意踏歌行，把酒长江万里风。
不赶流云青海上，来迎豪雨洞庭中。

岳阳楼口占

一登天下楼，千古话优游。
近涉洞庭水，远观岳麓秋。
和风吹后乐，细浪洗先忧。
万顷波光里，我心荡似舟。

菩萨蛮·岳阳楼远望

纵观天下无忧水，欢颜最数洞庭美。浪捧一君山，波浇千里川。

渔歌飘远近，月影摇金币。后乐正当时，喜吟工部诗。

又到洞庭四首

数年前曾作过一首快意人生的《到洞庭》。今天，二〇一二年十二月十七日果然迎来岳阳"诗词中国"大奖赛活动的"熹风壮雨"，感慨系之，赋诗四首以贺。

岳阳夜游

湖光荡漾万行金，闪闪霓虹游子吟。
眼里洞庭心里画，岳阳处处系诗魂。

谒君山吊湘君

湘君已做梦中神，姐妹斑竹密不分。
若是当年妃子泪，如何映到万城新？

洞庭寻诗

渔歌唱晚了无痕，波撼岳阳楼换新。
踏遍洞庭八百里，来寻绝句四行真。

君山湘妃墓前望洞庭

君山一见足风流，只有斑竹点点愁。
湖面水缩连日小，如何波撼岳阳楼？

冬日重登岳阳楼

车也新新路也新，最新当属望湖人。
岸边赏柳仍秋色，楼上观风近立春。
杜甫向来惆怅地，范公从未喜临门。
古贤都道洞庭美，独我今天美万分。

武陵源

五岳三山聚会难，纵观何不到陵源。
神龟麾下溪八百，天子身边岭四千。
惊险奇绝游索峪，辉煌雄伟望金鞭。
奇松不减黄山色，更取峨眉秀可餐。

注：武陵源，由张家界、索溪峪、天子山三大景区组成。神龟，指神龟岩。天子，指天子山。金鞭，指金鞭岩。

衡山

衡山百代名，浮在彩云中。
万朵莲花放，千群烈马腾。
紫峰无限意，青鸟一生情。
谁令湘妃泪，仍垂竹万重？

点绛唇·游衡山

说是名山，千竹万树穿云线。石级无算，登顶层层汗。

真是名山！雾锁神仙殿。很灵验？舜长禹短，只有飞泉溅。

衡山祝融峰

为寻绝胜向南行，看罢三山看岳衡。
双手撩开云世界，雄奇又见祝融峰。

广州

花城广州是中国改革开放的先锋，其越秀、白云二山，一直屹立在中国改革开放的最前沿。

谁让群楼领大江？浪推潮涌壮东方。
花开沿海三千镇，路带商圈五百强。
越秀催春春烂漫，白云送夏夏辉煌。

先贤若是来巡视，准把花乡当梦乡。

珠江

冲天一举乘国航，来访南天第二江。
夜梦滔滔逐浪走，朝思缕缕绕茶香。
山清越秀今增秀，水锈珠黄又减黄。
广澳港深成矩阵，风流且唱世无双。

西江月·珠江夜游

火树银花岸上，流光溢彩珠江。暖风吹起浪花香，一路琼楼荡漾。

如逛天街夜市，似游梦里仙乡。满船北调对南腔，争说改革开放。

鼎湖山

万绿千红水一湾，拨云剪雾揽奇观。
人间少见山如鼎，世上难寻顶湖山。
注：广东的鼎湖山原名顶湖山。

深圳

深圳又名鹏城，它从一渔村小镇发展成万人瞩目的楷模城市，似乎只是一夜之间事。

鲲鹏展翅万云横，渔港摇身变圣城。
广厦摩天一夜起，群星落地满街红。
中华锦绣说奇妙，世界之窗解莫名。
深圳疾行香港上，双莲并蒂大江东。

梦里深圳

梦里渔村竟日游，广州上海与京都。
鹏城香港七分像，影入香江两珍珠。

香港

百年忍辱一城孤，昨日回归气已舒。
切莫轻言弹丸地，明珠一闪是宏图。

珠海

半城花树半城楼，似水清风路上流。
都道他方无此景，也来珠海觅新秋。

初访澳门四首

一

登岛才知来岛迟，相逢恨晚庆相识。
欢迎不仅濠江唱，还有长风似杜诗。

二

临门仍恨百年隔，热泪如珠落为何？
今日国强民也富，杜公也会唱新歌。

三

一见相得似故识，新声新语胜唐诗。
不迷旧韵推新韵，古木葱茏花万枝。

四

盛会难得话举国，新风古韵共切磋。
要言百万仍嫌少，研杜千回不觉多。

注：盛会指澳门诗词学会举办的纪念杜甫诞辰一千三百周年理论研讨会。

南宁

南宁贵有凤凰岭、五象岭、罗秀山和市花朱槿、市树扁桃，又有以《大地飞歌》为主题的国际民歌节和以共进双赢为宗旨的"中国—东盟博览会"，其社会进步与经济发展的快车已开入高速路。

凤凰展翅落南宁，朱槿扁桃绿一城。
罗秀山清生万象，邕江水暖育群英。

东盟盛会年年火，大地飞歌曲曲红。
共进康庄高速路，和风当酒送长征。

桂林

独秀真如御苑桃，桂林小巧却新潮。
青罗水带千峰绿，碧玉簪插万鬓娇。
阳朔山随三姐唱，漓江船伴众心摇。
系舟欲作长留客，又恐人多挤下桥。

桂林独秀峰

冒然崛起市中间，万绿千红总占先。
纵使群山都艳羡，一峰独立也孤单。

西江月·桂林山水

绿水青山独秀，轻歌曼舞合欢。桂林又是艳阳
天，旖旎人间仙苑。
　一片榕阴古渡，半边马跃花山。漓江如梦亦如
烟，浅浅清清淡淡。

漓江

我生最爱是青山，万里来寻碧玉簪。
无愧桂林天下甲，奇峰带水入诗篇。

宜州印象六首

桂林至宜州道中
桂林山水已三游，百看千读意未休。
今日远来观并蒂，风光不减是宜州。
注：并蒂，指宜州山水犹如桂林山水并蒂之莲。

宜州印象
携云带雾画中游，秀水奇山看不休。
一曲情歌人俱醉，清风爽雨是宜州。

宜州龙江山影

江映宜州成彩图，远观近看有还无。
山如苏子诗中画，竹似张颠醉后书。

注：御史，指唐大诗人王维，他曾作过监察御史。

访宜州刘三姐故里

冒雨仰观三姐家，奇峰奇水映奇葩。
莫怀仁已随风去，诗界秀才来对花。

宜州山歌

昔日情歌并怒歌，草根爱恨唱成河。
如今住在新楼上，唱罢翻身唱改革。

宜州山歌新唱

人老但求来日多，不靠神丹不靠佛。
活到百年加百岁，欢欣日日唱山歌。

防城上思行八首

防城朗姆酒饮后

明似山泉亮似油，清纯甘冽欲何求？
我今一饮防城酒，忘却人间万古愁。

上思十万大山

动人景色不须多，一点奇绝便可歌。
况有青山十万座，一山一景一巍峨。

十万大山观后

一日拜读十万山，心胸眼界都变宽。
从今不把五台上，怕把文殊比下天！

山行遇雨

千山缥缈万山隔，车似轻舟雨似泼。
顷刻云开天半面，飞泉映日唱新歌。

深山夜宿

夜宿深山梦枕戈，参军剿匪一如昨。
醒来窗外犹白昼，月似宫灯树似佛。

大山晨曲

水唱山听百鸟和，千青万紫舞婆娑。
我今喜做山中客，也唱也听山水歌。

独步深山

鸟隐虫吟雨似烟，新竹老树密遮天。
凉风为我添豪气，徒步独行十万山。

上思睡佛之梦

十万大山一睡佛，仰天独自梦南柯。
上思不是南柯梦，油路琼楼宝马车。

飞抵海南

破雾劈风越海行，南天一线露峥嵘。
山蜷五指穿云翼，水涌万泉织锦屏。
娘子军歌犹在耳，亚龙潮咏换新声。
我来正赶夕阳醉，百镇千峰玛瑙红。

注：五指，指五指山；万泉，指万泉河；亚龙，指亚龙湾。

海口吟

城是千红万绿园，人为快乐岛中仙。
火山喷口成仙境，海瑞廉轩变圣坛。
不染池边说反腐，五源河畔踏金滩。
举杯对月邀苏轼，把酒无须再问天。

注：海口建有火山群世界地质公园。在海口海瑞墓园内则建有"扬廉轩"和"不染池"。海口的五源河口假日海滩则是人们观光、游览、踏沙、戏水的最佳去处。踏金滩，谐音为"踏今贪"，可与"说反

腐"形成谐音对仗。

谒海瑞墓有感

静静墓园白日悬，躬身拜谒几高官？
廉明刚正谁能像，请命为民海青天！

谒五公祠

五公祠内问当年，被贬南荒可自惭？
功过皆随云雾去，声名却与日高悬。

过五指山二首

一

山似中华武士拳，冲云破雾绿还蓝。
今天我带枫香去，五指连心到百年。

二

一曲情歌天下传，唱出我爱几十年。
爱君最是千秋水，白送世间一万泉！
注：五指山系海南母亲河即万泉河之源。

登万宁东山岭

山不在高非妄言，我今登顶赞前贤。
名臣高塑巨岩上，灵寺深藏细水边。
望海可拥涛万顷，寻根须看史千篇。
南洋游子归来后，拜岭如同拜祖先。

临高第一印象

走北闯南多少遭？眼前令我静如雕！
相迎百坊虽无语，立地顶天高复高。

初识临高

识广见多曾自骄，竟然不认此临高。

苏来佐去千秋后，一县诗涛伴海涛。

注：苏指苏轼，佐为王佐。现临高县已被评为"诗词之乡"，其县内学诗写诗已蔚然成风，令人惊叹。

走访苏来村

我来尚未问原因，便有巨榕说古今。
碑刻千年能造假，村名百代不失真。
旧房早作田间土，老井犹存苏子魂。
何必殚精思不朽，永垂就在万民心。

望苏来村头东坡井而神驰物外

古井跟前赞巨榕，遮阴护佑水常清。
明心见性观身影，都在东坡背景中。

仰视王佐功德坊喜后继有人

王佐心诚爱亦诚，诗诗都带恤民情。
斯人虽逝魂犹在，炼句如今味更浓。

在临高角登陆纪念碑前远眺

当年渡海真壮哉，万箭齐发眼看呆。
血染岩红今喜见，千楼百店玉门开。

注：万箭，代指当年渡海作战之一望无际的木船。

在临高角观海

站在临高望海波，浪花与我共切磋。
前潮退去后潮涌，今范先驱都可歌！

望海潮·临高

距三亚远，离儋州近，文澜江畔今朝：文庙尚存，文风日盛，文人纵笔捉刀，平地涌诗涛。看绿潮滚滚，新韵飘飘。座座石坊，豪情激荡在云霄。

东坡最解风骚。到苏来井唱，唱念奴娇？端砚一铭，村头岛外，回声何止千遭！王佐亦潇潇。鸡肋读半部，便已折腰。北往南来过客，能不赞临高？

注：石坊，临高县规划有占地二千九百多亩的文澜文化公园，现公园已建起八十七座石联牌坊。端砚铭，苏轼被贬到海南儋州路过临高某村曾作《端砚铭》，后该村即改名为"苏来村"。现苏来村头还保留着苏轼路过时自饮和饮马的水井一口。鸡肋，指明代海南临高大诗人王佐的《鸡肋集》。

初访儋州

冥思遥想上千秋，苏轼遗诗反复读。
今日寻踪琼岛路，湖光楼影满前途。

探访载酒堂二首

一

冒险来参载酒堂，桥断路狭又何妨。
登门造访书院后，丽日欣然照老墙。

注：因修路，儋州城通往中和镇东坡书院载酒堂的桥半断而不能过汽车，路窄行车恐有侧翻危险。

二

千里来寻黎子家，坡仙笠屐画堪夸。
可惜今我没携酒，问字先生可不答。

注：黎子，指儋州士人黎子云，载酒堂就建在他家的园子里。载酒堂之名取自《汉书·杨雄传》"载酒问字"典故，堂内墙上镶有石刻画《坡仙笠屐图》。

望海潮·儋州夜话

压山缩地，飞天越海，来诣苏轼儋州。书院重修，书声复起，书香更伴春秋。不用看吴钩！浪静风亦静，月上琼楼。话宋说唐，说唐话宋笑诗囚。

无须再问源头。屈陶李杜后，谁领神州？苏陆李辛，沁园一雪，已然誉满全球。后继有洪流！回首多少事，还为诗愁？全心全意创作，不用稻粱谋。

重游天涯海角戏作

趟沙踏浪又岛游，眼底风光何所求？
海角无非两个字，天涯不过一石头！
万千旅友身边挤，无尽欢声耳畔流。
游罢不觉三亚热，空调车里已深秋。

谢天涯海角石

挤在天涯作笑谈，千言万语谢前贤。
若非刻字蛮荒地，海角焉能变乐园？

题南天一柱

仰天我问范知州，刻字为销千古愁？
千古愁销君不见，看石胜过看足球！
注：范知州，指清宣统年间崖州知州范云梯，他曾题"南天一柱"四字镌刻在三亚海边一高约七米的巨石上。

三亚亚龙湾纪游

才从美国夏威夷归来，便到素有"东方夏威夷"之称的三亚及其亚龙湾旅游……
天涯海角觅诗情，大浪拍沙鼓掌声。
潮捧一轮千岁月，星摇万树五更灯。
岛游车载欢歌去，艇跃人朝雪域冲。
昨是夏威夷上客，今为三亚水中疯！

访南田农场二首

一

别号南荒莫笑谈，艰难困厄万千年。

一从农场开新路，苦水变甜成圣泉。

二

停车停步小楼前，来看万花芒果园。

昔日职工今场主，笑说南苦变南甜。

注：南田农场原为全国农垦十大亏损农场之一，职工生活艰难。在改种芒果并包地给职工后，情况大变。现绝大多数果农年收入都在十几万元以上，全场已建5022栋芒果楼，职工当上了家庭"农场主"，过上了有楼有车的甜美生活。

告别三亚鹿回头

海天一色美难收，热浪暖风着意留。

挥手告别心不舍，我回头看鹿回头。

注："我回头看鹿回头"，系改诗友"我回头见你回头"诗句而成。"鹿回头"是三亚一著名景观。

中原南洋小镇风情

藤榕古路雕花窗，水煮咖啡满镇香。

品罢真如临异境，中原一梦到南洋。

博鳌天堂小镇画意

江河湖海并山峦，就地组合棋一盘。

村镇与城同化后，难分市井与桃源。

潭门南海小镇雄姿

千船云聚大旗飘，一镇能敌万里涛。

耕海南沙三百载，铁心卫我岛和礁。

注：据说潭门是我国唯一可以抵达南沙进行渔业

活动的村镇，他们不仅"耕海"，而且宣誓主权，誓死捍卫祖国的万里海疆。

万泉水乡小镇本色

一水万泉流到今，田园新貌令人钦。
琼花玉树柏油路，天雨海风都趁心。

自律词·琼海道路

富有博鳌守海湾，万邦来贺总自谦。村村一等贴心路，户户百米商业圈。不砍树，不拆房，不占田，不改日月不动迁。琼海就地换新天！

娘子军歌唱千番，如今再唱更新鲜。昨日铲除南天霸，今天严把防腐关。已是福海无边阔，全民共享何须贪？城市开放路更宽，前行不必把心担。

参观海南宋氏简陋祖居

问风问雨问行人，宋氏祖居何处寻？
一见老屋疑且讶，女杰竟也出寒门！

注：宋庆龄的父亲宋耀如本姓韩，十四岁时改姓舅父（养父）的姓（宋）。所以说宋氏三姐妹既出自韩门，也出自寒门。

参观宋庆龄事迹陈列馆

救国不顾女儿身，反帝抗倭一巨人。
游者观后多感叹，原来最美是慈心！

与郑邦利、周济夫冬游文昌椰林湾口占

还是亲临眼见真，海南只有夏秋春。
几丝细细椰林雨，带绿牵红到我心。

清平乐·三访天涯海角

天涯何处？望断槟榔树。海角波推花万簇，雪浪巉岩沙路。

前朝多少贬臣，仰天悲愤长吟。眼下风和日丽，游人似织如云。

天净沙·乐在天涯

巨石骇浪金沙，椰汁可乐西瓜，急雨飞花乱洒。风樯阵马，开心人在天涯。

南歌子·携春游三亚

南去天将尽，携春三亚游。闲云碧水共悠悠，潮落潮升隐隐没白鸥。

绿雨亲椰树，和风拥海楼。坡公远去鹿回头，只有词人苦苦咏闲愁。

重庆

最是莫名歌乐山，当年刑讯惨人寰。
如今人唱双江伴，火树银花不夜天。
蜀道北南皆春色，山城上下尽红岩。
重游再谒白公馆，更把悲情作旧谈！

重庆观感

世间最数歌乐山，逼供行刑暗无天。
今日云开夜舞散，红岩映衬一城鲜。

登白帝城望江说古二首

一

白帝早闻名，托孤事已成。
终如眼下水，倒转已无能。

注：三国时刘备曾在白帝城"托孤"于诸葛亮。

二

凡眼看夔门，诗仙去无痕。
长江流百代，笑我白头吟。

六州歌头·三峡

长江万里，何处放豪情？西陵壮，巫峡险，瞿塘惊，夔门雄！骇浪兼天涌，似奔马，如崩雪；卷狂飙，拍绝壁，驾长龙。直下南津，迅猛拴无住，一路雷霆。震巫山欲倒，神女避云中。李杜诸公，踏歌行。

想八千载，炎黄立，尧舜继，禹王承。周文武，秦两汉，唐元明，至晚清。慈禧垂帘后，儿皇帝，梦空空。更相忆，皇叔嘱，诸葛应，白帝托孤往事，全付与、春雨秋风。圆三峡旧梦，环岭筑新城，万顷波平。

满江红·江行

独立长江，迎风站，豪情奔放。看旭日，跃跃欲试，满天红浪。五岭三山陪我走，百城千镇随船唱。到武汉，黄鹤舞白云，心旌荡。

忆以往，心犹烫；思日后，眼更亮。任拦截围堵，狂涛齐上。暗箭明枪何所惧，神舟高铁谁能挡？中国牌，航母迎逆流，军威壮。

成都新貌

只几年未见，飞抵成都，竟茫然不知身在何处。
飞天一梦到成都，故地重游靠地图。
原貌已由新貌换，新城尽现旧城无。
薛涛不认当年井，杜甫怎回昔日屋？
广厦万千居者乐，登楼一望蜀天舒。

四川成都西昌行七首

老同学张润华伴游成都

观绿赏红行复行，成都无愧锦城名。
一街秋色皆川绣，满目楼阁尽画屏。

在成都文殊阁下怀古

李白杜甫已无忧，天府名归冠九州。
大智文殊阁伟岸，东坡沫若各千秋。

成都至西昌道中

山在漫天云雾中，车行一路看新风。
水绿花红村寨外，谁说蜀道仄难平？

西昌

半城楼宇半城湖，人与自然情意投。
边看边夸湿地好，飘飘如在画中游。

邛海

泸山倒映一湖秋，浪静风平几叶舟。
远树近村都是画，倚天长叹美难收。

邛海湿地船歌

情歌一曲画中飘，阿妹和声步步高。
赏乐最宜诗境里，彝家儿女唱今朝。

谒红军强渡大渡河勇士雕像

风尘难掩报国心，勇士目光仍有神。
大渡河边说抢渡，气冲霄汉到如今。

峨眉春晓

阵雨匆匆洗翠微，青裙紫带绿风吹。
一肩秀发随云起，半臂纱巾带露飞。
金顶巍巍成锦帽，松亭烁烁化银徽。
应嗔蜀地多浓雾，难见文君展细眉。

峨眉遇雾

雾里观山处处玄，无言苦笑对巉岩。
心烦幸有群猴抢，始信猿人是祖先。

宜宾

宋代大诗人陆游（放翁）曾赋诗咏宜宾锁江石：
"千寻铁锁还堪恨，空锁长江不锁愁。"

万里长江第一城，香醇美酒宴宾朋。
五粮痛饮披星舞，巴蜀高歌戴月听。
盛世诗浓放翁醉，金沙水暖翠屏清。
宜宾江口今无锁，鼓浪欢迎八面风。

巴蜀行九首

飞越蜀道

直上青天九百寻，千年蜀道杳无痕。
难得一等民航路，驾雾腾云过剑门。

接风

也无细雨也无门，天府待宾如近邻。
人爽一锅麻辣烫，酒醇半口就销魂。

他乡遇故知

丞相祠堂四处寻，条条大路尽通神。
青羊宫里刚刚见，杜甫门前又逢君。

谒武侯祠

当年治蜀苦经营，阿斗难扶事不成。
诸葛大名垂宇宙，谒祠久久叹愚忠。

游黄龙

登临无法数龙鳞，色彩斑斓几万盆？
飞瀑泻银风景异，一池一品碧螺春。
注：黄龙谷里如梦似幻的钙华池"盆景"无计

其数。

凡眼看九寨

山如粉黛水如银，奇妙绝伦何处寻？
寻遍天堂无此景，反疑己是梦中人。

遥望青城山

往日幽名胜岳衡，也来问道最高峰。
我携万丈豪情至，不怕青城不远迎。

青城登顶

未数山深洞几重，万千林木锁云峰。
提心欲上青城顶，又恐惊飞慰鹤亭。

诗友饯行

黄龙九寨青城云，江堰分流入碧茵。
胜水名山都是酒，我心独醉剑南春！

汶川地震感赋八首

巨震袭来

地陷天塌只瞬间，万千楼宇逝如烟。
痛哉心共山河碎，泪涌至今不肯干！

附记：二〇〇八年五月十二日汶川大地震后，夜夜困守电视，时时泪涌如泉，情不自禁吟一绝，尾句"孤平"也在所不惜。

师德如山

数重楼板一肩担，撑起生还一线天。
抗震三军齐落泪，师德壮烈义如山！

附记：在汶川震区的废墟里，不知还埋着多少老师为救学生而献身的义举。

军魂如天

云峰雾壑布深渊，空降谁能跳五千？

为救孤城张巨伞，军魂一展大如天！

附记：十五位事先写下遗书的伞兵，从五千米高空盲降到崇山峻岭中的茂县探险，生死悬于一线。

领导在前

主席总理以身先，就地运筹棋一盘。

心系安危八万里，累极夜伴滚石眠。

附记：汶川抗震，从国家主席、总理到省市县领导，都与灾区人民站在一线。

天使穿梭

奔前跑后似穿梭，急向死神把命夺。

谁道人间无大爱，白衣天使汗成河！

附记：在灾区，医务工作者每天都在与时间赛跑，争分夺秒，救死扶伤。

举国救援

一指痛牵心万弦，举国上下齐救援。

捐钱献物争分秒，不叫一人居露天！

附记：汶川震后不足十日，全国捐赠的善款已逾百亿。

神州共祭

国旗半卷万声鸣，十亿神州共一哭。

天若有情天亦泪，加油热浪满京都！

附记：二〇〇八年五月十九日，在中国，在天安门广场，在天南地北，十亿中国人共为汶川遇难同胞默哀三分钟，所有车船同时鸣笛。

大难兴邦

斗雪刚刚奏凯还，又迎巨震战西川。

任它一夜千山倒，难挡鹏程万里船！

附记：汶川、北川、青川，川川激战，家园虽毁，斗志弥坚。

汶川印象二首

二〇一二年五月五日至十三日，赴四川地震灾区采风，有感于汶川震后四年巨变，各族人民过上比震前更幸福惬意的生活，赋诗二首。

一

半边残破半边新，新旧悲欢聚一身。
爱恨情天真本事，祸福同降地球村。

二

地覆天翻眼见真，新城新寨映新村。
新花犹带当年泪，笑靥全无震后痕。

映秀

汶川映秀镇系"五一二"大地震震中，四年后曾夷为平地的映秀又重新站立于汶川大地上。

眼见才知梦是真，震中映秀焕然新。
风光若与桃源比，五柳先生也厚今。

注：五柳先生即晋大诗人陶渊明。

写在映秀中学断壁前

昔日悲情贮旧痕，新楼崛起育新人。
书声阵阵成春夏，好雨时拍老校门。

自律词·萝卜寨鸟瞰

地处大山顶部的萝卜寨，号称汶川第一羌寨，"五一二"大地震将其震毁后，易地重建，原寨废墟原封未动。

如立云天外，低头看雪峰。高路盘盘似玉带，围绕一山青。

满目铜绿色，一街故地情。废柱残垣和断壁，随我望新城。

自律词·逛水磨古镇

汶川水磨古镇现已改建成商业兼旅游观光镇。

登高风渐冷，放眼万山青。千年古镇重建后，天街任我行。

熙熙如闹市，攘攘似京城。谁将虎坊琉璃厂，搬来浴山风？

北川县城地震遗址

北川县城全部震毁，现异地重建的新县城已蔚为壮观。

携风带雨入荒川，泪眼悲心尽骇然：
一校师生埋故土，半城老少赴黄泉！
废墟处处锥心痛，哀乐声声过耳寒。
幸有新家如画境，江楼街市胜桃源。

北川新城望远

当年地震毁家园，重建千难与万难。
今日新城楼上看，远山近岭列如栏。

汶川至江油途中二首

一

仰看乱石头上悬，桥翻路断万山拦。
李白倘若回乡里，更得惊呼蜀道难。

二

蜀道难于上九天？新桥踏浪路穿山。
驱车千里无阻挡，笑改李白行路难。

访青莲故里

依然白也路，徒步揭青莲。

山是千秋画，宅为百代船。

登楼思远影，倚柱忆孤帆。

谁在高阁上，笑吟蜀道难？

登李白故里邀月台

人间何事壮胸怀？为有雄诗伴月来。

今日犹思太白李，惊天动地一奇才。

乙未初冬重游绵阳二刘会盟之富乐山

刘备刘璋会此间，其时苦难重如山。

天灾不断谁能富，战祸频仍人怎欢？

诸葛隆中虽有对，曹操心内肯无瞒？

如今福乐成常态，莫把当年作笑谈！

注：三国曹操的小名叫阿瞒。

富乐山怀古

拾级到顶端，饱揽艳阳天。

万户楼如画，半城树似烟。

玄德应有悔，阿斗竟无惭。

富乐千川易，提高一蠢难！

再谒绵阳重修后的李杜祠

上次谒祠颇不堪，厅堂破败底朝天。

今朝旧貌更新面，再拜圣贤腰已弯！

注：诗圣杜甫说："人生七十古来稀"，我今再谒李杜祠，人已古稀腰好像也弯了。但世态更新，旧貌新颜，能不感叹！

重登绵阳越王楼远眺江油

登楼远眺地天间，拱卫西南百万山。

我作新词歌当下，力图句句慰诗仙。

在绵阳街头冒雨购物

蜀地最萌撑伞游，斜风细雨欲何求？
坊间川妹真豪迈，笑我花钱手太抠。

在绵阳饭店独饮涪江水酿丰谷酒

临风对雨点琼浆，好想挥金请子昂。
还有欧阳和李杜，举杯一饮一涪江！

蜀道怀古

蜀道穿山复入云，危崖早已不惊魂。
放翁冒雨骑驴处，看我驱车过剑门。

峨眉喊山

春风会意秀东坡，万绿千红费咏哦。
转向眉山发一叹，隔空再唱大江歌。

武侯祠问计

人间今日又三国，敢问先生怎定夺。
诸葛无言唯一笑，哪先称霸哪先折！

草堂慰圣

又到堂前慰杜公，那行白鹭已升空。
千重楼宇接天宇，万户香风并暖风。

窦圌山寻仙

白也曾读在此山，奇绝依然列仙班。
青峰直上出云表，可有通途助我攀？

中华诗词研究院赴蜀调研记感七首

遂宁城市湿地周边景物观感

胜如青岛与舟山，花树半城水半湾。

商厦并排诗意里，学生列队绿林间。

观音湖畔清风唱，莲岛花前骚客喧。

我劝陈公改旧句，后头来者望无边！

注：旧句，指唐大诗人陈子昂《登幽州台歌》中的"前不见古人，后不见来者"。

从观音湖底隧道到圣莲岛再到广德寺

车穿湖底似穿山，人在时光隧道间？

万朵佛莲惊老眼，千重路树绘新天。

广德寺里观音累，济善塔旁游客闲。

最是农家乐里菜，不麻不辣不收钱。

注：广德寺里的观音菩萨香火旺盛，前来乞福求子的人太多，常常使大士应接不暇。

在广德寺观音道场外品舍得酒

观音不是苦行佛，饮酒食鱼她不说。

只要心存慈与善，人生自在舍中得。

乙未初冬谒张问陶墓

带雨携风谒问陶，孤独一墓枕山腰。

蜀中圣手说一二，谁比柳门格更高？

注：柳门，清代有"青莲再世"之称的廉吏诗人张问陶字仲冶，又字柳门。

驱车百里走访陈子昂读书台

革故图新带李白，多年向往谒君来。

来瞻蜀地人中凤，来拜神州第二台。

注：神州第一诗台当为幽州台，它因陈子昂《登幽州台歌》而名传千古。

登金华山谒陈子昂读书台

胜地谁曾策杖游？名人足迹满山头。

我沿杜甫当年路，来解子昂千古愁。

在陈子昂读书台下与诗友把酒论诗

说罢子昂说李白，千秋豪气壮胸怀。

主人宴客诗和酒，味厚情浓胜沱牌。

注：沱牌，指当地产"沱牌"名酒。

春城昆明

昆明四季如春，故称"春城"。春城今以滇池、龙门、金殿、聂耳墓和"世博园"等著称于世。

龙门一唱尽新声，千顷滇池万顷风。

鸣凤山拥金殿树，翠湖鸟栖海心亭。

世博园内花如玉，聂耳墓前月似弓。

往日不知春去处，原来一半住昆明。

昆明滇池

西山风景甲昆州，一下龙门景更幽。

怎奈滇池呈墨色，揪心不上大观楼。

注：滇池已被污染得如漆似墨，现正在治理中。

翠湖观鸟

风清云淡水淹天，诗意昆明览大千。

拥挤不光人看鸟，鸟观人挤也新鲜。

大理

大理古城不大，其三塔、蝴蝶泉却四海闻名，还有让人心旌摇荡的"五朵金花"和苍山、洱海等伴其左右。

大理风光四季新，半天香艳半天云。

莺歌婉转穿三塔，蝶舞翩跹绕四门。

洱海依依游子意，苍山静静恋人心。

金花五朵今何在？处处欢歌处处春。

永遇乐·玉溪

平步秋云，登高遥望，红塔独树。十里黄花，千株银杏，映千家万户。溪如织锦，山如列贝，楼似参天巨笋。晴空下，大国旗猎猎，引来多少鸥鹭！

银湖捧日，金风送爽，笑语欢歌处处。意象纷飞，心旌摇荡，欲写雄城赋。壮哉聂耳，国歌同唱，故里地天翻覆。凭谁问、诗情就像，两湖瀑布。

注：玉溪乃聂耳故乡，其两湖瀑布系引抚仙湖和星云湖水形成。

玉溪两湖瀑布

雾绕云遮一舞台，滔滔湖水过山来。
是谁巧挂宽银幕，再把和谐大戏排？

玉溪远眺二首

一

青山隐隐绿风吹，举目壮观无字碑。
瀑布激流何处去？浓阴百里柿花飞。

二

开山穿洞接两湖，水与都江一样流。
但愿玉溪春到夏，千红万绿总金秋。

在抚仙湖畔听筝

烟波浩渺一山孤，楼主弹筝教授书。
水影天光音不尽，如诗似梦抚仙湖。

注：教授书，指王亚平教授当场为楼主挥笔赋诗。

苏幕遮·湖畔听筝有感

一声声，如玉坠。浩腕拨时，鱼跃仙湖醉。弹到高山流水对，双目迷离，都是知音泪。

骤高昂，忽妩媚。细雨潺潺，突变冰山碎。虎吼
龙吟来聚会，妙手银筝，疑是天仙配。

听麒麟山传说

民间传说，抚仙湖边的麒麟山上的石头滚动，山
下的禄充村便会有人出生或高升。

细浪难得百里清，仙湖风水利民生。
闻筝偶感麒麟动，可是山下又添丁？

咏抚仙湖抗浪鱼

独往抚仙湖一边，逆流直上总争先。
鱼能抗浪真豪士，未可竭泽伴酒干。

夏日游秀山四首

一

疑是蓬莱九月秋，拾金揽翠赏清幽。
入山未饮心先醉，喜与苏辛李杜游。

二

古寺深藏万树幽，清明元宋一山收。
妙联处处传神韵，佳句条条渡海舟。

三

风水不俗人不凡，出言谁敢小该山？
诗联多有惊天句，百看千读万口传。

四

携云带雨游秀山，一半匆忙一半闲。
忙记箴言闲看庙，归来无欲已成仙！

冒雨参观云南哈尼梯田

南天一望万山横，冒雨驱车岭上行。
山路蜿蜒如玉带，梯田潜隐似盘龙。
突然云漏千层日，刹那风吹五彩虹。

片片新苗说往事，人间伟力确无穷。

香格里拉秋行

入境先行虎跳峡，心随骇浪炸冰花。
眼前绝壁危将倒，脚下险峰晃欲塌。
碎步疾行防断路，神闲气定品清茶。
万般惊叹心平后，坐看纯情俏里拉。

江城子·贵州

中华自古说夜郎，天无霜，地无方。遍野青翠，绿水绕千冈。最是贵州花好处，迎雅客，送清香。

黔驴技穷又何妨？万峰刚，万民强，万山丛中，处处有春光。今日广开七彩路，再长征，奔康庄。

增字诉衷情·接力有人

看胡锦涛同志在十八大后赴贵州考察欢迎盛况有感。

山欢水乐万人迎，倾寨复倾城！十年奋力兴业，驭四海，驾长风，为民生。

舒望眼，问乡情，笑从容。接力有人，国定民安，能不、满目葱茏？

贵阳

贵阳依苗岭、梵净山而建，美有甲秀楼亭，幽有花溪胜境，昔时"地无三尺平"的"夜郎自大"之地，今日已成南疆连接川滇湘桂及海外的工业重镇。

以山为本树为纲，甲秀一楼迎四方。
苗岭苗条梵净壮，花溪花艳玉桥香。
昔时自大因封闭，今日虚怀为富强。
商厦云集春满路，夜郎从此写辉煌。

贵阳夜景

因闻黔地爽，来访贵阳城。

天有清凉雨，地无干热风。

隆冬千树绿，盛夏万户清。

夜入花溪路，相迎尽彩灯。

多彩贵州行五首

二〇一一年十二月十三日，远赴贵阳参加"全国文史研究馆馆长培训班"，有所见亦有所感，以诗记之，愿美好印象永存心底。

冬至贵阳

机翼贴山落似鹰，贵阳依旧万峰青。

花溪一等迎宾路，秀甲西南二百城。

贵阳印象

往日地无三尺平，如今万象俱更生。

新楼均作摩天状，昼披祥云夜挂星。

与同事林间漫步

寻路探幽款款行，说古论今话养生。

多彩夜郎应笑傲，青山碧水自由风。

在贵阳听程大利先生说画

听公妙论素心惊，大道无声胜有声。

山水似痴还似睡，静如处子定如钟。

茅台，茅台！

名扬中外酒中雄，一饮即结万世盟。

只要小酌人莫醉，也宜高举敬亲朋。

破阵子·遵义

不必挑灯看剑，更无吹角连营。万里长征人尽老，遵义依然映山红。回眸万壑松。

横看千楼鼎盛，纵观万座峰青。漫道雄关真似铁，踏破铁关路路通。谈笑迎新风。

谒遵义会址感赋

八十二载忆长征，万水千山都走红。
遵义城头灯更亮，金沙江上路直通。
雪山已入英雄史，草地新吹创业风。
先烈血凝成大道，后人岂可忘初衷！

与高立元将军冒雨登娄山

车行一路雨兼风，百转千回北复东。
炮体已然成历史，弹痕依旧伴雷声。
凌空破雾碑如塔，敛气消烟壕似坑。
战场转为游览地，雄关鼓舞再长征。

风雨娄山关

拨云踏雨更登峰，四面青山喜相迎。
掩体有形如句号，丰碑无语似图腾。
雄关屹立长天下，诗壁横陈晓雾中。
我欲高歌无伴奏，惊雷或可作和声。

游青岩古镇

巍然一座古边城，南北东西各不同。
昔日杀声犹在耳，如今弦乐入和风。
好奇笑问状元酒，惬意戏拉玩具弓。
喜看四门厮杀血，凝成万古太平钟。

诗情画意黔西南十五首

二〇一三年十月十四日至十八日，远赴贵州省黔西南州之兴仁县出席全国诗词研讨会，期间所见，眼界大开，遂以诗记之。

初访黔西南

南来处处看新鲜，峰似塔林云似绢。
路树江村皆特色，白墙灰瓦印青山。

黔西南秋日印象

西南多彩亦多云，绿水青山都赏心。
饭后才说晴景好，毛毛细雨又光临。

黔西南万峰林写真

车行黔地觅纯真，薄雾绿风秋似春。
一曲苗歌引吭唱，千峰环绕百花村。

兴仁诗词之乡观感

深秋十月访兴仁，诗画相迎似近亲。
今日农家说意境，一村更比一村深。

参观习主席参观过的鲤鱼村

世上桃源何处寻？山光水色鲤鱼村。
主席来此开心笑，为看各族跃龙门。

在鲤鱼村听幼儿诗词朗诵

奶声奶气诵苏辛，李杜听之也入神。
不必再牵愁万丈，诗词自有后来人。

茶乡闻歌

不靠老天不靠神，农家户户贮清芬。
山歌伴着山花唱，一树茶香一树金。

黔西南，夜郎古国之今

历史犹如一转盘，夜郎自大笑千年。
今天喜将夜郎看，经济已然超岭南！

钗头凤·在苗寨看姑娘出嫁舞

山疑惑，水静默，姑娘出嫁哭什么？离爹了，离
妈了，离了爹妈，离了村落。涩，涩，涩！

山欢乐，水闪烁，姑娘喜泪十分热！郎出色，家出色，郎家富足，门宽厅阔。贺，贺，贺！

踏莎行·黔西南诗词之乡观后

山似群雄，水如明镜，村村寨寨相迎送。诗书壁画一墙墙，竹林树行来辉映。

苗汉布依，寻常百姓，欢歌乐舞何其盛！幸福不是耳旁风，农家今日皆龙凤。

仰观黄果树瀑布

瀑布近前宜仰观，长江倒泻五湖翻。
飞流悬挂三千练，白浪激喷百丈烟。
风鼓隆隆神鬼惧，弧光闪闪天地寒。
形容确像银河落，更似惊雷炸雪山。

微信里的黄果树瀑布

真似银河落九天！仰观瀑布带云烟。
飞流似把人吞没，转瞬惊呆朋友圈。

诗人眼里的黄果树瀑布

瀑布横悬百米宽，长虹气势贯云天。
人流更比水流阔，汹涌如潮卷大山。

商人眼里的黄果树瀑布

一水独悬亿万年，无边寂寞锁层峦。
如今热闹胜超市，白练如银落玉盘。

马岭河大峡谷探险

据说美国的大峡谷举世无双，我看马岭河大峡谷的奇险也天下难寻。

峡谷已然游若干，唯独马岭最超凡。
山如壁画垂千尺，水似雷击吼万年。
瀑布斜飞晴日雨，虹桥横跨碧云天。
诗人至此尖声叫，奇险羞煞美利坚！

自律词·在返京途中与诗友高谈阔论

机身似舟，云雾如涛，颠簸中诗意磅礴。思李杜、想东坡，蜀道大江不必说。只眼下，无边秋色，永远山河，足以让人梦南柯！虽非时时燕舞，却也处处莺歌。广厦重楼百姓心，幸福百倍今胜昨，谁还怨家国？

写青峰，画碧野，绘新村，描绿萝。生活无须粉饰，自是花团锦簇影婆娑。玉食锦衣就是天，诗词歌赋就是佛，咏唱千遍不嫌多。青峰沃野无限意，真美真情不打折。除非心阴暗，或者人龌龊，谁不爱祖国？

青藏高原车行

朝辞青海云千里，暮过雪山万顷花。
满目可可西里草，两边克鲁克湖沙。
牦牛懒懒迎夕照，鸥鹭翩翩送晚霞。
蓦地半车惊叫起，羚羊三五正回家。

自律词·车过唐古拉山口

神往心驰唐古拉，山披白雪地披花。车过山口心慌乱，胸闷连忙问海拔。

五千米，缺氧啦！不怕，很快到拉萨。再忍一会儿向前看，山南便是布达拉。

自律词·穿越可可西里藏羚羊保护区

特快车穿可可西，为保安宁息汽笛。湖水涌来青春色，雪山律动白熊黑。

牦牛扭，羚羊追，白鹭牵着彩云归。机警严防偷猎者，护区不让子弹飞。

可可西里

青藏高原眼望穿，湖蓝草绿碧云天。
羚羊时入诗人梦，惊叹惊呼过雪山。

过雪域圣湖

眼前忽现水如天，闪闪波光梦一般。
鹭鸟衔得浮想去，心平如镜驶诗船。

观雪域圣山

难怪白云恋雪山，万般宁静立天边。
诗心倘若纯如此，意切情真写大千。

遥想珠峰

云遮雾绕春到冬，孤立无朋只有冰。
宁做山石铺谷底，悔当天下第一峰。

初到拉萨

乘车千里访拉萨，来看文成公主家。
一路秋高和气爽，满城商铺与鲜花。
佛严人肃大昭寺，云涌风拥布达拉。
金顶观得眼发热，法轮转到满天霞。

访圣城拉萨

圣城期盼数十年，今日相得仅瞬间。
步步登高臻妙境，红宫一入便超凡。

变格鹧鸪天·谒布达拉宫

诗心未起道心生，问罢白宫问红宫。小我如何登极顶，也能挥手聚群星？

恶莫做，善厉行，自性真诚便是功。为己为人无二致，只要将公放正中。

拉萨至林芝途中

车停恰在藏民居，走访求实不自欺。
户户厅中主席像，家家楼上五星旗。

尼雅二水合流感怀

尼洋河水清如玉，雅鲁峡江浑似漆。
清者自清能几许？合流不久便成一。

游雅鲁藏布大峡谷感赋二首

一

越岭翻山论第一，峡长千里世无敌。
激流澎湃谁能挡？直下林芝印度西。

二

一水劈开岭万重，峡江千里盼波平。
雪山高耸云天外，岂可平平咏豪情？

变格鹧鸪天·俯视雅鲁藏布江

一江穿越万山流，流过苍茫多少秋？多少农奴泪与血，呜咽流向海西头？

灾星落，太阳出，百万新人唱金秋。还是当年那江水，甘甜流入众心头。

南迦巴瓦峰

直似银矛刺太空，挺拔雄伟冠西东。
云遮雾绕高千仞，偶露峥嵘举世惊。

注：南迦巴瓦峰，意为直刺蓝天的战矛，海拔7782米，系世界著名高峰，也是中国最美山峰。

土登师傅

朴朴实实一司机，额头深刻路东西。

停车爱议藏家事：致富有门没问题！

央金导游

导游已做二十年，百味人生带笑谈。

闹事绝无卓玛后，安居都在乐山前。

注：卓玛系藏语仙女的意思，这里代指西藏解放前的农奴。

六世达赖仓央嘉措

不用时时拭镜台，仓央随性亦如来。

情诗一卷说真爱，真爱即佛即太白！

注：六世达赖堪称佛门"异类"，他的爱情诗曾在雪域高原"疯传"。

自律词·青藏高原

也是远古呼唤，也是千年企盼。青藏高原，广袤、深邃、浪漫！一条神奇天路，万里霞红云淡。牦牛、踏出牧歌千百卷，卷卷都是翻身赞。

拉萨南北和风，雪域圣城璀璨。大昭小昭药王山，珍珠玛瑙一串串！八廓街前从头看，豪爽当属康巴汉。一曲卓玛歌，满脸春光绽。

盛世心声

——京郊杂咏九十五首

从城内移居郊区

清风朗月碧云大，松岭枫林尽可观。
闹市闹心乡下静，故携春梦到秋山。

家住卧佛寺后山

南寺如来卧，北坡我睡深。
犬吠惊夜梦，疑有佛敲门。

登峰

登峰一步一层天，秋叶春花等量观。
梦里寻她千百度，原来至美在深山。

家山登顶

登顶即长啸，开怀对九霄。
豪情足可慰，不望那山高。

倚山赋诗

一咏天山现，再吟秦岭出。
情随云脚走，意到险峰凸。

峰巅枯树

峰巅一树枯，凛凛似珊瑚。
至死仍独立，顶天一丈夫。

游山暮归

朝携红日上，暮带彩云归。
百虑和千绪，都随喜鹊飞。

清明恰逢生日

清明生日喜相逢，老酒一杯诗速成。
我写我心千度热，我说我愿万年红。

清明夜行

纷纷细雨又清明，大道无须问牧童。
一脚油门七彩路，酒家何处不霓虹？

清明翌日

梦过清明雨转晴，朝花烁烁望晨星。
娇阳一露含羞面，杨柳春风尽染红。

清明返乡

家山总在梦中青，老大归来泪纵横。
稚子不知思念苦，无凭无据笑人疯。

周末闲吟

追星赶月五更天，泼墨吟诗到日偏。
陶令采菊声渐远，有闲处处是南山。

师山

青山与我若师尊，日日攀登日日亲。
昨晚学得身似铁，今朝悟到谷如心。

重阳登高

九九登高应古风，野菊插鬓歌乱哼。

谁说人世无再少，老伴笑成小女生！

秋山笑我

一路欢歌到顶峰，秋山笑我老顽童。
苍松翠柏虽长寿，难比春心万古青。

我啸秋山

登顶心舒血气冲，长吟短啸慰平生。
标新不让八〇后，领异来争最上峰。

在西山大觉寺咸亨酒店用餐

古寺竟然有咸亨！咸亨到此也春风。
百吃不厌绍兴菜，沾唇即醉状元红。

故地重游

竟日盘桓北到东，新村旧地踏歌行。
凤凰岭上弯弯月，香翠湖边暖暖风。

小院独坐望月

一家花草一家锄，好树随心四五株。
自信参天终有日，何须问月入时无。

送客

送客一程又一程，难分难舍是诗情。
新朋酬唱阳关曲，老友笑吟风入松。

空山鸟语

身置烟尘外，呼吸氧气鲜。
空山闻鸟语，忐忑问明天。

惜春

野杏虽无主，折枝我不能。

任其红灿漫，留醉给山峰。

春雪

玉宇门前久驻足，无边诗意谁画出？
此身愿作知春雁，飞入银山瑞雪图。

夏雨

刹那云集亿万兵，南山震荡北山惊。
夜深谁惹天公怒，雨打雷劈到五更？

秋风

春夏花开各逞能，金秋结果意重重。
云山一过秋风手，青变鹅黄绿变红。

冬日

清晨睡起望东窗，郎朗乾坤淡淡霜。
最喜身居阴影外，乐观世界总阳光。

看雁

春来秋往看天骄，大写人人上九霄。
世上若量情长短，环球谁有雁飞高？

居家赏秋

赏秋不必去香山，家住枫林鸟语间。
霜叶涌来红胜火，映得诗意满云天。

晨练

伏案半生脸翠微，头晕目眩颈成锥。
陶然每日围山跑，不信年华追不回！

午睡

闹表退休成古稀，随你睡到日偏西。

可惜生物钟难老，总是提前叫作息。

晚餐

散步一圈带菜归，也学老伴 B 加 C。
虽然滋味常咸淡，自乐自炊自评 A。

夜耕

李白杜甫万分痴，苏轼陆游忘我时。
天下第一快心事，挑灯熬夜赋新诗。

度日如飞

阅稿抽空买菜还，小诗忽至写蹒跚。
一天到晚忙且乐，度日如飞不如年！

附记：《远望集》编竣送审，责任编辑说："一看见《度日》这个标题，就想到了'度日如年'。"我回应说："过去度日如年，如今度日如飞！"

盼

女儿有孕步艰辛，莫怪外孙身太沉。
他日呱呱问世后，长吟短唱震诗林。

寄远

小女远住南海滨，离愁两地且平分。
虽然短信常传递，难解相思万里心。

回归山村

亦真亦幻在红尘，时起时伏到暮春。
武卫当年无败将？文争时下有新人。
自豪处世身如铁，窃喜吟诗气若云。
归去无须人指引，会心一笑到山村。

郊野之家

平生最怕近繁华，搬入春山好种瓜。
岭后青桃花已谢，窗前睡枣叶才发。
长天云涌千堆雪，远日龙腾万丈霞。
汉字闲敲说贾岛，缘何月下吵昏鸦？

与刘章老友对酌

久别重逢意如何？佳酿千杯不觉多。
一饮一斟皆往事，半吟半诵尽新歌。
瓷盘玉振成今韵，野菜香飘入旧辙。
酒至微醺心大醉，停杯唯恐泪滂沱。

家境

采菊何必东篱下，小院秋来处处花。
茉莉百合红月季，番茄豆角绿倭瓜。
枝头喜鹊啄云影，屋顶白猫逗晚霞。
老伴登山归似燕，学厨我却笨如鸭。

春联

千古楹联一本经，酸甜苦辣注其中。
前朝写尽伤春句，今日吟深赏雪情。
字字东风龙劲舞，篇篇北斗凤争鸣。
迎新最是京郊热，妙语贴出万户红。

鼠年守岁

烟火爆竹闹不休，荧屏春晚笑翻楼。
贺年短信来如雁，辞旧洪钟荡似舟。
老者争说昨日戏，后生预测下周球。
家家团聚欢声里，煮饺放花迎丑牛。

春游

春假虽长不远足，京郊处处踏春图。
西山旧有龙行路，北岭新开雁荡湖。
雪场疾飞惊叫不，险峰直上尽情无？
冰河竞走连十渡，胜似十读孔孟书。

早春喜雨

一冬无雪土生烟，遍野枯黄对昊天。
旱到焦心能点火，愁成块垒可堆山。
开渠纵引千江水，到底难解二月干。
还是知春无价雨，直如甘露入诗甜。

雨后初晴

三更听雨到清晨，满目阴沉去若云。
路树轻描天湛湛，朝霞淡写露涔涔。
登枝喜鹊朝天唱，泪眼苍头动地吟。
不为新晴风景好，因逢春麦长精神。

清明踏青

李紫杏黄聚一城，闲云散尽是清明。
庭前昨夜桃花雨，郊外今朝柳叶风。
唤友呼朋尝嫩绿，携妻带女采新红。
归来即命知春手，原味原汁写世情。

京郊忆旧

能不忆当年？晴空日日蓝。
鱼翔清水底，鹰舞白云间。
捕雀前门下，捞虾后海边。
而今京郊梦，无雁也春天！

春登西山

残雪悄悄化，坚冰缓缓开。
已知冬渐尽，才上望春台。
细柳鹅黄色，长天鱼肚白。
登山何所盼，最盼雁归来。

秋山远望

登高望远峰，心路竟平平。
两袖清风爽，双肩重担轻。
秋山连日瘦，枫叶应时红。
一片夹书里，百年伴我行。

秋日望乡

十月秋风劲，天高任雁行。
半山霜叶醉，一抹晚霞红。
诗共云天远，心随鸟道升。
回眸西北望，依旧故乡松。

游山偶遇

游山遇远朋，热泪久相拥。
对视连呼老，摇肩大叫行。
当年豪气在，还想振雄风。
语大君休怪，权当笑话听。

游山遇雨

风来如阵马，云走似山移。
电闪千峰暗，雷劈万树迷。
心犹驭海燕，身却落汤鸡。
天覆何足道，迎风振翅啼！

夏日雨后

阵雨急停后，云飞不让人。
山头刚过午，地脚已黄昏。
岁月匆匆老，乾坤慢慢新。
长纤如在手，不叫日西沉。

梦诗

一枕东风梦，寻春北苑行。
推床忽坐起，挥笔速书成。
诗似盛唐句，词仔北宋风。
直疑三百首，都是梦中生。

自家独酌

小院方三丈，好吟五柳诗。
黄瓜当酒菜，带刺顶花吃。
也住南山下，悠然小醉时。

山中独乐

雨打芭蕉醉，鸟来檐下鸣。
平平夹仄仄，古韵复新声。
谁解山中乐？独吟翠岭风。

山居

豆绕东篱满，瓜开遍地花。
葡萄人见爱，红果也堪夸。
修剪我都让，妻当园艺家！

长女思源

三十玩未够，灿漫心无主。
今日会同学，明天游齐鲁。
谁知生育后，转瞬成慈母。

小女思远

我喜寿山石，她爱花梨木。
我笑她太痴，她笑我顽固。
我说一对傻，她说两个酷。

同外孙喊山

林似无边海，山如大氧吧。
风吟细雨和，我喊外孙答。
最是回音脆，啊啊并哈哈。

游西山大觉寺

大觉深似海，一寺竟十游！
古色依然旧，陈香继往流。
等观一块匾，解我百年愁。

注："等观"指大觉寺正殿"动静等观"匾。

大觉寺玉兰王

大觉即顿悟，不必死心抠。
日落青山后，花开绿树头。
玉兰真我爱，飘落不需秋！

注：大觉寺之玉兰花王，花开鼎盛，适时飘落。
让绿叶接班。

大觉寺银杏树王

仰观银杏老，到老不白头。
主干直如柱，丛枝绿似油。
安心于寂寞，得以保千秋。

注：大觉寺深藏老银杏，岁近千年，依然枝繁
叶茂。

大觉寺弥勒佛

弥勒真大度，一笑解千愁。

手是划船桨，心如渡海舟。

为人能舍己，所以誉全球。

注：大觉寺进门第一殿便是最受世人欢迎的大肚弥勒佛。

念奴娇·退休后登家山望远

云开雾岭，看红霞，万里长空高挂。旭日升腾，出云海、气势恢宏华夏。往事无痕，山乡巨变，大道直如发。诗情激荡，又添多少白发！

难忘少小离家，一身黑土布，三生潇洒。夜洗朝穿，能顶住、雨雪风霜击打。固守于今，依然心上有，雄图如画。已逾花甲，还能六十春夏？

画堂春·京郊春节

一元复始又新春，新桃旧纸难寻。对联贴上万家门。风唱山吟。

又是丰年喜，烟花色彩缤纷。乐观世态到如今，华夏欣欣。

注：旧纸，指旧时春节所贴"门神"。

生查子·元夜

灯节不看灯，望月思今后。夜像老诗人，同我说新旧。

新如地上花，旧似满天宿。花可自由开，宿变形依旧。

注：农历正月十五为元宵节，又名灯节。宿，天上某些星的集合体，其"队伍"相对稳定，并依一定规律运行。

玉楼春·元夜观花

长空怒放花千树，溢彩流光春满目，星飞月隐雪崩天，银汉倒悬雷炸瀑。

高歌朗笑心如故，烟火映得元夜酷。金融海啸晚来急，难挡神州七彩路。

减字木兰花·龙抬头

二月二，龙抬头，播春雨，保夏收。

从春到夏，龙不抬头天也怕。无雨浇愁，无雨焦愁两半球。

故人理发，为借龙腾求造化。春雨如油，春雨如油保夏熟。

玉楼春·春旱

百年不遇中原旱，赤地生烟三月半，苗黄垅断树枯干，烈日炎炎真似箭。

太行嵩岳齐声唤，抗旱群情如抗战，劈山引水炸阴云，国有雄心谁可撼？

忆王孙·惊闻春雷第一声

凭空霹雳一声春，动地惊天万象新，柳绿花红满目金。且长吟，浩荡东风不等人。

清平乐·春

春无来路，处处招人妒。先是粉红羞杏树，后是桃华柳酷。

女孩早已更新，背心短裤纱巾。春是少年世界，瞬间色彩缤纷。

醉花阴·踏春

残雪依然藏岭后，绿意刚刚露。与友踏春寒，短唱长呼、惊叫梅红透。

资深男女频相逗，争问何为秀？长发彩裙飘，眉目清晰、人比黄花瘦？

相见欢·求雨

早春无雨浇愁，上重楼，日日观天天上只云游。

快聚拢，别离去，莫闲留，快化一天豪雨洒神州。

醉太平·清明

山青水清，风红雨红，燕山上下清明。看花迎草迎。

下车踏青，鞠躬礼成。告知在天神灵，世间春已浓。

自律词·清明

水泄不通京畿路，原来又到清明。扫墓踏青祭英灵。来也匆匆，去也匆匆，无拘无束自由风。放下就是轻松！

先贤已归净土，后来还要前行，不到目的脚不停。山也重重，路也重重。一年多少桃源梦？全都说与扬柳听。

自律词·端午

诗家自古多英烈，屈原陶李将军岳！文公赋有正气歌，嗣同尽献豪杰血。秋瑾带镣长街行，一曲浩歌惊日月。

真志士，心是日，诗是月，固守大节宁玉碎。端午提笔祭群英，诗国继古复开新，攻坚克难不后退。

诉衷情·端午

挺身一跃赴清流，屈子志难酬！国人千载营救，齐奋力，划龙舟。

人已没，志仍留，映千秋。如今争诵，万古离骚，壮阔神州。

捣练子·七夕

星闪闪，水茫茫，织女牛郎望断肠。多少恋人今夜唱：做人倒比做神强。

生查子·秋山夜行

月如一盏灯，照亮林间路。松是守山人，默立无亲故。

想哼一首歌，恐惊丛中兔。想吟几句诗，欲写无平处。

好事近·月近中秋

又是一年秋！月上柳梢依旧。短信往来方便，还约黄昏后？

青春追忆总酸酸，难返少年瘦。但要守心如玉，莫让风吹皱。

自律词·月到中秋

明月几时有，何必问青天？此刻家家团聚，明月在心间。把酒共婵娟。

邀苏子，请太白，咏月高手一起来。齐唱清平乐，共吟水调歌，同赋高阳台。

人月圆·中秋寄友

高天又是团圞月，光照万千家。家家都有，欢声笑语，意气风发。

想君也是，举杯邀月，对影吟花。老伴伴唱，女婿陪酒，外孙涂鸦！

调笑令·中秋

月影，月影，玉兔素娥清冷。世间歌舞升平，同贺团圆梦成。成梦，成梦，一夜金风助兴。

点绛唇·秋后

落叶纷纷，清风阵阵长天碧。碎金满地，想买回春计？

豆似珍珠，米似和田玉。丰收季，万黄千紫，全是春消息。

相见欢·除夕

观花不必城中，家山东，万紫千红花炮响晴空。

人欢笑，犬乱叫，意重重。人寿年丰喜气暖群星。

自律词·元宵

月似金盘，星如慧眼，看万千烟花升起，满天梦幻！匆匆一年过去，掐指算来，头上华发，又添几分浪漫。

热血腾，喜泪涌，将一腔豪情填满。夜无眠、登高远望，早已烟消雾散。愿将这，天边红日，胆边余勇，全送与、新挑战。

长相思·回乡喜书

山也迎，水也迎，家在山环水抱中。村头晚照红。

门也红，窗也红，万绿丛中楼数重。新家在

哪层？

桃源忆故人·农家新貌

桃源陶令逃官处，今日已通公路。土里刨食农户，早盖洋楼住。

风光依旧迷人目，垂柳清流店铺。店主老农蚕妇，争似明星酷。

更漏子·梦醒时分

夜风轻，秋雨细，好梦醒来难续。吟旧作，赋新诗，雨停浑不知。

云散后，天凉透，月上西楼如昼。蘸浓墨，写真心，纵观字字亲。

捣练子·绝顶听歌

云淡淡，岭蓝蓝，一曲情歌远近传。不是俊男和靓女，喊山都是老青年。

蝶恋花·聆听《梁祝》

一曲悲歌如泣诉，荡气回肠，泪洒情天路。三日绕梁无尽处，声绝命断琴如故。

自古婚姻梁与祝，情感真时，生死全无顾。何惧门庭贫与富，痴心胜似黄金铸。

自律词·长歌一曲入江湖

长歌一曲入江湖。携百侣，领万象，绘宏图。真山真水真自由，何必死抱李杜书？

雕虫技，老来羞，诗心不甘做楚囚。胸罗剩水三千万，不及自酿酒一壶。宁做逐日夸父，不做饶舌酸儒。

和沈老《末日》二首

二〇一二年十二月十九日，沈鹏老有《末日》七律一首传来："末日临头倒计时，吾今安在故吾思。风从空穴骤掀浪，事出无端定限期。畏死贪生怜本性，悲天悯地仰先知。敬崇玛雅超人慧，伊甸家园共护持。"两天后，在"欢度"谣传十二月二十一"世界末日"时，笔者也戏作二首《末日》以明志：

其一

末日之说不用批，我思我在二十一。
夕阳照旧滑山去，晓月依然带露归。
诗句随心由我写，妄言顺口任他吹。
老天终有长休日，只是难得遇一回。

其二

末日之说果变真，天崩地裂月昏昏。
愚公空有移山志，精卫难圆倒海心。
鸟兽飞灰龙凤走，诗书烟灭鬼神吟。
临终人有千般愿，最愿天堂别锁门。

与老同学聚会戏吟

人生百年醉，三万六千回。
但愿长相聚，从白笑到黑。

后记

　　本书名为《新新相印集》是指笔者引述的多位诗家的创新诗论与数十位诗家的创新诗作，当然也包括笔者的创新诗论和创新诗作的交相印证。印证什么呢？当然是印证诗词改革创新的必要与可能。

　　诗词的改革创新首先是内容和语言的创新。用语言文字改革后的国家通用语言，即普通话创作反映新人、新时代、新生活、新气象、新理念、新业态……的诗词，就是创新诗词。而改用国家通用语言普通话创作诗词，诗韵改革也就"乐在其中"了。当然，现在还乐不起来。虽然教育部和"国家语委"已经发布了倡导新声韵的《中华通韵》（征求意见稿），但新声韵的推广不可能一蹴而就，以2018年中华诗词学会第七届华夏诗词奖获奖作品为例，在一等奖十名，二等奖十九名，优秀奖八十名中仅优秀奖获得者弓志芳一人标注了"新韵"！而在《2019年第六届××国际诗歌大赛征稿启事》的"征稿要求"中，则明确规定："格律诗原则上用平水韵，词用《词林正韵》。如用新韵，请注明"！可见，在不少诗人的心目中。平水韵还是"正宗"。

　　诗词改革创新的"次先"与难点还不是诗韵的"倡新"，而是形式的创新。但在新的形式创出之前，"形式简化，格律放宽"也是一种创新，包括格律的"求正容变""守格自律"，即守格（格式、框架和主要特征）的自律诗、自律词（自作新词)、自度曲等,守格(绝句,五七言四句押平声韵;律诗,五七言八句押平声韵)的"新古体诗"亦应名列其中。

笔者学习毛泽东诗论和贺敬之、霍松林、刘征、马凯等大家的诗论后,也写了一些文章发表,选几篇编入本书权充"创新诗论"。笔者在这些诗论指导下所作格律诗词则自称为"创新诗词"。选入本书的八百多首诗词,多为采风记游之作,敝帚自珍,分省地市辑印出来权作"日记""观感"以及回赠好山好水好人的颂歌。同时也是为了印证陆游所说"纸上得来终觉浅,绝知此事要躬行"和"君诗妙处吾能识,正在山程水驿中",以及杨万里的"闭门觅句非诗法,只是征行自有诗"。也就是说,诗词的改革创新,也要在深入生活中,在社会实践中,在山程水路中进行。

本书是在人民出版社黄书元社长的热诚鼓励下和责任编辑刘畅博士的热心帮助下完成的。给本书以大力支持的还有书画家陈国振、扬喜山、潘进武、田舒娜、乐山(关真全),作曲家赵小也和河南诗词学会副会长、河南九洲诗词研究院院长范国甫等,在此一并致谢。书中的错漏不足之处还望专家读者指正,在此先行谢过。

易行于 2019 年春